YOU KNOW YOU WANT THIS

Cat Person and Other Stories

キャット・パーソン

クリステン・ルーペニアン
Kristen Roupenian

鈴木潤＝訳

集英社

キャット・パーソン

わたしを怖がらせるものを愛することを教えてくれた
母、キャロル・ルーペニアンに

目次

キャット・パーソン 7
キズ 41
ナイト・ランナー 59
噛みつき魔 81
ルック・アット・ユア・ゲーム・ガール 97
バッド・ボーイ 117

鏡とバケツと古い大腿骨《だいたいこつ》　133
サーディンズ　153
プールのなかの少年　179
マッチ箱徴候　207
死の願望　233
いいやつ　253
訳者あとがき　325

かれがいう
なにかがひくひくしてる
きみの胸郭の奥
心臓《ハート》じゃない
牛の腸《はらわた》だ　しろく
すじばって　ひだひだした

ララ・グレナム「美貌」

キャット・パーソン

Cat Person

マーゴがロバートに出会ったのは、秋学期も終わりに近づいた水曜日の夜のこと。ダウンタウンにあるアートシアターの館内の売店《コンセッション・スタンド》でバイトをしているとき、彼がレジにやってきてLサイズのポップコーンと箱入りのレッド・ヴァインズ（リコリスが原料の真っ赤に着色された棒状のグミ・キャンディ）を買った。

「これって……めずらしいチョイスね」とマーゴは言った。「レッド・ヴァインズを売るのって、ひょっとして初めてかも」

　こんなふうに客に愛想よくするのは、コーヒーショップのカウンターでバイトをしていたときに身につけた習慣で、そうするとチップを弾んでもらえた。映画館の売店でチップをもらったことはないけれど、そんなことでもなければ仕事は退屈だったし、それにロバートはキュートだった。パーティで声をかけたくなるほどとまではいかないけれど、たとえばそう、つまらない講義の最中に前の席に坐っていたら、妄想上の恋の相手になりそうなくらいのキュートさ。でも、どう見ても大学生じゃない。少なくとも二十代半ばはいっているだろう。背が高いのはマーゴ好みだ。たくし上げたシャツの袖の下からタトゥーの端っこがのぞいている。もっとも、少々太りぎみだし、あごひげもやや伸びすぎだし、それに、何かをかばっているみたいに背中がちょっと丸まっている。

　ロバートはマーゴが気を引こうとしていることに気づかなかった。気づいていたのだとしても、ただうしろに一歩引いてみせただけだった。まるで彼女に身を乗り出させて、もう少し必死にさせてやろうとするみたいに。

「へえ」と彼は言った。「じゃあね」そして、おつりをポケットに突っこんだ。

ところがつぎの週、ロバートはふたたび映画館にやってきて、またレッド・ヴァインズを一箱買った。「仕事が上達したようじゃないか」と彼はマーゴに言った。「今日はおれをばかにしないでいられるんだから」

彼女は肩をすくめてみせた。「じゃ、そろそろ時給アップしてもらわないと」

映画が終わると、彼は売店に戻ってきた。「コンセッション・スタンド・ガール、電話番号を教えてくれないかな」われながら驚いたことに、マーゴは教えた。

レッド・ヴァインズをネタにしたたわいのないやりとりを足がかりに、ふたりはそれから何週間かスマホのインスタント・メッセージで冗談を言いあいながら、入りくんだ骨組を築いていった。おもしろい返しがぽんぽん飛んできては、話はどんどん脱線し、あまりにすばやい展開に、ついていくのがおぼつかなくなることもあった。ロバートはとても頭がよかった。おもしろい子だと思わせるためには、かなり気合いを入れないといけないみたいだ。そのうちマーゴは気づいた。こちらからメッセージを送るとたいていい速攻でレスがくるのだが、返信するまでに何時間かたってしまうと、つぎにくるメッセージはそっけなく、質問が含まれていない。だからメッセージのやりとりを再開させるかどうかはマーゴ次第ということになり、そして彼女はきまって再開させた。何度か、まる一日ほど返信しそこねて、このまま完全に連絡がとだえてしまうかもしれないと思ったこともあった。でも、そのうちおもしろいことを思いついたり、話のネタにもってこいの画像をネットで見つけたりして、メッセージのやりとりがふたたびスタートした。ロバートのことはいまだによく知らないままだった。どちらもけっして個人的なことは話さなかったから。それでも、キレのいいジョークの応酬が小気味よくたてつづけに決まると、まるでふたりでダンスをしているような、うきうきした気分になった。試験期間中のある晩、食堂はどこも閉まってるしルームメイトの略奪に遭って実家からの差し入れもごっそりもってかれちゃったから部屋には食糧がなんにもない、とマーゴが泣きごとを送ると、そういうことならレッド・ヴァインズを買って支援してあげようか、とロバートから返事がきた。最初のうちは取り合わないで、関係ないジョークを飛ばしてスルーしようとした。なぜなら、ほんとうに勉強しなきゃいけなかったから。でも彼はこう打ってきた。マジだって。ばかなこと言ってないでさっさとおいで——というわけで、マーゴはパジャマに上着を羽織って、彼の待つセブン-イレブンに向かった。

十一時近くだった。ロバートはまるで毎日会っている相手みたいに、とくにおおげさな挨拶もなくマーゴを出迎えると、店内に連れていってスナックを選ばせた。その店にはレッド・ヴァインズはおいていなかったので、彼女はチェリーコーク味のスラーピーと、ドリトスと、煙草をくわえたカエルの形をしたノヴェルティのライターを買ってもらった。

「プレゼント、ありがと」店の外に出ると、マーゴはお礼を言った。

ロバートは耳まで隠れるウサギの毛皮の帽子をかぶり、むかしながらの分厚いダウンジャケットを着ていた。ちょっとどんくさい感じがしなくもないけど、よく似合ってる、とマーゴは思った。

帽子は彼のワイルドな山男っぽいオーラをいっそう引き立てているし、厚いジャケットのおかげでおなかの出っぱりも、しょぼくれた猫背も隠れている。

「どういたしまして、コンセッション・スタンド・ガール」とロバートは言った。もちろん、もうとっくに彼女の名前を知っていたのだけれど。

きっとキスに持ってくつもりだ。マーゴはそう思い、身を引いて頬を差し出す準備をした。ところが、彼はくちびるにキスをするかわりに、彼女の片腕をつかんで、おでこにそっと口づけをした。まるで、彼女が何かとっても大切なものみたいに。

「勉強がんばるんだぞ」と彼は言った。「またそのうちな」

寮に向かって歩いていると、きらきらしたまぶしいものがあふれだしてくるような気分になった。きっとこれは恋が芽生える予兆に違いない、マーゴはそう思った。

冬休みに入って彼女が帰省しているあいだ、ふたりはジョークだけでなく、おたがいのちょっとした近況報告にいたるまで、ほとんどノンストップでメッセージのやりとりをした。「おはよう」と「おやすみ」の挨拶はもちろん、マーゴのほうから何か質問したのにすぐに返事がこないときは、せつないくらいじれったくって、胸を突き刺されているみたいだった。ロバートはミューとヤンという名前の二匹の猫を飼っているという話だった。ふたりはマーゴが子供の頃に飼っていたピタという猫を登場させて、一緒に込みいったシナリオを作り上げた。ピタはヤンには思わせぶりなメッセージを送るのだが、ミューに対してはいつもよそよそしく冷たい態度を取る。彼女はミューとヤンの仲を妬んでいるのだ。

「なんだって朝から晩までメールしてるんだ?」マーゴの継父は夕食の席で言った。「誰かと付き合ってるのか?」

「そう」とマーゴは答えた。「名前はロバート。映画館で知り合ったひと。愛し合ってるから、たぶん結婚するんじゃないかな」

「ふうむ」継父は言った。「彼にいくつか聞きたいことがあるって伝えてくれ」

うちの親があなたに話があるってとメッセージを送ると、ロバートからハート型の目をしたスマイルの絵文字が返ってきた。


大学に戻ったときには、マーゴはロバートにもういちど会う気まんまんだった。ところが意外にも、彼はなかなかつかまらない。ごめん。今週は仕事が忙しくて。近いうちにかならず時間を作るよ、なんて具合だ。マーゴは気に入らなかった。いつのまにか力関係が変化して、不利な立場に追いやられたような気がした。やっとむこうから映画に行こうと誘ってきたときには、すぐさま承諾した。

ロバートが観たがったのは、マーゴのバイト先のアートシアターで上映されている映画だった。でもマーゴは、それなら郊外にあるシネコンで観たいと言った。車が必要なので、学生はなかなか行かないからだ。ロバートは薄汚れた白いシビックで迎えにきた。カップホルダーからはキャンディの包み紙があふれだしていた。車を走らせているあいだ、彼は期待していたほどおしゃべりに付き合ってくれず、彼女のことをあまり見ようともしなかった。五分もしないうちに、マーゴはひどく落ち着かない気分になってきた。ハイウェイに入ったとき、もしかしたらこのままどこかに連れ去られてレイプされて殺されたりして、という想像が頭をよぎった。結局のところ彼がどういうひとなのか、ほとんどなんにも知らないのだ。

そんなことを考えた瞬間、彼が口を開いた。「心配するな。きみを殺したりしないから」ひょっとしたら、気まずい雰囲気なのは自分のせいなのかも、とマーゴは思った。びくびくしたりそわそわしたり、まるでデートに出かけるたびに殺されるんじゃないかって心配するような女の子みたいにふるまっちゃったから。

「いいわよ——殺したかったらどうぞお好きに」と答えると、ロバートは笑いながら彼女の膝を軽く叩いた。それでもやっぱり不安になるくらい口数が少なくて、彼女が会話のとっかかりを作ろうとあれこれ話を振ってみても、すべてむなしく跳ね返ってきた。映画館に入ると、彼はレッド・ヴァインズをネタに売店のレジ係に向かって冗談を言った。これが完全にスベって、その場の全員がドン引きしたのだが、とりわけマーゴはいたたまれない気持ちになった。

映画のあいだ、ロバートは手を握ってくることも、肩に腕をまわしてくることもなかった。駐車場に戻る頃には、きっと彼の気持ちが冷めちゃったんだとマーゴは思いはじめていた。彼女はレギンスにスウェットシャツという格好で出かけてきたのだが、それがいけなかったのかもしれない。車に乗りこんだとき、彼は言った。「おめかししてきてくれてうれしいよ」そのときは冗談だと思ったけれど、たぶんほんとうに気を悪くしていたのだ。ひやかし半分でデートにきたような感じがしたとか、そんな理由で。彼のほうはカーキのパンツにボタンダウン・シャツという格好だったから。

「さてと、どこかで一杯やってく？」車に乗りこむとロバートが言った。いかにもお義理を果たすような口調で。あきらかに断られることを期待しているみたいだ。そしてもしも彼女がほんとうに断ったら、ふたりはこの先二度と言葉を交わすことはないだろう。そう考えるとマーゴは悲しくなった。どうしてもロバートと一緒にいたかったからじゃない。というよりも、冬休み中にはあんなに期待していたわけだし、それがこんなふうにあっけなくふいになってしまうなんてあんまりだと思ったのだ。

「そうね、一杯やってもいいかも」と彼女は答えた。

「きみがそう言うんなら」

　きみがそう言うんならなんて、最高にやな感じ。彼女が助手席でむっつりと口を閉ざしていると、彼が足をつついてきた。「何をすねてるんだ？」

「すねてなんかない」と彼女は言った。「ちょっと疲れただけ」

「まっすぐ家に送っていこうか」

「いいの。飲みたい気分だもん。あの映画のあとじゃね」大衆向けの映画館で上映されてはいたが、ロバートが選んだのは気が重くなるようなホロコーストものの作品だった。どう考えても初デートで観るような映画ではなかったので、それを提案されたときには、マジでｗｗｗ、と返信した。するとロバートは冗談っぽく、きみの好みを誤解しててごめんよとか、そんならロマンティック・コメディでも観るか、なんて返事をしてきた。

　だがあらためて映画のことを持ち出すと、彼の顔がひきつった。それを見たとたん、今夜のできごとについてまったくべつの解釈がマーゴの頭に浮かんできた。もしかしたら彼は、わたしにいいところを見せようとしてホロコースト映画を提案したのかもしれない。なぜなら、ホロコーストものの映画はアートシアターで働いているような人間、つまり、彼がたぶんわたしのことをそうだって思いこんでいるようなタイプの人間を感心させる類《たぐ》いの〝シリアスな〟映画じゃないってことが、てんでわかっていないから。ひょっとしたら、マジでｗｗｗに傷ついたのかもしれない。引け目を感じちゃって、わたしといるのがつらくなったのかもしれない――そんなふうに相手の弱さを想像してみると胸が痛んで、ロバートに対してさっきまでよりずっと優しい気持ちがわいてきた。

どこに行きたいのか訊ねられると、マーゴはいつも飲みにいっている店の名前を挙げた。だがロバートは顔をしかめて、そこは学生の溜まり場だろ、もっといい店に連れていくよ、と答えた。というわけで、マーゴの知らない店に行くことになった。もぐり酒場風の秘密めかした店で、看板も出ていなかった。入り口の前には客の列ができていた。順番を待つあいだ、マーゴはそわそわしながら、ロバートに知らせておくべきことをどうやって切り出したものか、あれこれ考えた。だけど結局言い出せなくて、用心棒《バウンサー》に身分証を求められると、言われるまま差し出した。バウンサーはろくに確かめもしなかった。ただにやっと笑って「はい、だめ」と言い、ひらひら手を振って彼女を脇に追いやると、つぎに待っているグループを手招きした。

先に店のなかに入っていたロバートは、背後で起こっていることに気づかなかった。「ね、ロバート」と彼女は小さな声で呼んだ。だけど彼は振り向かない。とうとう列に並んで一部始終を見ていた客の一人が彼の肩を叩き、表の舗道に取り残されている彼女のほうを指差した。

決まり悪そうに立ちつくしていると、彼がやってきた。「ごめんなさい！」彼女は言った。「こんなのって、ほんっと恥ずかしい」

「いったいほんとはいくつなんだ？」彼は問いつめるような口調で言った。

「二十歳《はたち》」

「あっちゃ」と彼は言った。「たしかもっと年上なようなこと言ってたと思ったけどな」

「大学二年生だって言ったじゃない！」みんなが見ている前で門前払いをくらってバーの外に突っ立っているだけでも十分にみじめだっていうのに、ロバートまでもが彼女が何か悪いことでもしたような目つきで見ている。

「でもなんかしたとか言ってたろ――なんてったっけ？　ギャップ・イヤーだ」彼は言い負かそうとでもするみたいに反論してくる。

「どう言えばいいのかな」彼女は途方に暮れながら言った。「とにかく二十歳なの」すると、ばかみたいに涙がこみあげてきて、目がちりちり熱くなってきた。いつのまにかすべてが台なしになっていて、どうしてこんなにつらい目に遭っているのかわけがわからなかったのだ。

ところが、ロバートの前でマーゴが泣きべそをかくと、魔法のようなことが起こった。それまでの険悪な雰囲気がみるみるかき消えていったのだ――彼は急にしゃんと背筋をのばすと、熊みたいな腕を彼女の体にまわした。「ああ、可哀想に」と彼は言った。「大丈夫だよ、ハニー。なんでもないって。気にしなくていい」マーゴは彼の抱擁に身をまかせた。セブン-イレブンの外で感じたのとおなじような思いが胸にあふれてきた――このひとにとって自分は、いまにも壊れてしまいそうで不安になるほど繊細な、宝物のような存在なのだという思いが。彼が頭のてっぺんにキスをしてくると、マーゴは笑いながら涙を拭《ぬぐ》った。

「バーに入れなかったからって泣くなんて、信じらんない」と彼女は言った。「救いようのないばかって思ったでしょ」なんて言いながら、マーゴにはロバートがそんなふうに思っていないことがわかっていた。彼のようすを見ればあきらかだ。自分が相手の目にすごく魅力的に映っているのが手に取るようにわかる。瞳に涙をうるませながら微笑んでいるわたし。白くけぶるような街灯のあかりのなか、雪がちらつきはじめた夜空のもと――

ほら、キスをしてくる。くちびるへの、ほんもののキス――と、ほとんど突進してくるみたいに顔が近づいてきて、舌が喉の奥のほうまで入ってきた。ひどいキスだった。びっくりするくらい最悪だった。いい歳をした男がこんなにキスがへたくそだということが、マーゴはにわかには信じられなかった。これはヤバいと思いつつ、どういうわけだかまた彼に対して優しい気持ちがこみあげてきた。彼は年上だけれど、自分のほうがずっと得意なことだってあるのだ。

キスを終えると、ロバートはマーゴの手をしっかりと握って、べつのバーへと連れていった。ビリヤード台やピンボール・マシンが置いてあって、床にはおが屑が散らしてあって、誰も入り口で身分証の提示を求めてくるようなことのない店だ。ブース席のひとつに、彼女が一年生のときにティーチング・アシスタントだった英文科の院生の姿があった。

「ウォッカ・ソーダにするか？」とロバートが訊いた。これってたぶん、ジョークのつもりだよね、とマーゴは思った。いかにも女子大生が好きそうなものをわざと言ってるんだよね、わたしはウォッカ・ソーダなんて注文したことは一度もないけど。彼女は何を注文すればいいか、いくぶん不安になってきた――いつも飲みにいく場所では、バーテンダーが身分証をきっちりチェックするので、二十一歳以上の友達やよくできた偽の身分証を持っている友達がパブスト・ブルーリボンかバド・ライトか、その手のビールをピッチャーで注文してみんなにわけてくれた。そういうブランドを挙げたらロバートにまたからかわれるかもしれないと思ったので、とりあえず特定しないで答えた。

「ビールにしとこうかな」

ロバートは目の前の酒とさっきのキスに力づけられ、そしておそらくは彼女の泣き顔を見たことですっかりリラックスして、メッセージのやりとりをしているときに彼女が頭のなかで思い浮かべていたような、おもしろくて気のきいたひと、という感じになってきた。話しているうちに、マーゴは確信を深めていった――さっきまでは相手が自分に対して怒りや不満を覚えているのだと思いこんでいたけれど、じつはそうじゃなくて、あれは緊張や、彼女につまらない思いをさせているんじゃないかという不安のあらわれだったのだと。ロバートは何度もマーゴが最初に今夜の映画をはねつけた話を蒸し返した。そのネタを冗談めかして持ち出しては、彼女がどんな反応をするかをじっくり観察した。彼女のハイブラウな趣味をからかい、映画の講義をいくつも受けてきたような相手にいいところを見せるのはどんなに骨が折れるか、なんて話をした。実際には、彼女はたった一度、夏期講座の映画の授業を受けたことがあるだけだって知っているくせに。彼女がこじゃれたアートシアターで働いている同僚とつるんで、ワインも置いてなくて、ＩＭＡＸ３Ｄなんて代物が上映されているようなそこらへんのシネコンに行く人間を小馬鹿にしているんだろうとかなんとか、おもしろおかしく話してみせた。マーゴはお高くとまった映画マニアという、ロバートが作り上げた自分像をネタにした冗談に付き合って笑った。でも、彼の言うことはことごとく理不尽に思えた。だって、そもそもクオリティ16に行こうと提案したのは彼女のほうだったのだから。だけどいま思えば、そのこともロバートを傷つけたのかもしれない。デートでバイト先に行くのは嫌だってことくらい説明しなくてもわかるだろうと思っていたけれど、たぶん彼はそれをもっと自分の身に引きつけて解釈していたのだ——彼女が自分と一緒にいるところを見られるのを恥じているのだと勘ぐったのかもしれない。マーゴはロバートという人間が理解できたような気がしてきた。彼がいかに感じやすいか、いかに傷つきやすいか——そう思うとぐっと親しみがわいてきて、さらには、彼を支配しているような気さえしてきた。どうしたら相手を傷つけられるかがわかったからには、相手を安心させる方法を会得したもおなじなのだ。マーゴは彼の好きな映画についてあれこれ質問し、それからあえて自虐的になって、正直言ってアートシアターでかかっているような作品は、どこがおもしろいのかもどう解釈したらいいのかもさっぱりわからないのだと話してみせた——年上の同僚たちと話すと劣等感にさいなまれちゃう。ときどき、わたしは物事について自分なりの意見をもつことができるほど賢い人間じゃないのかもって心配になるんだ。これがロバートにみるみる効果を発揮した。彼女は馬とか熊とか、人慣れしない大きな動物をたくみに手なずけ、自分の手からじかに餌を食べさせているような気分にひたった。

三杯目のビールが運ばれてきた頃、マーゴはロバートとのセックスはどんなだろう、と想像しはじめていた。おそらくさっきの最悪のキスと似たり寄ったりだろう。ぎこちなくて、力まかせ。でも、彼がどれほど興奮するか、彼女にいいところを見せようとどれほどむきになるかを思い浮かべると、おへその下のあたりがきゅんと疼《うず》いた。思わずびくっとするような、輪ゴムが肌にぱちんと当たったときみたいな感覚だ。

おたがいの三杯目のグラスが空になったタイミングで、マーゴは思いきって「そろそろ出よっか?」と言った。ロバートは彼女がデートを切り上げようとしていると思ったのか、一瞬、傷ついたような表情を浮かべた。でもマーゴが手をとって彼を立ち上がらせると、ようやく彼女の本心に気づいた。彼がいそいそとついてくるのを見ると、彼女はまたしても輪ゴムが当たるような刺激を覚え、そしてなぜだか、両手でつかんだ彼の手のひらがすべすべしているということにもぞくっとした。

店の外に出ると、彼女は二度目のキスを期待してロバートの正面に立ったが、意外にも彼は軽くつつくようにくちびるを触れ合わせただけだった。「酔ってるな」彼は責めるように言った。

「酔ってなんかないもん」とは言ったが、マーゴは酔っていた。ロバートの大きな体にもたれかかると、自分がすごくちっぽけな感じがした。彼は喉を震わせて深い溜息をもらした。まるで彼女が直視できないほどまぶしいものか何かのように。なんだか自分がたまらなくそそる存在みたいな気がしてきて、彼女はまたぞくぞくした。

「送ってくよ、酔っ払いさん」ロバートはそう言うと、マーゴを車に連れていった。だがいざ車のなかに入ると、彼女はふたたび彼にもたれかかった。そのうち、彼の舌が喉の奥まで入ってくる寸前に体をややうしろに引くことで、うまい具合に優しいキスをさせることができた。それがいい感じだったのでさっそく彼の膝にまたがると、硬くなった棒状のものがズボンのなかでつっぱっているのがわかった。その塊が彼女の重みで右に左に転がるたび、彼は打ち震えるような甲高い声をもらすのだが、マーゴにはそれが芝居がかって聞こえてしかたなかった。するとロバートは不意に彼女の体を押しのけ、キーをまわしてエンジンをかけた。

「車のフロントシートでいちゃつくなんて、十代のガキじゃあるまいし」うんざりだというようなそぶりを装って言ってから、彼はつけくわえた。「もうこんなことするような年じゃないだろ。なんたって、二十歳なんだから」

マーゴは彼に舌を突き出してみせた。「じゃ、どこならいいの？」

「きみんとこ？」

「うーん……それはちょっとまずいかも。だってほら、ルームメイトがいるし？」

「ああそうだ。寮に住んでるんだったな」まるで彼女がそのことを詫びなければいけないみたいな口ぶりだ。

「あなたはどこに住んでるの？」

「一軒家だ」

「かまわないかな……行っても？」

「かまわないよ」

彼の家は大学のキャンパスからそう遠くない、木々の多い瀟洒《しょうしゃ》な界隈にあった。戸口では豆電球を連ねた電飾が楽しげに白い光を放っている。車から降りる前、彼は沈んだ声で警告か何かのように言った。「言っとくけど、猫を飼ってるんだ」

「知ってるって」と彼女は答えた。「その子たちの話、メッセージでやりとりしたじゃない?」

ロバートは玄関先で鍵を取り出そうとがさごそやりはじめたのだが、なぜかばかみたいに時間がかかって、そのうちぶつぶつと悪態までつきはじめた。マーゴはムードがぶち壊しにならないように彼の背中をさすってみたが、かえって彼を焦らせてしまうみたいだったので、手を引っこめた。

「さてと。ここがおれんちだよ」ぶっきらぼうに言いながら、ロバートはドアを押し開けた。

通された部屋は照明が暗く、物があふれていた。だんだん暗さに目が慣れてくると、どれもこれもなじみのあるものの像《かたち》をとっていった。本がぎっしり詰まった大きな本棚が二つ。アナログ・レコードが収納された棚。ボードゲームのコレクション。そして、たくさんのアート——ていうか、ただのポスターなんだけど、少なくとも丁寧に額装してあって、壁にじかに画鋲《かびょう》で留められたり貼り付けられたりしているわけじゃない。

「いい部屋ね」とマーゴは言った。本心だった。口にしながら、自分は安心したのだと思った。考えてみれば、いままでセックスするのに誰かの家に行くなんて経験は一度もない。これまでの相手はみんな同年代の男の子だったから、いつもどちらかのルームメイトの目を避けてこそこそするようなところがあった。こうして完全に他人の縄張りに足を踏み入れるというのは新鮮で、いくぶん恐ろしいことでもあった。ロバートの部屋を見て、アートにゲームに本に音楽と、たとえかなり大雑把なくくりであったとしても、彼が自分と共通のものに関心があるという証拠を目にしたことで、みずからの選択が間違いではなかったと、心強い承認を得たような気がしたのだ。

なんてことを考えていると、こちらをしげしげと眺め、部屋が彼女にどんな印象を与えたかをじっくり観察しているロバートの姿が目に入った。すると、まだ恐怖が未練がましく心のどこかにしがみついていたのか、ふと物騒な考えがマーゴの頭をかすめた。もしかしたらこれは部屋なんかじゃなくて、ロバートが彼はふつうの人間だと、つまり、わたしとおなじような人間なんだということを信じこませるために仕組んだ罠なのかもしれない。じつはこの部屋のほかは廃墟も同然だったり、あるいは、見るも恐ろしい光景が広がっているのかもしれない。死体があるとか、誰かが拉致監禁されてるとか、鎖なんかが用意してあるとか——だが気がついたときにはロバートにキスをされていた。彼は彼女のバッグとふたりのコートをカウチに放り投げると、彼女を寝室に促しながら、お尻をまさぐり、胸を撫でまわしてきた。例の初めてのキスとおなじ、欲望まるだしの、ぎこちないやりかたで。

寝室は空っぽの廃墟ではなかったが、居間にくらべるといくぶん殺風景だった。ベッドフレームはなくて、マットレスとボックス・スプリングがじかに床に置かれている。ドレッサーの上にウィスキーの瓶が置いてあり、彼はそれをぐいっとひとくちラッパ飲みしてから彼女にまわしてよこし、ひざまずいてラップトップを開いた。パソコンでいったい何をするつもりなのか、彼女は一瞬うろたえたが、やがて彼は音楽を流そうとしているのだとわかった。

マーゴはベッドに腰をおろした。ロバートはシャツを脱いでベルトを外し、ズボンをくるぶしまで引き下げ、そこまできて靴を履いたままだということに気づいて、靴紐をほどくために前かがみになった。腰を折り曲げた姿はなんともぶざまで、お腹のまわりにはぶよぶよした毛むくじゃらの贅肉がたっぷりとついていた。それを見てマーゴは思った――うわ、ムリ。でも、自分からけしかけたことをやめさせるのにどれだけの労力を要するかを考えただけで脱力した。きっと相当の戦略や気遣いが必要になるだろう。そんなもの奮い起こせそうもない。マーゴは相手が自分の意思に反することを強要してくるのが怖かったわけではない。ここまでいろいろと事を推し進めるようなことをしておきながら、いまさらやめにしようと言い張ったりしたら、わがままで気まぐれなやつだと思われてしまうかもしれないと心配になったのだ。それって、レストランで料理を注文したくせに、いざテーブルに運ばれてきたとたん、気が変わったといって下げさせるような身勝手なことなんじゃないだろうか。

彼女はウィスキーをひとくち飲み、どうにか抵抗感を抑えつけて服従しようとした。だが、いざロバートにおおいかぶさられ、あの大げさで雑なキスを浴びながら、左右の乳房におつぎは股間と、変態流の十字でも切るみたいに機械的に体をまさぐられると、呼吸が苦しくなりはじめ、やっぱり最後までやり遂げるのは無理だと思った。

身をくねらせて彼の体の下から這いずり出て、自分から相手の上にまたがってみると、いくらかましになった。目を閉じて、セブン-イレブンでおでこにくちづけされた記憶を呼び起こしてみるのも効果があった。よしこの調子といきおいづいて、シャツをめくり上げて頭から脱いだ。ロバートが手を伸ばしてきて、ブラジャーのなかから片方の胸をすくい上げ、乳房が中途半端にブラのカップの外にはみ出したままの状態で、親指と人差し指で乳首をつまんで転がした。こんなのって落ち着かない――マーゴは前かがみになって、彼の手に胴体を押しつけた。ロバートはそのしぐさの意味に気づいてブラジャーを外そうとしたものの、ホックを外すのに手間取った。あからさまにいらいらする彼を見て、家の鍵を取り出すのにもひと苦労していたことを思い出した。とうとう彼は、命令するような口ぶりで言った。「そいつを外せよ」マーゴは言われたとおりにした。

彼女をながめる彼の顔つきは、これまで裸でベッドをともにしてきた男たちが浮かべた表情を大げさにしたヴァージョンみたいだった。男たちといっても、それほどいるわけじゃない――全部で六人。ロバートで七人目だ。彼は呆気に取られ、まるでミルクに酔った赤ん坊みたいに悦びに惚《ほう》けているみたいだった。マーゴは思った。セックスの何がいいかって、たぶんこの瞬間がたまらなく好きなんだ――男がこんなふうにさらけだされてしまう瞬間が。ロバートはほかの男たちよりもあからさまに彼女への欲望を剝《む》き出しにしていた。いままでの誰よりも年上なんだから、きっと裸の胸や体なんてずっと見慣れているはずなのに――でもきっと、それも一つのポイントなのだろう。彼は年上で、彼女が若いということも。

キスをしながら、いつしかマーゴは自分でも恥ずかしくなるくらい自惚《うぬぼ》れに満ちた幻想にひたっていた。どうだ、この娘《こ》の美しいことといったら――彼女はロバートが考えていることを想像した――彼女はパーフェクトだ。体も完璧、どこもかしこも非の打ち所がない。まだたったの二十歳だ。肌にはしみひとつない。たまらなくこの子が欲しい。これほどまでに誰かに欲望を覚えたことなんてない。死ぬほどこの子が欲しい。

相手がどれほど欲情しているかを想像すればするほど、彼女自身も興奮してきた。やがてふたりは体をぶつけ合わせ、リズムに乗りはじめた。彼の下着のなかに手を伸ばしてペニスを握ると、先のほうが真珠色の雫《しずく》で湿っているのがわかった。彼はまた例の、女の子のすすり泣きみたいな甲高い声をあげた。それはやめてくれないかな、と上手に伝える方法はないものかと考えてみたけれど、何も思い浮かばなかった。そのうち彼の手が下着のなかに入ってきた。彼女が濡れていることがわかって、見るからに安心したようだ。そのまま彼はしばらく指先で彼女を愛撫した、とても優しく。彼女はくちびるを噛んで、感じているふりをしてみせた。だがつぎの瞬間、指が力強く突っこまれてきたので、思わず顔をしかめた。彼は手を引っこめて言った。「ごめん！」

すると彼は、焦ったように真顔で訊いた。「ちょっと待った。初めてなのか？」

実際、その晩は何もかもが目新しい、経験したことのないことばかりだったので、彼女はつい「うん」と答えそうになったが、すぐに彼の質問の意味に気づいて、声をあげて笑いはじめた。

ほんとは笑うつもりなんてなかった。その頃にはもう十分わかっていたから。ロバートは思わせぶりに優しくからかわれるとうれしがるが、笑われることには我慢ならない人間なのだということを。でもどうしてもこらえられなかった。初めてのセックスは、長い時間をかけ何度も先送りしたすえに経験した。二年の付き合いになるボーイフレンドと数カ月にわたって真剣に議論し、さらには婦人科に相談にも行ったし、ママとだって、めちゃくちゃ気恥ずかしいけれどものすごくためになる話し合いをした。結局、ママがB&Bの部屋を取ってくれて、そのうえ後日、手書きのカードを贈ってくれた。そういういろんな経緯と幾重もの感情のプロセスを経てようやく踏み切ったことを、いかにもわかったふうなホロコースト映画を観て、ビールを三杯ひっかけて、たいした考えもなくついていったどこぞの家で、バイト先の映画館で知り合った男と済ませてしまうなんてことを想像すると、おかしくて思わず吹き出してしまったのだ。が、いくぶんばか笑いが過ぎてしまった。「すまない」と、ロバートは冷ややかな声で言った。「知らなかったもんで」

マーゴはあわてて笑いを喉の奥に押しこめた。「ううん……ちゃんと訊いてくれるなんて優しい」と彼女は言った。「でも、セックスするのは初めてじゃないわ。笑ったりしてごめんなさい」

「謝ることないさ」と彼は言ったが、その顔つきといい、彼女の肌に当たるペニスが柔らかくなってきたことといい、どう考えてもやっぱり謝ったほうがいいみたいだ。

「ごめんなさい」彼女は反射的にもういちど詫びてから、とっさに思いついて言った。「わたし、緊張しちゃってるのかも」

ロバートは目を細めてじっと顔をのぞきこんできた。彼女の言い分を疑っているふうにも見えたが、どうやらそれで納得したようだ。「緊張しなくていいんだよ」彼は言った。「ゆっくりいこう」

そう、ゆっくりね、とマーゴは心のなかで言った。すると、さっそく彼が抱きついてきて、キスをしながら体の上にのしかかってきた。これがすてきな情事になる可能性は完全に消えてしまったわけだけれど、ともかく最後までやり遂げることになるのだろう。ロバートが服を脱ぎ捨てて、毛むくじゃらの三段腹の下から半分だけ顔をのぞかせているペニスにコンドームをつけている姿を目の当たりにすると、嫌悪感がこみあげてきて、折り合いをつけて保っていた平静さをいまにも失いそうになった。しかし彼の指がふたたび彼女のなかに入ってくる。今度は優しさのかけらもないやりかたで。彼女は頭のなかで自分の姿を真上から眺めてみた。真っ裸で足を広げて、年の離れたデブ男にあそこに指を突っこまれている。嫌悪感は自己嫌悪と惨めさに変わった。いくぶん倒錯したその感情は、性的興奮の親戚のようなものと言えなくもなかった。

　セックスの最中、ロバートはお粗末な手際でマーゴに順ぐりにいろんな体勢をとらせた。ひっくり返されたり、あっちこっち向かされたりしているうちに、彼女はセブン-イレブンのときとおなじように、自分が人形みたいに扱われているような気がしてきた。ただし、今度は大切な宝物のお人形さんではない——折り曲げ自在の丈夫なゴム製の人形、彼の脳内で再生されている映画の小道具だ。彼女が馬乗りになると、彼は太ももを手のひらで叩きながら言った。「そう、そうだ、これがいいいか」質問なのか、感想なのか、あるいは命令なのか、どれとも判断のつかないようなイントネーションで。それから彼女をひっくり返してうつぶせにすると、耳もとに低い声でつぶやいた。「ずっといいおっぱいした娘《こ》とヤりたかったんだ」マーゴは枕に顔をうずめて、ふたたび笑いを噛み殺さなければいけなかった。最後に彼が上になって正常位になると、ペニスが何度も萎えかけ、そのたびに彼はやたら強気な声で「きみのせいでこんなに硬くなってるんだぜ」と言った。まるで虚勢を張りつづけていれば、いつか現実になるみたいに。とうとう取り乱したウサギみたいに身悶えしたかと思うと、ぶるっと体を震わせて絶頂に達し、木が倒れるごとく、どさっと彼女の真上にのしかかってきた。ロバートに押しつぶされながら、マーゴははっきりと悟った——これはわたしの人生史上最悪の決断だわ！　彼女はしばらくのあいだ、自分自身に驚いていた。なんという不可解な人間なんだろう。こんなにも奇妙な、まったくもって説明のつかないことをやってのけるなんて。

やがてロバートが起き上がり、いそいそとバスルームに消えていった。コンドームを落とさないように握りしめながら、おたおたとがに股で。マーゴはベッドに仰向けに寝そべって天井を見つめた。そのとき初めて、シールがぽつぽつと貼り付けてあるのに気づいた。部屋を暗くすると光る、ちっちゃな星型や月型のあれだ。

ロバートがバスルームから出てきて、ドアのところにシルエットが浮かび上がった。「これからどうしたい？」彼は訊ねた。

「ふたりそろって自殺しちゃったほうがよさそうね」マーゴはそう答えるところを想像した。それから、この広い宇宙のどこかに、いまのこの状況はおぞましいけれど最高に笑えるものなんだと、自分とおなじように考えてくれる男の子がいるということを空想してみた。そしていつか遠い未来、その男の子に今夜のできごとを話して聞かせる場面を妄想した。「そしたらそいつが言ったの。『きみのせいでこんなに硬くなってるんだぜ』って」男の子は悶絶しながら悲鳴をあげて、彼女の足をつかむ。「うっそだろ！　もうだめだ、頼む、やめてくれ。これ以上ムリだって」それから、ふたりはおたがいにすがりつくみたいに抱き合って、笑って笑って笑いつづけるのだ——でも、そんな未来はもちろんやってこない。そんな男の子は存在するわけないし、この先現れることだって絶対にないから。

というわけで、彼女は黙ってただ肩をすくめてみせた。ロバートは「映画でも観ようか」と言うと、パソコンのほうに歩いていって何かをダウンロードした。マーゴはそれがなんなのか気に留めなかった。なぜか知らないけど彼が選んだのは字幕ものの外国映画だった。彼女はずっと目を閉じていたので、どんな物語が繰り広げられているのかさっぱりわからなかった。そのあいだじゅうずっと、ロバートは彼女の髪を優しく撫でながら、肩までゆっくりと軽いキスを這わせていった。ほんの十分前までポルノ映画ばりに彼女を乱暴に扱って、「ずっといいおっぱいした娘とヤりたかったんだ」なんてうなり声をもらしたことなんか、すっかり忘れてしまったみたいに。

そこで突然、ロバートが彼女への想いを語りはじめた。彼女が帰省しているあいだ、高校時代の恋人とよりを戻しているかもしれないと心配していたらしい。どうやらあの二週間のあいだに、ロバートはひそかに頭のなかでドラマを繰り広げていたようだ。マーゴが大学生活では彼、つまりロバートと付き合っておきながら、地元に帰ると高校の同級生のもとに走ってしまうという筋書きのドラマだ。ロバートが空想したその同級生というのは、肉食系のハンサムな体育会のやつで、とても彼女にふさわしいとは言えないのだが、それでも地元セイリーンの町ではヒエラルキーの頂点に君臨しているがゆえに、魅力的に見えてしまうのだそうだ。「すごく不安だったんだ。もしかしたらきみが、ほらその、まずい決断をして、こっちに戻ってきたときに、おれたちの関係がおかしなことになっちまうんじゃないかって」と彼は言った。「でもきみをちゃんと信じていればよかったんだよな」わたしが高校時代に付き合ってた男の子はゲイなの――マーゴはそう告げるところを想像した。高校時代からわたしたちはそうなんじゃないかって思ってたんだけど、大学に入って一年くらいいろんな相手と寝てみて、彼ははっきりとそうだって自覚したの。じつのところ、彼は自分のアイデンティティが男性なのかどうかさえ百パーセントの確信をもてなかったの。わたしたちは時間をかけて別ればなしをして、彼が男性でも女性でもないノンバイナリー・ジェンダーだってことをカミングアウトしたらどうなるだろうってことも話し合った。だから彼とセックスするなんてありえないし、そもそもそんな心配してたんならわたしに訊けばよかったじゃない。いろんなこと質問すればよかったじゃない。

でも、マーゴはひとことも口にしなかった。ただむっつり黙って横たわり、憎しみに満ちた黒いオーラを発していた。やがてロバートがとうとう声をひそめて言った。「まだ起きてる？」彼女はうん、と答えた。「大丈夫か？」

「あなたって、何歳なの？」彼女は訊ねた。

「三十四だ……それがどうかした？」

暗がりのなかでも、横にいる彼が怯えて震えているのが伝わってきた。

「べつに」とマーゴ。「どうもしないけど」

「よかった」とロバートは言った。「いつかきみに話したいと思ってたんだ。でも、どう受けとめられるかわからなかったからさ」そして寝返りを打って、おでこにくちづけをしてきた。マーゴは塩をかけられたナメクジみたいに、額からみるみる体が溶解していってしまうような気がした。

時計に目をやると、もうすぐ朝の三時になるところだった。「もう帰らなきゃいけないかも」

「ほんとか？」彼は言った。「泊まってくのかと思ってたんだけど。おれが作るスクランブル・エッグは激ウマだぜ！」

「ありがと」彼女はレギンスに足をすべりこませながら言った。「でもムリ。ルームメイトが心配するかも。だから」

「寮の部屋に戻らなくっちゃ、ってことか」彼の声は皮肉に満ちていた。

「そ」と彼女は答えた。「だってそこに住んでるんだもん」

ドライヴははてしなく続くように感じられた。雪はいつのまにか雨に変わっていた。ふたりはひとことも口をきかなかった。やがてロバートがカーラジオをつけ、NPRの深夜番組をかけた。マーゴはシネコンに向かってハイウェイに入ったとき、このままロバートに殺されるのかもしれないと想像したことを思い出した。たぶん、今度こそ殺されるのかもね。

彼は殺したりしなかった。彼女を寮の前まで送り届けてくれた。「今夜はほんとに楽しかった」そう言いながら、シートベルトを外した。

「ありがと」マーゴはバッグを両手でつかんだ。「わたしも」

「やっとデートが実現して、ほんとにうれしいよ」とロバートが言った。

「デ、ー、ト、だって」と、彼女は空想上の彼氏に話しかけた。「その男はそれをデ、ー、ト、って言ったのよ」そして、マーゴと彼氏はげらげら笑いころげる。

「よかった」彼女はドアの把手に手を伸ばした。「映画とかいろいろ、ごちそうさま」

「待った」ロバートは彼女の腕をつかんだ。「おいで」彼女を運転席のほうに引き寄せると両腕を体にまわし、最後にもういちど、舌を喉の奥までいきおいよく突っこむ例のキスをした。「もうやだ。これいつまで続くの?」マーゴは脳内彼氏に訊ねたが、脳内彼氏は答えてくれなかった。

「おやすみなさい」彼女はそう言ってドアを開け、そそくさと逃げ出した。自分の部屋にたどりついたときには、すでにロバートからメッセージが入っていた——言葉はなし。ハートマークとハート型の目をしたスマイルマークが何個かならんでいて、そしてどういう意味だか知らないけれど、イルカの絵文字がひとつ。

マーゴは十二時間眠り、目を覚ますと食堂でワッフルを食べて、ネットフリックスで刑事もののシリーズ・ドラマをいっき観《み》した。そして、ロバートがいなくなってくれたりしないだろうか、こっちがなんにも手を打たないでも、ただいなくなれって願うだけでいなくなってくれたりしないものだろうか、と思いをめぐらせた。つぎに彼からメッセージがきたのは夕食のすぐあとだった。レッド・ヴァインズについてのたわいないジョークだったが、彼女はすぐさまそれを削除した。全身が総毛立つような嫌悪感がこみあげてきて、耐えられなかったのだ。現実に彼がしたこととくらべてみれば、ずいぶん理不尽な反応のような気もした。やっぱり少なくとも、お別れのメッセージ的なものくらいは送るべきだろう。このまま無視をきめこんで自然消滅を狙うなんて、非常識だし子供じみてるし残酷だ。それに、もし連絡を絶って縁を切ろうとしても、ロバートがこっちの意図に気づくのにどれくらいかかるだろう？　たぶん、メッセージはいつまでも届きつづけるだろう。きっと、けっしてとだえることはないだろう。

マーゴはメッセージの下書きを打ちはじめた——楽しいひとときをありがとう。だけどいまは誰かと真剣に付き合う気はないの——でも彼女はあいまいな言葉を連ね、謝りつづけ、ロバートがひょっこりかいくぐってきてしまうかもしれない抜け道を作るまいとした（了解。おれもマジな付き合いには興味ないから。もっと気軽な関係でかまわないよ！）。だから下書きはどんどん長文になり、ますます送れそうになくなっていった。そのあいだも彼からのメッセージは届きつづけた。どれもたいしたことのない内容で、一通ごとに前のメッセージよりも涙ぐましい感じになっていった。彼があのマットレスを置いただけのベッドに横たわって、メッセージをひとつひとつ丹念に練り上げている姿が目に浮かんだ。そういえば、しきりに猫の話をしていたこともあったけど、彼の家で猫なんて見かけなかった。もしかしたら、あれも作りばなしだったのだろうか。

翌日からしばらく、マーゴは気がつくと塞ぎこんでぼんやりしながら、何かを失ったような気分にひたっていた。自分が恋しがっているのはロバートだということはわかっていた。現実のロバートじゃなくて、休暇のあいだ何通ものメッセージの向こうに思い描いていたロバートだ。

なあ、ずいぶん忙しいみたいだね？　ロバートがついにそう打ってよこしたのは、セックスをしてから三日後のことだった。書きかけのお別れのメッセージを送るなら、いまこのタイミングしかない。わかってはいたものの、マーゴは、ハハハ　うん、ごめん。近いうちに連絡する、と返信した。いったいどうしてこんなことするの？　彼女は送信してから思った。われながらほんとうにわけがわからなかった。

「あんたに興味ないって言ってやれば済むことじゃん！」ルームメイトのタマラがいらいらしながら叫んだ。マーゴは一時間ばかりベッドに寝転んで、ロバートにどう言うべきか悶々としていたところだった。

「それだけじゃ済まないよ。だってセックスしたんだから」とマーゴは答えた。

「したの？」タマラが言った。「って、ヤッたの？」

「いいひとなのよ、まあ」マーゴはそう言ってから、はたしてそれってどれくらい真実なんだろうかと思った。するとタマラが急に飛びついてきてマーゴの手からスマホをひったくり、ベッドから離れたところに行ってスクリーンに親指を走らせた。タマラがスマホをベッドに放り投げてよこすと、マーゴはあわててそれを拾い上げた。タマラはこう打っていた——どうも　あなたにきょうみないんで　もうメッセーじよこすのやめて

「信じらんない」たちまち呼吸が苦しくなってきた。

「何がよ?」タマラはあっけらかんと言った。「大騒ぎするほどのこと? ほんとのことじゃん」

でもふたりとも「大騒ぎするほどのこと」だということはわかっていた。マーゴは恐怖で胃がきりきりと締めつけられ、いまにも吐いてしまいそうだった。ロバートがスマホを取り上げ、メッセージを読み、ガラスみたいに固まって、そして粉々に砕け散っていく光景が頭に浮かぶ。

「落ち着きなって。飲みいこ」とタマラが言い、ふたりはバーに行ってピッチャーをシェアした。そのあいだじゅうずっと、向かい合ったテーブルの上にはマーゴのスマホが置いてあった。ふたりとも努めて気にしないようにしていたが、メッセージの着信音が鳴ると、いっせいに悲鳴をあげておたがいの腕にしがみついた。

「ムリだよ——読んでよ」マーゴはスマホをタマラのほうに押しやった。「あんたがしたことなんだからね。責任取ってよ」

ところが、メッセージにはこう書いてあった——わかったよ、マーゴ。残念だな。なんか気を悪くさせるようなことしたんじゃないといいけど。きみはすごくいい子だ。一緒に過ごしててほんと

に楽しかった。気が変わったら連絡してくれ。

　マーゴはテーブルにつっぷして、両腕に頭をうずめた。まるで自分の血を吸いつづけて日ごとに大きくなっていった蛭《ひる》がやっと皮膚から剝がれ落ちてくれたのはいいけれど、ひりひりする痣《あざ》を残していったみたいな気分だった。でも、どうしてそんなふうに感じてしまうんだろう？　たぶん、自分がロバートに対してフェアじゃない態度を取っているから。あのひとは悪いことはなんにもしていない。ただわたしのことが好きで、セックスがへたで、それからたぶん、猫を飼ってるって嘘をついたってだけ。その猫だって、じつはほかの部屋にいただけなのかもしれない。

　だがそれから一カ月後、マーゴはバーでロバートを見かけた——行きつけの学生街の店、彼女がデートのときに彼に提案した店だ。ロバートはひとりで奥のほうの席に坐っていた。何かを読むでもスマホをいじるでもなく、ただ静かに、背中を丸めてビールを飲んでいた。

　マーゴは一緒にいたアルバートという名前の男友達にすがりついた。「どうしよう、あいつがいる」と声をひそめて言った。「映画館で知り合ったあの男！」その頃にはアルバートもその顚末《てんまつ》を知っていた。とはいっても、事実とは微妙に違ったヴァージョンだったけれど。その話はマーゴの友人はほとんど全員が知っていた。アルバートは彼女の正面に進みでると、ロバートの視界に入らないようにして、ふたりで友達が集まっているテーブルに急いで戻った。マーゴがロバートが現れたことを告げると、友人たちは驚きにどよめいた。みんなでぐるりと彼女を取り囲みながら、足早に店をあとにした。まるで大統領を警護するシークレット・サービスみたいに。どう考えてもやりすぎだった。マーゴは自分が鼻持ちならない嫌な女みたいなことをしているんじゃないだろうかと思った。でもやっぱり、気分が悪くなって恐怖がこみあげてくるのも事実だった。
その晩、タマラと一緒にベッドで丸くなっていると、スマホのスクリーンがキャンプファイアのごとく、ふたりの顔をちらちらと照らしはじめた。マーゴはつぎつぎとやってくるメッセージを読みはじめた——やあ、マーゴ。さっきバーできみを見かけたよ。もう連絡するなって言われてたけど、すごくきれいだったって、それだけ伝えたくて。元気で！

こんなこと言うべきじゃないんだろうけど、きみがほんとに恋しい

なあ、こんなこと訊く資格ないのかもしれないけど、よかったらおれの何がいかなかったのか教えてほしいんだ

＊いけなかったのか

おれたちは心が通じ合ってるって思ってたんだけど、きみのほうはそうじゃなかったのか、それとも……

おれが年上すぎたのか、それとも、もしかしてほかに好きなやつがいるのか

さっき一緒にいたやつと付き合ってるのか

？？？

それとも、あいつもただヤるだけの相手か

ごめん

処女かどうか訊いたときに笑ったのは、数えきれないくらいの男とヤッてるからだったのか

いまもさっきの野郎とヤッてる最中か

そうなのか

そうなのか

そうなのか

なんとか言えよ
この売女《ばいた》

キズ

Scarred

その本は図書館の棚の裏側に押しこまれていた。本っていってもぜんぜんそれらしくなかった。表紙なんかなくって、コピーされた紙の束がホチキスで留めてあるだけ。裏返してみても、貸し出しカード入れもスキャン用のバーコードも見当たらなかった。あたしはそれを丸めてポケットに入れると、カウンターを素通りして外に出た。愛しき反抗《レベル・レベル》。

家に帰ると、最初のページをめくって書かれているとおりのことをした。地下室の床にチョークで円を描いて、戸棚にあったバジルとブラックベリーを合わせてすりつぶした。まるでおしゃれなサマー・カクテルでも作るみたいに。そこに自分の髪の毛をひとふさ燃やして加え、それから親指のはらにピンを刺して、新鮮な血を一滴絞り出して垂らした。それで願いごとが叶うかもなんて期待してたからじゃない——そもそも自分にそんなものがあるのかどうかもわからなかったし——これまでいろんなお話を読んできた経験上、地元の図書館の棚の裏に隠された魔術の書を見つけたりしたら、とりあえずいちどはそれを試してみるものだってことを心得ていたから。

まったく、がっかりだった。そんなことだろうとは思っていたけど、なんにも起こらなかった。残りのページをぱらぱらめくって、魔法でほかにどんなものを手に入れることができるのかざっと見てみた——富、美、パワー、愛。どれもちょっとかぶりぎみな気がした。少なくともいくつかは、〈心からの願望〉が叶えば済むことじゃないだろうか。ぶっちゃけ、全体的にどうもニューエイジ臭が鼻についた。あたしは立ち上がって上に戻ろうとした。急げばバーのハッピーアワーに間に合うはず。サマー・カクテルなんて想像したせいで喉が渇いてたし、それに地下室は焦げた髪の毛のにおいでむせかえりそうだった。

と、何もない空間に、いきなり彼が現れた。コンクリートの上によつんばいになって、すりむけた両膝から血を流し、両手のひらをおもいっきり広げて。まるでどっかから落っこちてきたみたいだ。お辞儀でもするように頭を垂れて。お風呂あがりの犬みたいにぶるぶる体を震わせて。

真っ裸で。

思わず笑っちゃうところだった。ショックからまっさきに復活した脳の回路の一部で、（裸の男って、欲望の具現化にしても、まんますぎるじゃん）って思ったのだ。やっと残りの回路もまともに動きはじめると、あたしは悲鳴をあげながら大慌てで地下室の階段を駆け上がり、途中でつまずいて、ドアにすがるみたいにしてへたりこんだ。

ひいひい泣きながらドアのハンドルを手探りしているうちに、彼が立ち上がった。体がぐらぐらしてる。足首がぐにゃっと逆側に曲がるのを見て、あたしは思わず顔をしかめた。彼はよろよろしながら、どうにかまっすぐに立った。

頭をあげて、こっちを見た。

「コワがらないで《スケアド》」と彼は言った。

でも、スコットランド系だかアイルランド系だかしらないけどちょっと訛《なま》りがあって、aをはし《エー》よって、rをやたらひきのばして発音するものだから、「キズつかないで《スカード》」って聞こえた。《アー》

あたしはやっとのことでドアを開けて地下室から出るとすぐにドアを閉め、がっちりと鍵をかけた。キッチンに逃げこんで、ナイフ立てからいちばん大ぶりのナイフを二本抜き取り、腰をかがめて防御の姿勢をとった。心配だった。彼が追いかけてきて、ドアを蹴破ってくるかもしれない――あの薄っぺらいドアだ――ところが、三十秒たっても地下室は静まりかえっていた。

両手にナイフを構えたまま、ハンドバッグのほうにじりじりと近寄って、肘でつついて倒すと、携帯電話がうまい具合にテーブルのうえにすべり出た。

９１１番に電話をかけようか。説明なんて必要ないだろう。

「家に素っ裸の男がいるんです」

「どうやって侵入を？」

「知らないわよ」

それだけでサイレンを鳴らして駆けつけてくるはずだ。もしも警察が到着したときに彼が姿を消していたら――もしも何もかもあたしの幻覚だったとしたら――男は窓から逃走したって言えばいい。警察に通報するのはリスクの低い解決策だ。

でも。

脳の回路がショック状態から回復するために第一に引き起こしたのがありえないという思いで、二番目が恐怖だとしたら、三番手の好奇心が今ごろになってやってきた。

あたし、魔法を起こしたんだ。

お話の登場人物たちは超常現象を目の当たりにすると、現実という枠組みががらがらと壊れていくかたわらで恐怖におののき、そしてだんだんと、それまで信じていたことは何もかもまやかしだったのだと悟っていく。あたしもスマホを見下ろしながらまさにそんな心境だったのだけれど、わきあがってきた感情は正反対だった——恐怖じゃなくて、くらくらするような喜びがむくむくと胸に広がってきたのだ。そういう物語の数々が教えてくれていたとおりだ。やっぱりね、とあたしは思った——やっぱり、世界は見せかけよりもずっとおもしろいものなんだ。

スマホをおしりのポケットに入れ、緊急通報のボタンの位置がちゃんと頭に入っていることをしっかり確認すると、黒い革ジャンを着こんだ。寒さに備えるためもあったけれど、何よりも心理的な盾が欲しかったから。あたしは二本のナイフを構え、地下室への階段を降りた。

彼はまだ円のまんなかに、最後に見たときとおなじ場所にとどまっていた。

髪や瞳の色や顔の形を持ち出して彼の容姿を説明しても、きっとまるで的外れな印象になるだろう。なぜなら彼は、あたしの心の奥底の欲望が生ける人間として現れたものであって、ほかの誰のものでもないから。だからどうか、あなた自身の裸の男を思い浮かべてほしい。でも、いちおうこれだけは言っておく——彼は想像なんかよりぜんぜんスゴくて、ずっとリアルだった。べつに下ネタを言おうとしてるわけじゃない。キュートな感じとか、線が細い感じとかはまったくなかった。ちっとも天使っぽくなかった。というわけだから、もしそんなイメージを思い描こうとしてたんなら、はじめからやり直して。

あたしは階段のいちばん上のステップに腰を下ろすと、彼に向かってナイフを突き出した。

「動かないで」

「動けないよ」と彼は言った。「ほら」彼はちょっと足を踏み出すと、すぐうしろに引っくりかえった。まるでガラスの扉に激突したみたいに。

いかにもほんとっぽく見えたけど、ひょっとしたら世界はあたしのところに素っ裸の嘘つきパントマイム師を送りこんできたのかもしれない。あたしはもういちどナイフを振りかざして威嚇した。

魔術の書が階段の一段下に半開きになっていたから、急いでひっつかんだ。

何か手がかりがあるかもしれないと思ってその呪文が書いてあるページにもういちど目を通したけれど、見えたのはいちばん上に書かれているタイトルだけだった。ぼやけた、古めかしいタイプ文字でこう打たれている――〈心からの願望〉。

「あんた、何者？」あたしは訊ねた。

彼は口を開きかけ、閉ざし、両腕を自分の体に巻きつけた。「わからない」と彼は言った。「思い出せない」

「名前が思い出せないの？　それともなんにも思い出せないわけ？」

彼は首を横に振った。「なんにも」沈んだ声で言う。「まったく何も思い出せない」

「願いごとを叶えてくれる人？」

「いいや」と答えると、彼は口の端をちょっとあげて、残念そうな笑みを浮かべた。「それはない。少なくとも、おれの知るかぎりじゃ。試してみることはできるかもしれないけど」

「猫が欲しい」とあたしは言った。口をついて出てしまった。何か小さくて害がなくて、願いが叶ったことがすぐにわかるものを考え出そうとして。「だめ。なし。これは取り消し。猫なんて欲しくない、今のは無効。一億ドル欲しい。お札でね、コインじゃなくて。つまり、百ドル札で。今すぐここに。さあ出してみて」

彼はおもしろがるような目つきであたしをじっと見た。猫もお金もどこからも現れなかった。すると彼は両方の手のひらを上に広げて、にっこり笑った。「ごめん」と彼は言った。「無理だと思ってた」

彼の笑顔を見ると、顔がかっと熱くなってきたけど、意地でも笑顔を返すまいとした。美しいものに面と向かうと、あたしはいつもこうなる。相手が男だろうが女だろうが——最初は惹きつけられ、そのうち尻ごみする。浅はかな衝動に突き動かされてしまってから、そんな成りゆきに怒りの矛先を向けるのだ。

「ここ、ちょっと寒いね」と彼は小声で言った。「毛布を貸してもらってもいいかな」

「考えとく」とあたしは言った。

一階に戻ると、あたしは握ったナイフをひらひらさせながらキッチンのなかを歩きまわった。心のどこかでは、いいじゃん、あの裸の男に毛布をあげようよ！と思っていたけれど、べつのどこかでは、だめだめ、と思っていた。魔術ってやつは単純なものじゃない。黒魔術ではないにしても、一筋縄ではいかないことはたしかだ。だって、もし彼が「私は小児癌《がん》の専門医なんだが、本業のかたわらで詩も書いているんだ」とでも答えたんなら、まあそう、心からの願望が叶ったってことになるのかもしれない。でもさ、ハンサムな記憶喪失者が現れたからって、いったいあたしになんの得があるっていうの？　それに、伝統的にチョークで描いた魔法円っていうのは、悪霊や悪魔を封じこめるものであって、彼氏候補を閉じこめておくものじゃない。彼に何かを与えたりすれば、魔法円に橋渡しをして、彼を解き放ってしまうかもしれない。へまをやらかしたら最後、たぶん過ちを正すチャンスは巡ってこないってこともありうる。何か新たな事を起こす前に、やっぱりもういちど魔術の書を調べてみないと。

彼なら大丈夫でしょ。だいたい、地下室はそこまで寒いわけじゃないし。

数時間後、地下室への階段を降りていくと、お客は——床に坐りこんで、両腕で両膝をしっかり抱きかかえてる——ちょっと青ざめて見えた。円の向こう端の一画が濡れていて、地下室には焦げた髪の毛のにおいにくわえて、おしっこのにおいが充満していた。

あらま。

「ずいぶん待たせちゃってごめんね」とあたしは言った。「例の毛布、持ってきた。これから上に戻って、すぐにゲータレードの空のボトルかなんか取ってくるから」

男は顔をあげた。「なあ」と声を出す。「きみが怪しむのもわかるよ。でもほんとに、おれにしてみたらもっとわけがわからないんだ。なんでも言うとおりにするし、絶対にきみを傷つけたりしない、約束する。けどさ、頼むから、試すだけでも試してみてくれ。もしこのチョークの線をちょっとばかりぼやかすとか、それかすっかり洗い流すとかしてくれたら、おれはここから出られるかもしれない。そしたら一緒に上に行って、二人でこのことを話し合うこともできるんじゃないかな?」

「そうね……」あたしは言った。「そのつもりはない、悪いけど。要するに、あなたが悪魔かなんかだったりするかもしれないってのに、一か八かやってみるなんてことはできないわけ。けど、謎を解く方法がわかったかもしれないんだ。あのね、これから毛布を渡してみる、こっちから円のなかに手を伸ばすことができればね。毛布を受け取ったら、そのまま手を伸ばしててほしいの。境界線のところ、あたしが手を入れたところに。それ以外のことはしないで。わかった?」

「わかった」彼は溜息まじりに言った。

あたしは毛布を彼のほうに差し出した。彼はそれを受け取ると、言いつけどおりに手を伸ばしたままにした。すかさず、あたしは彼の二の腕の外側をナイフで切りつけた。

「何すんだよ!」彼は叫んだ。うしろに飛びのいた瞬間、チョークの円の反対側にぶつかって、頭を強く打ちつけた。こっちまでめまいがしてきそうだった。何もないはずの空間が彼を遮り、彼は目に見えないバリアからすべり落ちるようにして倒れこんだ。思いのほか深く切りつけてしまったみたいだった。彼の腕から血がどくどく流れ出して、真っ赤な太い筋を描いていく。彼は恐怖に目を見開いてあたしを見つめながら、円の向こう側の境目に背中を押しつけている。必死で押せば脱け出せるとでも思ってるみたいに。

「もいちど腕を出しなさい」とあたしは言った。

「出すかよ」そう答えながら、彼は腕の傷口にしっかりと手を当てた。

あたしはおしりのポケットからガーゼを取り出した。「あなたの血が必要なの」と言った。「ごめんね。ちょっと試してみなきゃいけないことがあるのよ。それをやったら、すぐに外に出してあげるから」

彼は噛みつくみたいに吠えた。「近づくんじゃねえ、このイカれたビッチめ」


翌朝、あたしは隣のコーヒーショップで手に入るありったけのごちそうを山盛りにしたトレイを持って、地下室への階段を降りた――クリームと砂糖がたっぷり入った熱々のフレンチロースト・コーヒー、バターをふんだんに使ったさくさくのクロワッサン、赤いベリーをちりばめたヨーグルトパフェ、クリームチーズがこんもり塗りつけてあって、鮮やかなピンクのサーモンの燻製の薄切りがはみ出るくらいはさまれたオニオンスライス入りベーグル。地下室の悪臭はきのうよりひどくなっていたけれど、食べ物のおいしそうな匂いはそれをかきわけるように漂っていった。

あたしはトレイを床に置いた。円のなかの一画が最高にやばいことになってたんだけど、そこは見ないようにした。彼はそんなあたしを憎しみのこもった目つきで追っていた。仮にあたしが魔術の書の仕組みを勘違いしてて、じつは世界はソウルメイトを送りこもうとしてくれてたんだとしたら、せっかくのチャンスをふいにしちゃったことは間違いない。

彼は歯を食いしばりながら、腕をこっちに突き出した。傷口はふさがって、黒ずんだかさぶたになっていた。

「もう片方の腕を出して」あたしはそう言いながら、またナイフを取り出した。彼はぎらぎらした目であたしを睨みつけながら憎々しげに口もとを歪めて、動こうとしなかった。

わかってる、わかってるって、でも聞いて——あたしは勘違いしてた。ページのいちばん上に印刷してある〈心からの願望〉は魔法の名前じゃなくて、書名だったんだ。最初の魔法はあたしが呼び出してみせた男とおんなじで、名無しさんだったってわけ。つぎの魔法〈富〉のページをめくると必要な材料がずらっと並んでいて、銀、ネズミサシ、緑のキャンドル、ローズマリーなんてものと一緒に、血、それもただの血じゃなくて生き血が挙げられてた。例の、ぼやっとしたフォントで。前の晩にまた自分の親指をピンで刺して呪文を唱えてみたんだけど、それじゃなんにも起こらなかった。彼の血が必要なんだ。なんとしてでも彼の血を手に入れないと。

あたしはごちそうを指さして言った。トレイは彼が腕を伸ばしても届かないところに置いてある。

「何時間だって待つつもりだから」

あたしは地下室で呪文を唱えてみた。そのあいだ、やつは円のなかで朝食をがっついていた。百ドル札の束がどこからともなく現れる、なんてことは起こらなかった。こうなったら警察を呼んで、家に押し入ってきた頭のおかしい不法侵入者を逮捕してもらおうじゃないの、と思いかけたところで、スマホに知らない番号から着信があった。

俗にいう「笑う相続人」ってやつだった。死んだ親戚の遺産がまるっと転がりこんできたんだけど、故人とはものすごく遠い血縁しかないからほとんど何も知らなくて、死んじゃったって聞いても哀しむ気持ちも起こらない、ってあれ。

あたしは彼に毛布に合う枕をあげた。パンツと、キャンプ用の簡易トイレ、彼が協力的でいるかぎりは、十分な水と欲しいだけの食べ物もあげた。「頼む、やめてくれ」あたしが地下室に行くたびに彼は言った。でもさ、あなただったらどうする？

一週間後、彼は力ずくでナイフを取り上げようとして、あたしを円のなかまで引きずりこんだ。でも残念、一日遅かった——あたしはすでに〈強さ〉を身につける魔術をかけていたんだ。

誓っていうけど、あたしはできるかぎり彼によくしてあげた。腕を切りつけるのはやめにした。そのかわり背中をなるべく浅く切って、あとでちゃんと絆創膏を貼ってあげた。傷の治りぐあいもまあまあだった。じめじめした地下室にいるのにそこまで治れば言うことない——もうかさぶたに覆われた醜い傷痕は残っていなかった。彼の背中にはピンク色の細い傷が網の目のように行き交っていて、しばらくするときれいに銀色に薄れていった。

何週間たっても慣れなかった。これまで誰かに怖がられたことなんてなかったから、彼があたしを見てすくみ上がるたび、胸に刺すような痛みを覚えた。

三番目の魔術、〈知性〉をかけたときにやっと、理路整然と自己弁護ができるようになった。名前も過去も持たない、モロあたし好みの肉体を備えた存在……ちょっと訛りがあるところだって、あたしの夢想の奥に潜在してた何かが生み出したものだ。あたしは彼を呼び出したんじゃなくて、創造したんだ。つまり、あたしがハーブと血と呪文と欲望から彼の存在を創り上げた以上、彼は現実の存在とは言いきれない。彼は魔術の書の一部分なのだ。呪文そのものや、あるいはその前に挙げられている材料のリストとおなじように。彼はほんものの人間じゃなくって、あたしの心と魔術の書の言葉が何かの拍子に生み出した、ただの概念なのだ。

知性ってのはありがたいものね。最初にこの魔法を使っておけばよかった。だってそれ以来、ずっとよく眠れるようになったもの。

「きみ、なんだかいつもと違うな」ある朝、彼が言った。ほんとうのことだった。魔術はその頼りないロジックの糸を解《ほど》くのに数時間、あるいは数日かかることがある。いくぶんこみいった経緯をたどってやっと遺産相続とか、ＣＥＯへの驚異的なスピード出世とかが現実になった。ところが、朝起きたらすっかり変わっちゃってる場合もある。〈強さ〉と〈知性〉がそうだったけど、〈美〉もそのケースだった。

「まあね」あたしは答えた。彼が根本的には非現実なんだってあれだけ自分に言い聞かせていたくせに、そんなふうに彼に見つめられるとすごくいい気分になるのは意外だった――あたしは彼の視線を欲し、彼を欲した。美を手に入れ、自分自身が魅力の持ち主になってみると、ガードをちょっと下げることができた。

それ以来、地下室で過ごす時間がだんだん長くなっていった。会話が弾むようなことはなかったけれど、少なくとも彼はこっちの話を聞いてくれた。あたしたちは二人とも孤独だった。あたしは自分に起こった驚くべき奇跡の数々をほかの誰にも打ち明けられなかったし、彼のほうは、窮屈で陰気な小さい円のなかに長いこと閉じこめられていたから、あたしにそばにいてほしいと願わずにはいられなかった。あるいは、そういうふりをするのに成功してたのかもしれないけど。

ある晩遅く、酔いがちょっと深くなってくると、あたしは彼に約束した。これが終わったら、魔術の書を読破して魔法をかけつくしたら、彼を円のなかから解放して、すべてを彼とシェアするって。そもそもさあ——あたしはもつれた舌で言った——これってあたしのものでもあるけど、あなたのものでもあるんだし。あたしはうぶなタイプじゃない。彼のことを信用しちゃいけないってことはちゃんとわかってる。それでも彼はあんまりにもハンサムだったし、欲しいものを手に入れることが日常茶飯事になっていたから、つい彼を自分のものにしたくてたまらなくなっちゃったのだ。もちろんわかってる。そうなっても彼はあたしを許すことなんてできないだろう。あたしが力を貸してやらないかぎりは。つぎに書いてある魔術には、あんまりじっくり目を通さないようにしていた。中身をすっ飛ばして本の最後のページを読んじゃうみたいで、なんとなく罰当たりな感じがしたから。だけど、最後の魔術の名前はわかっていた——〈愛〉だ。

そして、新たな材料がリストに現れた。

いつしかあたしたちのあいだには持ちつ持たれつみたいな関係ができあがっていて、あたしがナイフを持って階段を降りていくと、彼は背中を差し出すようになった。彼の姿を見ると気分が悪くなった。完璧だった筋肉は衰え、たるんだ不健康そうな肉になってしまった。暗がりに坐りこんでいるだけの日々が長引くうち、肌からはすっかり血の気が失《う》せた。ちゃんと手当てはしているのに、新しい傷口はまだじくじくしていて、絆創膏に膿《うみ》をにじませていた。背骨のひとつひとつが、くっきりと影を落とすようになった。そういうのを見ると、胸をえぐるように罪悪感がこみあげてきて、いっそもうやめようか、チョークの円を消して彼を自由にしてあげようかと思ったりもした。もう前ほど彼に欲望を覚えなかった。ぼろぼろで醜くて、あたしに追いすがってくるような男だ。それに、あたしはすでに〈富〉〈成功〉〈運〉〈知性〉〈強さ〉〈美〉を自分のものにした。このうえ〈パワー〉を身につけて、いったい何を得られるっていうんだろう？

あたしは手のひらのなかでナイフの刃先を回転させ、傷をつけた。あたしたちはまだ魔術の書の半分しかやり終えていない。

「ごめんね」なおも刃先をまわしながら言った。そのうち手が焼けるように熱くなって、血が流れた。「今日はまたべつのことをやらないといけないの」

ひとつの魔術をかけ終えると、つぎの魔術、そしてまたつぎの魔術に取りかかる。夜ごとに涙は激しく流れ、彼をぎりぎりと絞りあげていった。あたしは叫び、乞い、訴え、自分でも涙を流した。弱気になると彼に言った——わかってる？　これはあたしたち二人のためにやってるのよ？　そうしながらもあたしはどんどんクリエイティヴになっていって、ナイフ以外の道具も使うようになった。彼は痛みのあまり泣き、恐怖に泣き、孤独に泣き、疲労と混乱に泣いた。そしてあたしのために泣いた。幾夜かあたしは円のなかに忍びこんで、すすり泣く彼を抱きしめた。そして彼に、いつか一緒になれたら、すべてが終わったら、どんな未来があたしたちを待っているかをそっとささやいた。

一年がたった。彼が泣くと、あたしは塩辛い滴《しずく》をひとつ残さず集めた。やがて卵がぱっくり割れるみたいに、足もとの世界が崩れ去って、ぜんぜん違う世界が見えてきた。あたしは自分が欲しいもの、欲しいと思っているもの、欲しいと想像したものすべてを手に入れてるだけじゃなかった——欲しくなるかもしれないすべてのものを手に入れていた。ただそれを満たすためだけに、新たな欲望をつぎつぎと創り上げていたのだ。

ある日、とうとう魔術の書の最後のページにたどりつくと、あたしは材料をそろえて地下室に運び入れた——ファーマーズ・マーケットで仕入れたハーブや、1ドル・ショップで買った安ピカの飾り物。

彼は地下室の床に体を丸めて横たわり、ぴくりとも動かず、青ざめたまま口を閉ざしていた。その姿を見て、あたしは小さな叫び声をあげた。すると彼のまぶたがひくひく動き、開いた。

「いいのよ、そのまま」と言って、あたしはにっこり笑った。円のなかに手を伸ばし、彼の腕をそっと撫でた。もう彼の体には、銀色に光る傷痕がない場所は残っていなかった。はたして、最後の魔法を起こしたら、彼は傷ひとつないまっさらな体で戻ってくるんだろうか。

「愛しいあなた」あたしは優しくささやいた。

彼はここ何カ月かはっきりした言葉をいうことができなくなっていたのだけれど、うめき声をもらして体を引きつらせた。あたしはそっと彼の肩を抱いて、かろうじて残っている髪の毛を撫でた。

魔術の書の最後のページをめくり、うしろに折りこんだ。この書を一緒に燃やそう、彼とあたしで。最後の魔法が叶ったら。愛しい人が生まれ変わって、完璧な体であたしのもとに戻ってきたら。

ただし——待って。

うそ、うそでしょ。

目の前で呪文がぼやけていって、変わった。それはあたしにまたべつのものを要求していた。そして彼にも。泣くこともできたのかもしれないけど、かわりにあたしは笑った。笑って笑って笑いつづけた。結局、いつだって結末はこうなるものよね？　心から願うものすべてを手に入れることなんてできないんだ。だって、そうなったらどこに教訓があるっていうの？

あたしは呪文をじっと見つめた。もういちど変わってちょうだい、と念じたけど、変わらなかった。

というわけで、あたしは円のなかに踏み入って彼を外に引きずり出した。思えば一年前は、悲鳴をあげて大慌てで彼から逃げ出したんだっけ。あのときの彼はどんなにでかくて、どんなに怖かったか。〈強さ〉を手に入れたあたしにとって、彼を持ち上げるのなんてなんでもなかった。彼の手足を無理やり広げると、ずたずたのシャツを剝ぎ取った。ナイフをつかんで、彼の胸板にまたがった。身をかがめて彼のかさかさのひび割れたくちびるにキスをしてから、ナイフの刃先を胸骨の真上に当てた。きっとあたしはべつの愛を見つけるのだろう、心からの、真実の願望を探り当てるのだろう。魔術の書が、約束してくれている。

「怖がらないで」あたしはささやいた。

心の血《ハーツ・ブラッド》
心の涙《ハーツ・ティア》
心臓《ハート》

ナイト・ランナー

The Night Runner

六組の女の子は手に負えない。それはみんなが知っている。ブトゥラ女子小学校の教師たちは、一人残らず六組にまつわる逸話を持っている——あの子たちが女性講師を男子トイレに閉じ込めて、そのまま一夜を明かさせた話。給食の献立が十日間連続でギゼリ（ケニアの代表的な豆料理）だったとき、全校あげての座りこみストライキを主導した話。備品室にヤギを闖入《ちんにゅう》させた事件。アメリカから平和部隊のボランティアとしてやってきたアーロンが六組の担任になることが発表されると、どの教師も廊下ですれ違いざまに憐れむような目つきで彼を見た。ある若い女性教師などはアーロンの苦難を昼休みに同僚と話し合っているうちに、同情がきわまって突然泣き出す始末だった。

ところがいざアーロンがその教師に六組の児童をどう手なずければいいのかたずねると、彼女は諦めたようにため息をついてこう言った。「手なずけるなんてできっこないわ。あの子たちのなかには悪魔が棲《す》んでる。だからこうするしか——」そして鞭《むち》のように手をしならせ、空中ですばやくひと振りしてみせた。

ピシャッ。

教師たちはみな六組に辛酸を舐めさせられていた。しかし六組の生贄《いけにえ》となった教師のうち、彼女たちを校庭にひきずりだして、やわらかいふくらはぎを鞭で打ちすえることをためらったのはアーロンだけだった。結果、アーロンが彼女たちに背を向けて黒板にちょっと板書をするだけでも（H

IVウイルスは次のような経路で感染する／感染される）、たえまなく野次が飛び交い、やがて手がつけられないくらいの大騒ぎに発展することになった。

　アーロンが何か言うたび、彼女たちは鼻にかかった甲高い声をあげて彼の物真似をした。彼にいろいろな物を投げつけてきた。チョークはもちろん、唾でぐしょぐしょになった紙きれ、トウモロコシの粒、ヘアピン、丸めた鼻くそ、などなど。あるとき、ひとりひとりに練習帳を返していると、ローダ・クドンドがデスクのほうにぶらぶら歩いてきて彼の目の前にノートを突き出し、彼の間延びしたテキサス訛りを真似して舌をもつれさせながら、なにやら意味のわからないことをぶつぶつと言った。教室じゅうがどっと大爆笑し、アーロンは何がなんだかさっぱりわからないまま、ともかくローダに席にもどるよう命じた。ところがローダは言いつけにしたがうどころかもういちどおなじことを言うと、人さし指を口のなかに突っ込んで内側から押し、ほっぺたをいびつに膨らませてみせた。アーロンに誘いをかけているのだ。教室のうしろにいって口でヤッてあげるから、もっといい点ちょうだいよ——からかいの意味に気づくとアーロンは真っ赤になって言葉を失ってしまい、一方のローダはクラスじゅうの大歓声を浴びながら悠々と自分の席にもどっていった。

　十二月の蒸し暑い午後、アーロンが校門を出るとリネット・オドゥオリがあとをつけてきて、家に着くまでずっと彼に向かって猫みたいにミャーオミャーオと鳴きつづけた。リネットは六組のなかでいちばん小さい女の子で、まさしくムネアカヒワ《リネット》のように可憐で華奢だった。アーロンはリネットをペットのようにかわいがっていた。ことあるごとに彼女を褒め、たいしてできのよくない彼女の宿題をお手本としてクラス全員に掲げてみせた——そんないいかげんでいわれのないえこひいきの仇を討つため、リネットはついにその日、へんてこだが効果抜群の復讐に出たのだった。

「あなたの目のせいね」その晩、友人のグレースは言った。リネットがそんなふうにあとをつけてきたこと、さらには通りにいたクラスの子たちまでもが大はしゃぎで彼女に合流し、ついにはミャーオミャーオと甲高い声で囃《はや》したてる子供たちにぐるりと取り囲まれてしまったことを、アーロンが話して聞かせたあとだった。「瞳の色のせいで、猫の目みたいに見えるから」と、グレースは当然のように言った。

アーロンは自分のありきたりな青い瞳よりも、グレースの目のほうがよっぽど猫みたいじゃないかと思った。グレースは地元に住むルイヤ族の娘で、例によって茶色の目をしていたが、目尻は魔女みたいにつり上がっていたし、眼球がいくぶんでっぱっているものだから、横から見ると透きとおった半月状の角膜が、今にもほろりとこぼれ落ちそうな水滴のように見えた。

グレースはアーロンが村に着いたばかりの週に彼に目をつけ、ある晩、おみやげに生ぬるいコーラと焦げたチャパティを携えて彼の住まいの戸口に現れた。彼女は十九歳で六組の女の子たちの誰よりも年上ではあるが、てらてらした吹き出ものが散らばっているおでこといい、黒っぽい歯ぐきとすきっ歯がのぞく笑顔といい、どことなく人を鼻であしらうような態度といい、あの子たちのなかにまぎれこんでいてもすぐには見分けがつかなそうだった。以前、アーロンはグレースに厳密にはアメリカのどこから来たのだと訊ねられたことがあった。彼が答えると、彼女は冷ややかに言った。「わたし、テキサスの人ってみんな大きくてカウボーイみたいな人ばかりだと思ってたよ。でも、あなたは大きくない。あなたは……ふつうサイズね」グレースも数年前まではブトゥラ女子小学校に通っていた。アーロンが学校で起こった驚くべき事件をあれこれ話しても、グレースは何もかもとっくに知っている、彼から目新しいことを教えてもらうなんてことはありえない、と頭から決めつけているようだった。

夜が来るとまもなく、グレースはアーロンのすえたにおいのする狭苦しい小屋にそっと入ってくる。そわそわと浅い呼吸をしているところをみると、こんなところにいるのはたまらない、こんなあばら家で過ごすなんてわたしたちにはふさわしくない、と思っているらしい。いちどずばりと訊ねてきたこともある。「どうしてはるばるテキサスからやってきて、こんなちいさなちいさな家に住むの？　小学校の調理師だってもっといい家に住んでるよ？」

アーロンは自分はボランティアで来ているのであって、この住まいは学校から提供されたものである以上、どうすることもできないのだと説明してやった。もっとも、彼自身もここに着いたときには平和部隊の監督官にすぐさま連絡して、あんなとこ住めたもんじゃないと、ものすごい剣幕で不満をぶちまけていた。なんたって、敷居をまたいだ瞬間に、ドアの枠からひからびたコウモリのフンがぼろぼろ降ってきたのだ。しばらくたって、犯人と思われるコウモリの死骸が一体、こんがり焼けた茶色の糞《くそ》みたいな姿で、配線が切れたコンロのなかに挟まっているのを見つけた。

グレースは劣悪な環境をあからさまに嫌がるわりには、日付が変わるころまで小屋にとどまることもしばしばだった。指の関節をしゃぶったり、ランタンの灯るテーブル越しにこっちをちらちらと見たりしながら。ひょっとしたらそのうち誘いをかけてくるのだろうか。アーロンは勘ぐって、そうなったら自分はどう反応するのだろうと、つねづね思いをめぐらせていた。だがこれまでのところ、グレースは何もしてこない。夜が更けると立ち上がってあくびをし、肩からずり落ちたブラジャーのストラップを服の上からさりげなく直すだけだった。

しかしミャーオ事件が起こった夜、アーロンはグレースと一緒に敷地の出口まで歩いていって、しばらくそこでぐずぐずしていた。ふと衝動に駆られてグレースのほうに手を伸ばしたが、彼女は身をあずけるどころか、腰に当てられた手をつまみ上げて彼の体の脇に押しもどし、笑い飛ばした。「とても悪いこと」とひやかすように言って、彼の鼻の下に指を一本突き出して左右に振った。子供たちからひどい辱《はずかし》めを受けたうえに、グレースにたしなめられて恥をかいてしまった。アーロンはその夜、寝つけないまま天井を見つめ、朝が来るのを怖れることになった。

ついにうとうとしかけたとき、ドアにノックの音が響き、アーロンは目を覚ました。ランタンは消えていたので手探りで蚊帳から這い出ると、何度もつまずきながら暗闇のなかを玄関までたどり着いた。「今行く!」と叫んだが、ノックがやむ気配はない。それにしてもしつこい。もしかしたら何か緊急事態が起こったのだろうか。テロリストの襲撃があったか反乱軍が侵攻してきたかして、平和部隊がヘリコプターで彼を救出しにきたとか。そんなことを想像すると、怖ろしくもちょっぴりぞくぞくした。ところがいざかんぬきを外してドアを開けてみると、そこには誰もいない。

アーロンはとまどいながら敷地に出てみた。夜の空気は木炭と肥《こやし》のにおいがして、寒さに肌が粟《あわ》立ちはじめた。最後のノックが聞こえたのは、ドアを開けるほんの数秒前だ。そのあいだに走り去るなんてできっこない。だけど、ほのかな月明かりに照らされた庭には人の姿は見当たらないし、門にはかんぬきがかかっているし、あたりを見渡しても動くものは何もない。

「こんばんは？」声を張り上げてみたが、自分の荒い息づかいのほかには何も聞こえない。

アーロンは小屋にもどり、かんぬきをかけ直すと、ふたたび蚊帳を伸ばして注意深くマットレスの下にたくしこんだ――しかし掛け布の下にもぐり込んだとたん、またノックが響きはじめた。三回目が鳴ったところでいきおいよくドアを開けたが、やっぱり誰もいない。いったん小屋の奥にひっこんで、足音を忍ばせて部屋を歩きまわりながら、いまいましい訪問者を現行犯でつかまえる機をうかがった。だがアーロンが外に一歩踏み出すが早いか、ノックははたとやんだ。彼は小屋にもどると壁に背中を押しつけて腰を下ろし、必死でパニックにのみこまれまいとした。と、ふたたびノックが始まって、そのたびに金属製のドアが耳をつんざくような音をたてた。「うせろ！」彼は両手で耳をふさいで叫んだ。「あっちにいけ！　トカ・ハーパ！　うせろったら！」しかし――取り憑かれたように、あきれるほど、気が遠くなりそうなくらい――ノックは一晩じゅう響きつづけた。

空が白みはじめ、睡眠不足で目がじんじんして、意識がとぎれとぎれになってきたころ、やっとドアが静かになった。太陽の光の下だったら嫌がらせの仕掛け人が残していった手がかりを見つけられるかもしれない。そう思いついて急いで外に出てみたが、アーロンが目にしたのは、ほやほや湯気をたてながらポーチのどまんなかでとぐろを巻いている糞の山だった。

強烈な悪臭が鼻孔になれなれしく這い上がってくると、吐き気がこみあげてきた。アーロンは鼻の前でばたばた手を振りながらあわてて小屋のなかにもどり、力まかせにドアを閉めた。それでも、においはドアを突き抜けて漂ってくるような気がした。しばらくしてから生ぬるいタスカー（ケニアのビール）を二瓶飲んで勇気をふるいおこすと、彼は新聞紙を広げてぶつにかぶせ、そっとかきあつめた。生あたたかさが薄い紙を通してむんむん伝わってきた。アーロンは丸めた新聞紙をなるべく体から遠ざけて敷地を駆け抜け、それを塀の向こうの通りに放り投げた。

今日学校を休めば、いよいよあの子たちをつけ上がらせてしまうだろう。わかってはいたが、アーロンはどうしても行けなかった。汗だくでカウチに寝そべり、頭から毛布をかぶって、昨夜の襲撃犯の正体は誰なのか、もっとも疑わしい容疑者を割り出そうとした。繊細な〝ミャーオ〟リネット？　下品なローダ・クドンド？　あるいはもう少し意外なところか。たとえば、美人のマーシー・アキンニ。マーシーは以前、答案用紙いっぱいにひたすら「モーゼズ・オジューを愛してる」とだけ書いて提出してきたことがある。それとも、ミルセント・ナブウィラか。ミルセントは先週、授業中に手を上げてたどたどしく言った。「先生《ムワリーム》、ほんと――ほんとに――ほんとですか――ワズングは――ほんとに……」と、唐突にまくしたてた。「ムワリーム、ニ　クウェリ　ワズング　フトンバ　ワニャマ？」アーロンは翻訳に手こずっていることを悟られまいと、眉間に皺を寄せて、注意深く質問について考えているふりをした。やっと意味がわかったときに初めて（「先生、白人は動物とファックするってほんとうですか？」）、みすみす笑い者になってしまったことに気づいた。

いや、もしかしたらアナスタンジア・オデンヨかもしれない。クラスには孤児がたくさんいるけれどアナスタンジアもその一人で、五人の妹弟たちの親代わりをしている。学校にくることはめったにないので顔を思い出すのも一苦労だけれど、何度か村を歩いているときにばったり会ったことがある。いつも疲れきって打ちひしがれた様子で、頭に買い物かごを載せ、腰に小さい子供を抱いていた。いちど、彼女が市場でタマネギを一山買おうとしていたところに通りかかったので、かわりに支払いをしてやって、そのうちまた学校に通えるようになるといいねと声をかけたことがあった。アナスタンジアはアーロンが差し出した小銭の山を受け取ると、彼のｉＰｏｄを指さして、彼の知らないスワヒリ語で何か言った。「おんがく、きく」彼女はゆっくりと一語ずつ英語で話しはじめた。「わたし、おんがく、きく、すき」持ち物をねだられるのはよくあることだった。そのたびにアーロンは気まずい思いをした。

「だめだ、アナスタンジア」と彼は言った。「ごめんよ」

「オーケイ」とアナスタンジアは言った。抱きかかえた子供がぐずりはじめると、シッと言い聞かせた。「また、こんど。たまねぎ、ありがと、ムワリーム。さよなら」アーロンは家にもどる途中、ひょっとしたら彼女はｉＰｏｄをくれとせがんだのではなく、純粋に音楽が聴きたかっただけなんじゃないだろうかと思いついて、胸が痛くなった。

たぶん、犯人はリネットかローダかマーシーかミルセントかアナスタンジアだろう……でも、ステラ・カゼンニェ、セラフィーヌ・ウェチュリ、ヴェロニカ・バラサ、アンジェリーヌ・アティエノ、ブリジット・タアーブ、ピュリティ・アニャンゴ、ヴァイオレータ・アディアンボかもしれない。言ってしまえば、このうちの誰が犯人でも不思議ではない。どの子もみんな彼のことを憎んでいるから。一人残らず、みんな。

午後遅くに校長が家にやってきたので、アーロンは体調が悪いのだと説明した。校長はマラリアかもしれないと警告して、誰かクラスの子にパナドール（解熱鎮痛剤）を届けさせようと言ったが、アーロンは丁重に断って、ベッドに引き返した。そのうちいつもの時間にグレースがやってくると、心細くて震えていたアーロンは彼女を小屋のなかに招き入れた。「何かあった？」グレースは彼を見るなり問いただした。彼は昨夜見舞われた災難をかいつまんで話した。しかし、誰かが自分のポーチに排便していったということを認める気にはなれなかった。ローダの下品な誘いもそうだが、その破廉恥なおこないはどういうわけか彼を、犠牲者である彼のほうを、加害者よりもずっと恥じ入らせた。夜明けまでノックがやまなかったことを話しながら、アーロンはきっとグレースは信じないだろうなと思った――彼自身だってまだ信じられない――ところが話を終え、笑い飛ばされるのを覚悟していると、グレースはただうなずいて、あっけらかんと言った。「ああ、ナイト・ランナーね」

「ナイト・ランナー？」彼はくりかえした。

「平和部隊の学校で、ナイト・ランナーのこと教わらなかった？」

以前、ブトゥラに来る前に平和部隊で八週間の講習を受けたことをグレースに話したことがあった。それからというもの、どうやらグレースはアーロンが何カ月も教室に通いつめて、ケニアの暮らしについてこと細かに教えられたと思い込んでいるようだった。祖父母への挨拶の仕方から、マンゴーを正しく切る方法にいたるまで、何もかも。彼がちょっとした間違いを犯しただけで、彼女はびっくりしてみせた。彼女の想像上の教師たちがいかに彼の教育を怠ったか、ときには本気で腹を立てているみたいだった。
「ナイト・ランナー、わたしたちルイヤ族ならみんな知ってるよ」と彼女は言った。「彼らは裸で走りまわって、たくさんたくさんトラブルを起こす」アーロンがぎょっとするような表情を浮かべたので調子づいたのだろう、グレースはいきなり男のような低音で話しはじめ、眉をひそめながら、芝居めかして話しはじめた。「彼らはバン、バン、バンと、すごい音を立ててやってくる」両手の拳を空中でぶんぶんふりまわす。「そして家の壁にあそこをこすりつけて」おしりを突き出して指さす。「運が悪ければ、ちょっとした置きみやげをもらうことになる」グレースは笑いを嚙み殺しながら締めくくった。「そう！　それはナイト・ランナーね」

　夜が更けるまで、アーロンはあの手この手でグレースにそれは作りばなしだということを白状させようとした。彼女にはこれまでも、現実とは思えない奇想天外な話を聞かされてきた――呪いをかけられ、用を足すたびに雄鶏のような鳴き声をあげる羽目になった男の話。姦通を犯した男女が魔女に呪文をかけられ、セックスの最中にくっついたまま離れなくなって、病院に運ばれ外科手術を受けて切り離してもらった話――でも、そういうときのグレースはどことなくおちょくるような調子で、アーロンが真に受けていないことを承知の上で挑発しているみたいだった。ところがナイト・ランナーの真偽については、どこまでも譲らない。ううん、彼らは精霊じゃなくて、ほんとうの人間だよ。怖ろしい心の病に冒されたような、現実の人間。彼らの正体は秘密。なぜって、もしも誰かがじつはナイト・ランナーだってことが村の人にばれたら――さあたいへん！　むかし三つ隣の町でナイト・ランナーが捕まって、リンチを受けそうになったことがあるの。だけどすんでのところでそのナイト・ランナーが、じつはみんなに尊敬されている牧師の奥さんだってわかったんだよ。

グレースがあまりに自信たっぷりなので、アーロンの疑いはだんだん揺らぎはじめた。彼はどうやったらナイト・ランナーの嫌がらせを免れるのか訊ねた。するとグレースは何やら込み入った話をしはじめた。最強のナイト・ランナーは二人組で行動し、捕まらないように抜け目ない共同作戦をとるらしい。彼女はいきなり話をやめ、あきらめたように頭をふった。「ちがう！　ほんとに厄介なのは、ナイト・ランナーはそうかんたんに止まれないってこと。追いかけると、彼らは猫や鳥や、豹《ひょう》みたいにさえなる。そうなったら人間なんかが追いつけるわけないでしょ？」

「グレース！」アーロンは叫んだ。彼女は鼻を鳴らして吹き出した。「笑いごとじゃないよ！」

グレースはテーブルをぴしゃりと叩いて言った。「いいえ！　笑いごと。あなたの問題は、何かにつけてまじめすぎるところね。『どうしよう、子供がぼくにミャーオっていってくる』、『たいへんだ、誰かが真夜中にドアをノックしてくる！』って。世の中にはミャーオよりも悪いことがあるのに。たしかにあなたは困ってる――だからって、誰も笑っちゃいけない？」

「ぼくはただ、もうちょっと親身になってくれるかと思っただけだよ」とアーロンはふてくされて言うと、コーラを飲み干した。

次の朝、ぐっすり八時間眠ったおかげで元気になったアーロンは、学校に足を運んでみることにした。とはいってても教室は素通りして、まず校長室に顔を出した。校長はデスクの上に両脚をどっかりのせていて、片方の靴底にチューインガムがこびりついて黒くなっているのが見えた。「先生《ムワリーム》、アーロン！」校長は声をあげた。「マラリアの具合は？」

「マラリアじゃなかったんです」とアーロンは答えた。「だいぶよくなりました。でも六組の子供たちについて、お話ししておかなきゃいけないことがあります。あの子たちの態度は手に余ります」

校長が背もたれに体重をかけて椅子の前脚を浮かせながら耳を傾けているあいだ、アーロンは六組の蛮行をならべたてた。あの子たちはぼくに物を投げつけてくる。ぼくを侮辱する。下品な質問をする。宿題をやろうとしない。ぼくにしかるべき敬意を払わない。リネットの「ミャーオ」事件に話が及ぶと校長は表情を曇らせたが、アーロンが自宅襲撃事件の顚末を語りはじめると、がたっと音を立てて椅子の前脚を床に下ろした。

「なんてことだ！」校長は大声で言った。「由々《ゆゆ》しきことだ。そんな嫌がらせを受けたんじゃ、ろくに眠れやしない。誰かがドアをバンバンバンバン、一晩じゅう叩きつづけていただなんて！」

アーロンは我が意を得たりと口を開きかけたが、校長はたたみかけるように言った。「ただの迷惑行為じゃない、断じて！　この土地の深刻な問題だ。いまわしい習わし、ナイト・ランニングだ！」

アーロンは力なく椅子に沈み込んだ。校長は急に満面に笑みを浮かべ、てらてら光る歯をむき出しにした。校長の手がアーロンの肩をがっちりつかんだ。「わが友よ。あの子たちにしつけを身につけさせたいなら、しつけをほどこさなくてはだめだ！　今度ちいさなちいさな女の子がミャーオとからかってきたら——パン！」校長は空中で新聞をすばやくひと振りした。「そうすれば、そのナイト・ランナーは二度ときみのもとを訪れることはなくなるだろう」

アーロンは肩を落として教室に向かった。子供たちはいつもなら彼がいないのをいいことに大騒ぎしているはずなのに、なぜだか今日はお行儀よく席に着き、しっかり足を閉じ、体の前に手を握りあわせていた。教壇に向かう彼を、百の瞳が追う。咳払いをして声をあげるまでのほんの一瞬、アーロンの胸に期待がよぎった――もしかしたら、決着がついたのかもしれない。この子たちはやっと自分たちがやり過ぎたってことに気づいたのかもしれない。

「みなさん、こんにちは」と、アーロンは教え子たちに挨拶を促した。

足をひきずる音、机が軋《きし》む音が教室に響き、全員が起立すると、声を合わせて挨拶に応えた。

「**ミャーオ!**」

アーロンはかっとなって我を失い、いちばん近くにいた子の腕をつかんだ。マーシー・アキンニ。モーゼズ・オジューに首ったけの女の子だ。マーシーはきゃあきゃあいいながら、アーロンの手を引っ掻いた。だが彼はマーシーを力ずくでひっぱってドアのほうに連れていった。二人が校庭に出ようとしたとき、六組の女の子たちは何がおこなわれようとしているかを悟った。全員いっせいに二人のあとを追ってきて、アーロンをぐるっとかこみ、甲高い悲鳴を浴びせかけた。アーロンのまわりで唾やら、紙くずやら、靴が飛び交った。だがアーロンは自分が果たすべき役目に全神経を集中させた。

あまりの騒ぎに何事が起こったのかと、学校じゅうの子供たちが校庭に出てきた。教師たちさえ興味津々で、子供たちを止めようともしなかった。学校じゅうが見守るなか、アーロンはマーシーを羽交い締めにして無理やり校庭のまんなかまで歩かせると、習わしどおり両手を頭の上まで持ち上げ、旗用のポールをつかませた。マーシーの青と白の格子柄のスカートが膝の上までずれあがって、なめらかな褐色のふくらはぎがあらわになった。足もとの草地には細い棒きれが何本も散らばっている。これまでのお仕置きの名残だ。アーロンは棒を一本拾い上げ、マーシーの脚に押しあてた。盛り上がったふくらはぎの筋肉が、ぴくっと引きつった。

アーロンは胃のなかがねっとりと冷えていくのを感じた。腹を下してしまうんじゃないかと思ったが、それでも手にした棒をふりあげた。と、マーシーが首をかしげ、彼のほうをふりむいてにやっと笑った。

「ミャーオ」とマーシーは小声で言った。

アーロンにはできなかった。彼は棒きれを地面に放り投げると、学校をあとにした。

その晩、グレースは訪ねてこなかったが、ナイト・ランナーはやってきた。次の朝、アーロンはドアを開け、きれいなままのポーチを見ておやっと思うまもなく、強烈な悪臭が鼻をついた。うしろをふりかえると、白い外壁のお尻の高さほどのところに、どろっとした茶色いものがなすりつけてあった。

アーロンは室内にもどり、平和部隊の監督官に電話をかけて訴えた。村で嫌がらせの標的にされている。ぼくがこの村の人々にしてあげられることは何もなさそうだ。帰国したい。てっきり女性監督官は、あなたは価値ある貢献をしているのです、なんて説得してくるものと思っていたが、そんなことはなかった。平和部隊は孤立無援も同然の状態で彼を派遣先に置き去りにしたが、帰りたいとひとこと言えば、それで終わりだった。まるでひょいとレバーを引いて複雑なマシンを作動させるようなものだ。監督官は村で身の危険を感じているか、自傷行為を考えるようなことはないかを訊ねた。彼がそれはないと答えると、明日にでもオフィスにきて帰国手続きの書類に記入するようにと告げ、それでおしまいだった。彼はあっけなくお役御免となった。

電話を切ると、アーロンはバケツいっぱいにぬるま湯を溜めて泡をたてた。古いTシャツを結んで丸めると、ポーチに出て膝をつき、外壁がぴかぴかになるまでこすった。嫌悪も憎悪もわいてこなかった。ただ白けた軽蔑のようなものを覚えるだけだった。これが彼らの選択なんだ。彼らはぼくを追い出すことを選んだんだ。小さな子供に手をあげるのだってそう。避妊具なしでセックスするのだってそう。ぜんぶ彼らの選択なんだ。彼らが選んだこと――アーロンはつぶやいてみた。口のなかに血がにじんでいくみたいだった。

帰国を翌日に控えた日、アーロンは夕暮れどきに最後の散歩に出た。町へ行ってチャパティとコーラを買い、少し考えてから、グレースの分のチャパティとコーラを買い足した。彼が村を去ることを知ったら、グレースはなんて言うだろう。ふと、彼女の呆れたような声が頭のなかに響いた――平和部隊の学校で、ナイト・ランナーのこと教わらなかった?

そうさ、グレース。彼らはぼくが知っておくべきことは何ひとつ教えてくれなかったよ。

その晩、グレースは訪れず、しばらくはナイト・ランナーもやってこず、ただむせかえるほどの熱が家のなかに忍び込んできて、しぶとく居座りつづけた。息苦しくてたまらなかったけれど、窓を開け放つのも不安だったので、アーロンは服を脱いでパンツ一枚になり、汗びっしょりの額をティッシュで拭いながら、マットレスに腰を下ろしていた。膝の上には敷地内の納屋にあった道具を抱えていた。長く平たい刃のついたその道具を、地元の人は「草刈り鎌」と呼んでいる。アーロンが監督官に言ったことに嘘はなかった——身の危険は感じない。だけど彼は恐怖を、屈辱を、無力さを痛感していた。そんなふうに感じつづけていることに疲れはてていた。

ノックは十二時を過ぎたころに始まった。**トン**、**トン**、**トン**、と訪問者は玄関のドアを叩き、そして窓を叩いた。**トン**、**トン**、**トン**。ドアから窓へ、窓からドアへ。やがて小屋全体が、羽ばたきのように軽やかなノックに包まれた。一人の人間がこんなにすばやく移動できるわけがない。ひょっとしたら六組の女の子たちが全員そろってサディスティックな夜の遠足にくりだしてきたのかもしれない。アーロンは旗用のポールをつかみながら彼を横目で見たマーシーのことを思い出した。彼が怒りに燃えて打ちすえようとしたときでさえ、あの子は彼を怖れなかった。それなのに彼ときたら、臆病者みたいに小屋のなかで縮こまっている。ぼくはきみたちを助けるためにやって来たんだぞ、とアーロンは思った。立ち上がって草刈り鎌を野球のバットのように肩に担ぐと、ドアのほうにそっと近づいていった。ノックの音は翼を広げるように、小屋全体をすっぽり包んでいる。

待て。
まだだ。
トン、トン、トン
今だ。

アーロンはいきおいよくドアを開けた。裸足の脚が二本、目の前にぶらさがっていた。つま先がもぞもぞ動いたかと思うと、片足が彼の顔面を思いきり蹴りつけてきて、五本の指が頬を引っ掻いた。アーロンは悲鳴をあげながら、無我夢中で草刈り鎌を振った——だが脚はするりと上に消えていき、気がつくと視界には空っぽの玄関と、暗く冷たい夜が広がっているだけだった。鉄の刃《やいば》が建てつけの悪い木製の戸枠に突き刺さっている。

アーロンはへなへなと腰を落とし、吐き気をこらえた。こみあげてきた胃液を床に吐き出した。もしも鎌の刃が命中していたら、ちょうどここらへんに切り落とされた少女の脚が転げ落ちていただろう。あやうくしでかしかけたことを想像すると、その衝撃がはねかえってきて、電流のようにびりびりと背筋を伝っていった。もし命中していたらどうなってた？　骨が砕ける音。悲鳴。ほとばしる赤黒い血。

しかし彼女はアーロンの刃を逃れた。屋根の上に登っていったらしく、ノックはタン、タン、タンと、雨粒がしたたるような音に変わっている。彼が急いで庭に出ると、小さな黒い影が屋根の勾配を駆け上がっていくのが一瞬だけ見えた。ここから姿は見えないけれど、もう逃げられはしないだろう。小屋の裏手の塀はとても高く、女の子がよじ登れるようなものじゃない。

「マーシー？」彼は呼びかけた。「リネット？　ローダ？　こっちに来て、話を聞かせてくれないか。お願いだ」

小屋の向こう側で、ドサッと音がした。屋根の上の誰かさんが地面に飛び降りたようだ。アーロンは音がした方向に駆け出し、出口までの道を塞ごうとした。これで彼に姿を見せずに小屋の裏手から忍び出ることなんてできないはずだ――と思ったとき、背後で物音がした。押し殺した笑い声につづいて、あざけるような小さな声が聞こえた。「ミャーオ！」

アーロンの胸に、かき消したはずの怒りがふたたびこみあげてきた。彼は踵《きびす》を返し、声の主に体当たりしようと突進していった。だが相手は脇をすりぬけていき、彼はあとを追って門をくぐり、通りを走り出した。裸足であることも忘れ、下着一枚しか身につけていないことも忘れ、怒りのほかは何もかも忘れて。

相手は闇に包まれた道路をひた走った。アーロンには彼女の影のおぼろげな輪郭しか見えなかった。子供の背丈ほどの大きさの影が大男ほどになり、猫ほどに小さくなり、やがてまた少女の大きさになった。彼女を追ってひと気のない通りを駆け抜け、雨戸を下ろした家々や鍵のかかった店先を通り過ぎ、夜露に濡れた低木の茂みに分け入った。背の高い木立に入ると、枝や葉が彼の体をつかみ、髪をからめとり、胸を引っ掻いて、そこから鞭打ちの痕《あと》のように幾筋も細く血が流れた。彼は走りに走った。教会を過ぎ、廃品置場を過ぎ、トウモロコシ畑に入ると、カミソリのように鋭い若葉が脚を切りつけた。とうとう行く手に壁が立ちはだかると、それをよじ登り、向こう側に飛び降りた。するとその敷地には、まぶしいほどの火明《ひあか》りが満ちていた。

アーロンは目をぱちぱちさせ、まぶたの上に手をかざした。しばらく、人々の姿は影に溶け込んで見分けられなかった。痩せ細った背の高い男が体を揺らしていると思っていたものは、やがて旗用のポールだということがわかった。もういちどまばたきをすると、その庭には見覚えがあり、その奥に見える建物はもっと見慣れたものだということに気づいた。人の群れの中央にある焚き火台で、炎が燃えさかっている。祝い事におなじみの光景だ。炎をとりかこんでいるのは、六組の女の子たち。並んで五組、七組、八組の女の子たちの姿もある。多くがコーラやファンタを手にしている。口もとでぎらついているのは、炎で炙《あぶ》ったヤギ肉の脂。

パーティーだ。みんなで学期の終わりをお祝いしていたのだ。アーロンは一同の前でしゃがみ、息をぜいぜいいわせた。子供たちは目を見開き、そのうち誰かが指をさして、怖ろしげに顔を歪めて小さな悲鳴をもらした。アーロンはうしろをふりむいた。そうか、グレースのお話に出てくるような不思議ないきものはほんとうにいるんだ――ところが、うしろにはただ何もない壁が見えるだけだ。アーロンはそのときやっと、自分のほうが追っ手なのだということを思い出した。

何人かの小さな女の子たちが泣きはじめ、金切り声やうめき声が響いた。だがそのとき、ローダ・クドンドが勇ましく声をあげた。「あっ！　ナイト・ランナーだよ！」すると泣き声をかき消して、ブーブーと盛大な野次が巻き起こった。

アーロンは自分の姿を見下ろした。まるで幽霊のように現れた、猫目のよそもの。マッシュルームみたいな生白い体。ボクサーパンツはあちこち引きちぎれて泥だらけだし、小枝や葉っぱが陰毛に絡みついている。恥ずかしさに全身が火照《ほて》ってきた。勇敢な女の子たちだ――アーロンは突然そう思った。野次は女の子たちを守る盾のように、いっそう大きくなっていく。なんて勇敢な少女たちだ。恐怖を笑いに変え、涙を流すかわりにジョークを飛ばしてみせる。

「シッ！」校庭の片隅から小声が聞こえた。「アーロン！」

彼は顔を上げ、何重もの影にかこまれた姿に目をこらした。六組の誰かだろうか。そのとき、相手がにっこり笑い、アーロンは見覚えのあるすらりとした脚と、すきっ歯がのぞく笑顔を見た。

「シッ！」と、ふたたび声がした。彼女はアーロンに手招きをして、口だけ動かしてスワヒリ語で言った。

ウキンビエ　ナミ。

一緒に走ろう。

グレース、ぼくを怖れなかったグレース。ぼくを笑いながら、お話を聞かせてくれたグレース。ぼくをからかって、怖がらせたグレース。グレースは泣きも怒りもしないで――走る。明日が来れば、アーロンは長い帰国の途につくだろう。でも今夜は、グレースが裸で校庭を駆け抜ける。彼のほかには誰にも姿を見せずに。

そして今夜、猫のようにしなやかに、アーロンはグレースを追いかける。

噛みつき魔

Biter

エリーは噛みつき魔《バイター》だった。おなじ幼稚園の子たちに噛みつき、いとこたちに噛みつき、ママに噛みついた。四歳になったとき、週に二回、専門のお医者さんのところに行って、噛みつき癖を〝治療〟することになった。診療室でエリーは言われるがまま二体の人形を噛みつきあわせ、それから、それぞれの人形が噛みついたときの気持ち、噛みつかれたときの気持ちを話しあった。(「痛っ！」一方の人形が言う。「ごめん」と、他方が言う。「悲しくなったわ」と最初の人形。「あたしはうれしかった」と二番目。「けど……やっぱごめん」) エリーは思いつくままアイデアを挙げながら、噛みつくかわりにどうすればいいかのリストを作った。たとえば、手を上げて助けを求めるとか、深呼吸して十数えるとか。お医者さんの提案で、エリーの両親は彼女の寝室のドアに表を貼って、エリーが噛みつかなかった日に、ママが金色の星型のシールをつけてくれることになった。

でもエリーは噛みつくことが好きでたまらなかった。金色の星よりもずっと好きだった。だから彼女は噛みつきつづけた。嬉々として、猛々《たけだけ》しく――ある日、幼稚園のお迎えの時間に可愛いケイティ・デイヴィスがこっちを指さして、彼女のパパにはっきりと耳打ちするのを聞いてしまうまでは。「あれがエリーだよ。みんなきらってるの。あの子、ひとに噛みつくんだもん」エリーは恥ずかしさに打ちのめされ、それから二十年以上、二度と誰にも噛みつかなかった。

大人になったエリーは、嚙みつきの現役をとうに退いてはいたものの、職場で同僚をつけ狙い、彼らに嚙みつくという夢想に耽《ふけ》るのをやめられないでいた。たとえば、トマス・ウィディコムがコピー室で報告書をそろえているとき。作業に没頭するあまり、彼は背後からエリーがよつんばいで忍び寄ってくるのに気づかない。おいエリー、いったいなんの真似だ、ウィディコムはとうとう叫び声をあげるが、つぎの瞬間にはすでにエリーの歯が彼の毛むくじゃらのふくらはぎに深く食いこんでいる。

世界はエリーを恥で抑えつけ、まんまと彼女を嚙みつきから遠ざけていた。だがあの悦びを、ロビー・ケトリックが工作台で得意げにブロックを積み上げているとき、うしろから抜き足差し足で近づいていったときの悦びを、完全に忘れさせることはできなかった。なにもかもがいつもどおりで、穏やかで、退屈なひととき、突如、エリーが出現する——**ガプッ！**　さあ、ロビー・ケトリックが赤ちゃんみたいに泣きだした。みんなが悲鳴をあげながら蜘蛛《くも》の子を散らすように逃げ出していく。エリーはもはやただの女の子ではなく、野蛮な獣《けだもの》と化して、幼稚園の廊下をゆったりと進みながら、混乱と破壊を引き起こしていくのだ。

子供と大人の違いは、大人は自分の行為がいかなる結果をもたらすかを心得ているという点だ。エリーは大人として、家賃を払って健康保険を確保していたければ、職場で人を追いかけまわして嚙みつくわけにはいかないということをちゃんとわかっていた。だからもう長いあいだ、同僚に嚙みつくことを真剣に考えることはなかった——オフィス・マネージャーがランチタイムにみんなの前で心臓発作で急死し、その代理に派遣会社がコーリー・アレンを送りこんでくるまでは。

コーリー・アレン！　のちに同僚たちは口々に言い合った——いったい派遣会社の人間はなにを考えてあの男を送りこんできたのだろう？　緑の瞳、金色の髪、薄桃色の頰のコーリー・アレンは、職場環境にはまったくもってそぐわない。コーリー・アレンは、ファウヌスとかサテュロスとか、神話に出てくる牧神たちみたいに、燦々《さんさん》と陽ざしのふりそそぐ原っぱで、一糸まとわぬ陽気なニンフに囲まれて、愛を交わしたり葡萄酒《ぶどうしゅ》を飲んだりしているのがお似合いだ。経理部のミシェルが言ったとおり、コーリー・アレンはいまにもオフィス・マネージャーの職を捨て、木の上で暮らすと言いだしそうな雰囲気を放っている。エリーは職場でいくぶん影の薄い存在だったが、コーリー・アレンについてひそひそばなしが交わされている現場にはちょくちょく出くわした。どうやらそういう会話の要点は、職場の女性たちがどれだけ彼と寝たがっているかということらしかった。美しく、浮世離れしたコーリー・アレン。

エリーはコーリー・アレンとセックスなんてしたくなかった。エリーは彼に嚙みつきたかった、思いっきり。

そのことを自覚したのは、月曜の朝の会議の前、コーリー・アレンが大皿にグレーズド・ドーナツを載せているときだった。ドーナツを並べ終えると、彼はくるっとうしろを向き、エリーが見つめているのに気づくと、ウィンクをした。「おや、エリー、なんだか飢えてるみたいだね」そう言って、流し目を送ってきた。

べつにエリーはコーリー・アレンを盗み見していたわけではなかった。どうやら彼はそういうことをほのめかしているようだったけれど。じつのところ、エリーはドーナツのことすら考えていなかった。でもはっと気づいた。自分がコーリー・アレンの首の柔らかい部分に顎を食いこませるのはどんな感じだろうと想像をめぐらせていたことに。コーリー・アレンはキャッと声をあげ、がっくり膝をつき、あの自信たっぷりの表情が一瞬にして消え去る。彼はよわよわしく彼女を叩きながら叫ぶことだろう。「うわっ、エリー！　やめろ！　やめてくれ！　どういうことなんだ？」しかしエリーは答えない。なぜなら、口のなかはコーリー・アレンの甘やかで獣臭い肉でいっぱいだから。なにも首でなくてもいい。エリーは部位を選《え》り好みしたりしない。噛むのはコーリー・アレンの手でもいいし、顔でもいい。肘でも。お尻でも。それぞれ違った味、違った噛みごたえがするはずだ。骨と脂肪と皮膚の比率が違うのだから。どこであれ、それぞれ独特の味わいがあるだろう。

もしかしたらあたし、そのうちコーリー・アレンに噛みついちゃうかも――エリーは会議のあとで思った。エリーの所属先は広報部で、つまり彼女は就業時間の九十パーセントを誰も読みやしないEメールの作成に費やしていた。定期預金も積み立てているし生命保険もかけているが、恋人なし、野心なし、親しい友達もなしだ。ときどき自分の全存在が、快楽を追求するより痛みを避けることのほうがより重要である、という前提で成り立っているように感じることもあった。大人であることの問題は、慎重になるあまり自分の行為がもたらす結果に重きを置きすぎて、見下げた人生を送る羽目になったりする点なのかも。もしもコーリー・アレンに噛みついたら？　ほんとにやったら？　そしたらどうなる？

その晩、エリーはいちばんいいパジャマに着替え、キャンドルを灯し、ワイングラスにカベルネを注いだ。そしてペンのキャップを外し、お気に入りのノートを開き、まっさらなページに向き合った。

コーリー・アレンに噛みついてはいけない理由
1. いけないことだから。
2. 困ったことになるかもしれないから。

エリーはペンの頭をかじって、補足事項を二つ書き足した。

コーリー・アレンに噛みついてはいけない理由
1. いけないことだから。
2. 困ったことになるかもしれないから。
　a. 解雇される可能性あり
　b. 逮捕／罰金刑になる可能性あり

エリーは思った。もしコーリー・アレンに噛みつけるなら、クビになってもかまわない。かれこれ一年半ほぼ毎日、昼休み時間はたいていスマホで〈モンスター・ドットコム〉の求人情報をチェックして過ごしていた。新しい職に就く心の準備はできていたし、十分な能力もあると思っていた。

でも、前職を辞して新しい職を探すのと、誰かに嚙みついて前職をクビになって新しい職を探すのとではわけが違う。そういう状況で職にありつくのは不可能なのだろうか。それとも、たんにかなり厳しいってだけ？　見極めがたいところだ。

エリーはワインをひとくち飲んでから、こんどはb．について考えてみた――〝逮捕／罰金刑になる可能性あり〟。うん、たしかに可能性はある。でも実際、もしも女性が職場で男性に嚙みついたとしたら、男性側がそうされるだけのことをしたのだという濃厚な疑いが生じるものではないだろうか。もしも月曜の朝の会議の席、一同が見ている前で、エリーがコーリー・アレンに襲いかかって嚙みつき、そのあとでどうしてあんなことをしたのだと問われ、「性的な欲望を満たすため」と答えでもしたら、たぶん逮捕されるだろう。でも、誰も見ていないところ、たとえばコピー室かどこかでコーリーに嚙みついて、なぜそんなことをしたのかと問われた場合はどうだろう。「あのひと、わたしに不適切な接触をはかってきたんです」と彼女は答える。あるいは彼の評判を汚さないように、「うしろから突然近寄ってきたんで、びっくりしちゃって。反射的に嚙みついちゃったんです。ほんとにごめんなさい」と答える。そうすればおそらく、疑わしきは罰せず、でおしまいではないだろうか。結局のところ、前科のない若い白人女性なのだから、エリーは少なくとも一枚は〝刑務所釈放カード〟を持っているわけだ。そこそこ真実味のある言い分をでっちあげておけば、信じてもらえるだろう。

ていうかむしろ、とエリーは両脚を伸ばし、グラスにワインを注ぎ足しながら思った。ぜんぜんべつの展開だって考えられる。人目につかないところでエリーがコーリーに近づいていって嚙みついたとして、そのあまりに奇妙な体験を、コーリー自身も信じられないばかりに、誰にも打ち明けないでいたとしたら？

想像してみて。夕方五時過ぎ。すでに外は暗くなっている。オフィスには誰もいない。コーリーとエリーのほかは、みんな退社してしまった。コーリーがコピー機に用紙を補充していると、エリーがコピー室に入ってくる。彼の背後に、不適切なほどぴったりと身を寄せる。ははーん、きたな、と彼は思っている。体をこわばらせ、やんわりと彼女を拒絶する準備をする。彼なりの職場での行動規範があるからではない。すでに人事部のレイチェルといい仲になっているからだ。「エリー……」と、申し訳なさそうに口を開いたその瞬間、エリーが彼の二の腕をつかんで口もとに引き寄せる。

コーリーの美しい顔が、驚きに、やがて痛みに歪む。「やめろ！　エリー！」叫び声をあげるが、誰の耳にも届かない。エリーの顎のあいだで、彼の二の腕の腱《けん》がぐりぐり転がったり、ぷちぷちはぜたりする。コーリーはやっとのことで冷静さを取り戻し、エリーを突き飛ばす。彼女はうしろに吹っ飛び、コピー用紙の山に激突すると、床に倒れこむ。コーリーは恐怖におののきながら彼女を見つめ、血まみれの片腕をぎゅっと抱く。エリーからの釈明を待つが、彼女はなにも言わない。ただ静かに立ち上がって、スカートの皺《しわ》をのばし、口もとの血を拭い、そして部屋を出ていく。

コーリーはどうする？　もちろん、人事部に直訴するだろう。「エリーに嚙みつかれた！」しかし所詮ここは職場であって、幼稚園ではない。そのやりとりは、どこまでもばかばかしい。「エリー、きみ、コーリーに嚙みついたのか？」そう訊ねられたら、エリーはぽかんとして答える。「はぁ……そんなことしてませんけど？　ずいぶん変なこと訊くんですね」それでも人事部の人間が

「エリー、深刻な疑惑が向けられているんだよ」と詰め寄ってきたら、エリーは答える。「ほんと、深刻《マジ》にどうかしてますね。もちろん、わたしはオフィス・マネージャーに嚙みついたりしていませんし、彼がなぜわたしがそんなことをしたって言ってるのかもさっぱりわかりません」

実際のところ、コーリーはいっさい口外しない可能性が高い。彼はしばらくコピー室にとどまり、なにがどうなっているのか必死で考える。翌朝までに、もっとも簡単な対処法は、なにも起こらなかったふりをすることなのだと心を決めている。彼は長袖のシャツを着て出勤する。腕に残った醜い傷跡、エリーが彼に刻みつけた半円形の歯形を隠すためだ。コーリー・アレンの思考力の半分は、つねにエリーの居場所を正確につきとめることに費やされる。会議中、エリーはこちらをうかがっている彼の視線をとらえる。職場のパーティにそろって参加しているときには、彼はエリーからできるだけ距離を取ろうとして、せわしなく動きまわりつづける――ある意味、ふたりはずっとダンスをしているみたいなものだ。たとえ、彼が二度と彼女に話しかけることはなくても。それから何カ月かたったとき、誰も見ていない隙をねらって、エリーは彼に向かって満面に笑みを浮かべ、口を開けてガブッと嚙みつく真似をしてみせる。彼は顔面蒼白になって、一目散に部屋から逃げ出していく。彼は生涯、エリーのことを忘れることはないだろう――コーリーの恐怖といううぎらついた絆が、ふたりを切っても切れない仲にするのだ。

夜も更けたころ、体じゅうの汗を干上がらせ、両脚をシーツのなかでもつれさせ、エリーはなんとか力をふりしぼって居間に戻り、ノートを手に取った。妄想は妄想。だけど、せめて片足だけでもちゃんと現実の領域を踏みしめておかなきゃ。エリーはベッドに戻るとノートを開き、リストを書き直した。

コーリー・アレンに嚙みついてはいけない理由

1. いけないことだから。
2. いけないことだから。
3. いけないことだから。
4. いけないことだから。

エリーはそのノートを職場に持っていってデスクの引き出しの底にしまい、コーリー・アレンに嚙みつきたい欲求がむらむらわきあがってくるたびに、リストに目を通した。そのうち彼女は〈チャンス〉というゲームを編み出した。ほんとうは嚙みつきたくてしかたないのに、それをするまいとしているわけだから、何かしらの評価を与えられてもいいのではないか。そこで、コーリーに嚙みつける絶好のシチュエーションになったのに、あえてそれをしなかった場合には、ご褒美として自分にポイントをあげることにした。ノートに日時と場所を記入し、その横に星印をつける。誰もいない廊下ですれ違ったとき、1ポイント。彼が個室トイレに入っていって、しばらく鍵をかけないでいるのに気づいたとき、1ポイント。エリーの妄想とおなじように、みんなが退社したあとに彼がコピー室に入っていくのを目撃したとき、1ポイント。10ポイントに達したら、エリーは自分をアイスクリームを食べに連れていってあげた。食べているあいだ、心ゆくまでコーリー・アレンに嚙みつく妄想に耽ることを許してあげた。

何週間かたったとき、エリーは〈チャンス〉についてちょっと興味深いことを発見した。これまでに獲得した〈チャンス〉の数をグラフで表してみると、初めは低かった数値が次第に右肩上がりになり、それに比例して、エリーはコーリー・アレンのスケジュールが把握できるようになり、職場で誰にも目撃されずに嚙みつくことのできる絶好のロケーションを特定できるようになっていった。ところが十二月半ば、劇的な急降下が起こった――コーリー・アレンのスケジュールは予測不可能になり、彼が絶好のロケーションに姿を現しても、そこに誰もいないということはほとんどなくなった。データには若干の乱れがあったので少々時間はかかったが、エリーはやがて気づいた。そうしたロケーションにもっとも頻繁に居あわせる人物、それは経理部のミシェル。既婚者だ。

ふーむ……

毎年恒例のオフィスでのクリスマス・パーティの時期がめぐってきた頃には、〈チャンス〉で遊ぶのがあまり楽しくなくなっていた。エリーはコーリー・アレンに嚙みつくことを妄想したいわけじゃない。彼に嚙みつきたいのだ。それができないということに腹が立ってしかたなかった。たしかに、何かを欲しても得られないということはある。けれど、人間はときに自分の欲することが人の道に悖《もと》ることだと知りながらも突き進み、結局やりおおせてしまうものだということも事実だ。既婚者と寝るのだってそう。いけないことだけど、そんなの日常茶飯事だ。たとえばほら、そこにいる経理部のミシェルの夫。赤い実をつけたヒイラギ柄のセーターを着た、憐れな男。考えてもみて。この男が夜中にまんじりともせず、最近妻がひどくよそよそしくなったのはなぜだろうと考えあぐねているところを。彼が妻のスマホのインスタント・メッセージをこっそり調べて、彼女がほかの男とロマンティックなやりとりをしていることを発見してしまったら、どんなに傷つき、どんなに屈辱を覚えるか。こともあろうに、相手は妻がかつて「薄気味悪いちっちゃな妖精《エルフ》」と評していたコーリー・アレンなのだ。そういう状況で経理部のミシェルの夫が負う心の痛手を考えれば、ちょこっとひと噛みされるくらい、それこそちっちゃなことにすぎないはずだ。エリーが神経終末が集合しているところを避けて噛んであげればなおさらのこと——コーリーの背中とか、あるいはそう、二の腕とか。

やめなさい、エリー。彼女は心のなかできつく自分に言い聞かせた。誰かがいけないことをしてるからって、自分もしていいってことにはならないの。コーリーはコーリーのおこないに責任を持たなければいけないし、あなたはあなたのおこないに責任を持たなければいけないんです。

それでもやっぱりエリーは、コーリーが愛想をふりまき、だれかれとなく話しかけながらパンチの入ったゴブレットを配り歩いている姿を睨みまわさないではいられなかった。コーリーは人事部のレイチェルと熱っぽい視線を絡みあわせていた。もしかしたら経理部のミシェルは、いまごろ嫉妬に燃え狂っているかもしれない。いや、たぶんコーリー・アレンが経理部のミシェルの夫に嫉妬しているのであって、それが厄介な点なのだ。ただミシェルにやきもちを焼かせたいがためにレイチェルといちゃついてみせるなんて、まったくたちが悪い。最低なのはきっとコーリー・アレンだ。

エリーはコーリー・アレンは自分の存在に気づくだろうかと考えながら、ぼさっと突っ立っていた。彼女は裾が床まで届く黒いヴェルヴェット地のタイトなドレスを着ていた。普段のオフィスでの格好にくらべればセクシーだけれど、ちょっと喪服っぽい感じがしないでもないし、コーリー・アレンみたいな浮ついたタイプの男の目を引く装いとは言いがたい。コーリー・アレンは人ごみの向こう側で、エリーの知らない人、たぶん同僚の奥さんか誰かにぺちゃくちゃ話しかけている。ひょっとすると、コーリー・アレンも彼ヴァージョンの〈チャンス〉に興じているのかもしれない。女性をくすくす笑わせたり、頬を赤らめさせたりするたびに、自分にポイントをあげているのかもしれない。

エリーは打ちのめされて、ほとんどやけっぱちな気分になった。いったいなんの意味があるの？　たぶんあたしはコーリー・アレンに噛みついて、そんで崖から身投げでもしちゃえばいいんだ。

帰りましょう、エリー。彼女は思った。あなた、酔ってる。

空になったグラスを脇のテーブルに置くと、個室トイレに向かい、顔を水で冷やした。エリーがトイレから出ると、誰もいない廊下にひとりで彼女を待ちかまえている人がいた――コーリー・アレンだ。

エリーに1ポイント！　〈ゴールデン・チャンス〉の到来。ということはつまり、もしも彼女が後悔するようなことをしたくなければ、さっさと立ち去らなければいけないシチュエーションというわけだ。

「やあ、エリー」コーリー・アレンは朗らかに言った。「帰っちゃうのかと思ったよ！　さよならもいわないで逃げようったって、そうはさせないぞ！」

「おしっこしてただけだけど」とエリーは言い、彼の脇をすり抜けようとした。

コーリー・アレンは頭をのけぞらせて笑った。エリーはグラニー・スミス（小ぶりの酸っぱい青リンゴ）にかぶりつくみたいに、彼の喉ぼとけ《アダムズ・アップル》に思いきり歯を立てるところを想像した。ふざけんな、コーリー・アレン。彼女は思った。こっちは必死でセルフコントロールしてるんだっての。さっさと行かせてよ。

「ちょっと待った、エリー」とコーリー・アレンは言い、彼女の腕をつかんだ。「上にあれが見えない？　天井にさ？」

「は？」エリーは反射的に頭上を見上げた。するとコーリー・アレンがすばやく彼女を抱きとり、彼女のくちびるに自分のくちびるをぴったりと重ね、口のなかに舌をつっこんできた。エリーは彼を押しのけようとしたが、彼は片手でやすやすと彼女の抵抗を封じ、もう片方の手で彼女のお尻をつかんだ。ちっちゃな妖精《エルフ》にしては、びっくりするほど力が強い。

永遠にも思える一瞬が過ぎ、とうとう彼がエリーを解放すると、彼女はあとずさりして息をぜいぜいさせながら、吐きそう、と思った。

「いったい何すんのよ、コーリー？」

コーリー・アレンはくっくと笑いながら言った。「ヤドリギがあったと思ったんだけど！」そして大きな声をあげた。「おーっと！　見間違いだった！」

最高にぞっとする、とエリーは思った。噛みつかれるよりも悪い。とことんグロテスクだ。

だがつぎの瞬間、彼女は思い直した。あ、そっか。つぎはあたしのチャンスってことだ。

エリーはかれこれ二十年ほど現役から遠ざかっていたものの、肝はしっかり据わっていたし、狙いを定める目はたしかだった。彼女はヤツメウナギのように口を開けると、コーリーの頬骨のうえのこんもりした肉をめがけて突進した。そのぱつぱつとした歯ごたえといったら、もうたまらなかった。この嚙みつきこそ、これまで夢みてきたことのすべてだった。コーリーは叫び声をあげ、腕をふりまわして彼女に抵抗したが、エリーは彼に食らいついて離れなかった。それどころか、まるで死に際にのたうつ犬みたいに、頭を前後にがくがくっと三回ほど震わせ、相手の顔から肉を引きちぎってやった。

コーリー・アレンは彼女の足もとにうずくまり、自分の体を抱きかかえて悲鳴をあげている。エリーは口から彼の皮膚のかけらをペッと吐き出すと、手の甲でくちびるの血を拭った。

やだ、どうしよう。

やりすぎちゃった。

彼を醜くしてしまった。

刑務所ゆきだ。

せめて残りの人生、いつまでもこの記憶を胸にとどめておこう。刑に服すことになったら、あたしが嚙みついた瞬間の、コーリー・アレンの歪んだ顔のすてきなイメージを何枚もスケッチして過ごそう。監房の壁に、その絵を貼っておこう。

うしろから非難するような声が聞こえてきた。「見たわよ。最初から最後までちゃんと見てましたから」経理部のミシェルだ。エリーが何かを言う前に、経理部のミシェルは腕をまわしてハグをしてきた。

「大丈夫？」とミシェルが訊いてくる。「可哀想に」

「へ？」とエリー。

「暴行よ」ミシェルは言った。「彼はあなたに暴行したのよ」

「あ、うん！」エリーははっとして答えた。「そのとおり！」

「わたしもおなじことをされたの。階段の下までつけてきて、抱きつかれて。それもいちどだけじゃなかった。この男はとんだ獣《けだもの》よ。あなたに注意しとかなきゃって、廊下に出てきたわけ。あなたが自分の身を守れる人でよかった。あっぱれな闘士《ファイター》だわ、エリー。ほんとに大丈夫？」

「なんともないわ」とエリーは答えた。

そう、エリーはなんともなかった。

なぜなら、コーリー・アレンはエリーにいやらしい行為をはたらいただけでなく、ミシェルだけでもなく、ほか数人の女性におなじことをしていたということが明らかになったから。人事部は迅速かつ厳重に対処した。コーリーはオフィスを去り、一方のエリーは書面の一枚すら受け取らなかった。むしろ、以前よりも職場に親しい人が増えた。

それでも、彼女は半年もしないうちに新しいスタートを求めて職場を辞めた。それ以来、一年ごとに職を変えた。なぜなら、エリーはすぐにどの職場にもかならず一人はいることに気づいたから——みんなの噂の的になる男が。エリーはただ耳を傾け、時機を待ち、そしてその男に〈チャンス〉を与えてやりさえすればいい。まもなく、そいつは彼女を見つけるだろう。

ルック・アット・ユア・ゲーム・ガール

Look at Your Game, Girl

一九九三年九月、ジェシカは十二歳だった――マンソン・ファミリーが無差別殺人事件を起こしたのはその二十四年前で、レッド・ホット・チリ・ペッパーズのヒレル・スロヴァクがヘロインの過剰摂取で死んだのは五年前。そして、七カ月後にはニルヴァーナのカート・コバーンが自分の頭を撃ち抜き、三週間後にはカリフォルニア州ペタルーマで、ポリー・クラースという女の子がお泊まり会の最中にナイフを持った男に連れ去られることになる。

ジェシカの一家はサンノゼからサンタローザに越してきた。ジェシカは前の学校では六年生のクラスでいちばん人気のある女の子だったが、転校先の学校ではいくつかの友達グループをふらふらと渡り歩いた。人気者のグループでは相手にしてもらえなかった。バンド好きグループの子たちは親切だけれど退屈だった。ひそかに「不良仲間」と呼んでいた友達がいちばんおもしろかったけれど、いちばんたちが悪くて、仲間内で飛び交うジョークを聞いていると、なんだか肌にちくちく鋲が刺さるような気分になった。性悪な友人たちとハチャメチャなことをしてはじけても、すぐに心が荒《すさ》んでひりひりしてきた。そうなると、居心地のいいバンド好きグループにもどって心を癒やした。

ジェシカの家族はロミータ・ハイツにある明るい黄色のヴィクトリア朝風の家に住んでいた。ジェシカは毎日フィールド・ホッケーの練習を終えて帰宅すると、バックパックのなかの宿題をぜんぶベッドのうえにあけ、かわりにディスクマンと黒いＣＤフォルダーと図書館でみつくろった本と、おやつ用にリンゴとチーズ三切れを詰めこんだ。それから三ブロック走って、スケートボーダーたちがたむろしている公園に向かった。そこに着くと、螺旋状の滑り台のふもとに腰を下ろし、好きな音楽をかけ、読みたい本を読みはじめる。ＣＤはぜんぶで十七枚持っていたけれど、聴くのは三枚だけだ——《ブラッド・シュガー・セックス・マジック》、《ユーズ・ユア・イリュージョンⅠ》、それから《ネヴァーマインド》。本はたいていＳＦとファンタシイの棚から選んだ背がぼろぼろのペーパーバックで、特別なパワーに目覚めた男の子が主人公の物語だった。

公園のスケボー少年たちはジェシカよりも年上で、たぶん十三歳か十四歳くらいだった。大声で叫びあったり、コンクリートの手すりをスケボーで滑り降りて、キーキー凄まじい音をたてたりしていた。ときどきシャツをめくりあげて顔の汗を拭い、ぺたんこの褐色のお腹がちらっとのぞいた。スケボーが手すりに引っかかって体だけ吹き飛ばされ、よつんばいで着地して、舗道に真っ赤な四本の筋を残していくこともあった。誰も話しかけてきたことはなかった。ジェシカは彼らを眺め、音楽を聴き、本を読んでいるふりをして一時間ほど過ごしてから家に帰った。

初めてその男を見かけたのは、ガンズ・アンド・ローゼズの新作のＣＤを開封しようとしているときだった。爪の先をセロファンの包装紙に走らせて切れ目を入れ、歯でビニールを引きちぎろうとした瞬間、広場の向こうから男がじっとこちらを見ていることに気づいた。最初はスケボー少年の一人だろうかと思った。背丈は彼らとおなじくらいだし、ひょろっとして凹凸のない体つきも似ていた。ただし髪は長くて、肩の下まで伸びていた。その男が体を脇にずらしたとき、さっきまで西日が逆光になって輪郭しかわからなかった姿が見え、少なくとも二十代の男だということがわかった——若いけど、れっきとした大人の男のひとだ。彼はジェシカが自分のほうを見ていることに気づくと片目をつぶってみせ、親指と人差し指を銃みたいにしてこちらに向けて、撃った。

三日後、ジェシカが新しいアルバムを聴いていると、どこからともなくその男が現れて、滑り台の手前に敷かれた砂利の上にあぐらをかいて坐った。「なあ《ガール》」と男は言った。「何聴いてんの？」びっくりしすぎて言葉が出てこなかった。ジェシカは黙ってＣＤプレーヤーを開け、ディスクを見せた。

「お、いいね。彼が好き？」

それを言うなら「彼らが好き」だ。ガンズ・アンド・ローゼズはバンドで、ソロの歌手じゃないんだから。だけどジェシカはうなずいた。

男の目は静かで青くて、笑うとくしゃっと皺が寄って見えなくなった。「だろ」と彼は言った。

「やっぱりな」

その言い方を聞いて、ジェシカは思った。この人はわかってるのかも——あたしがバンドのことをどう思ってるかじゃなくて、アクセルのことをどう思ってるかを。破けたＴシャツがアクセルの肩に絡まっているところや、彼のすべすべした赤っぽいブロンドの長髪を、あたしがどう思ってるかを。

「彼、いい声してるから」とジェシカは言った。

男は眉間に皺を寄せて、少し考えた。「たしかにな」と彼は言った。「アルバムはどう？」

「まあまあ」とジェシカは言った。「だいたい誰かほかの人が作った曲のカヴァーなんだ」

「そんなのつまんない、よな？」

ジェシカは肩をすくめてみせた。相手は彼女がもっと何か言うのを待っているみたいだったけれど、それ以上言うことはなかった。彼女は口を開きかけた――あなた、あたしに話しかけるには年を取りすぎてるんじゃない？とか、ここは子供の遊び場だってことわかってる？なんてことを。でも、気がついたときにはこう口走っていた。「シークレット・トラックが収録されてるんだ」

彼は眉をあげて言った。「へえ、そうなんだ？」

「うん」

聴かせてくれと頼んできたり、シークレット・トラックっていったいどんなものだと訊ねてくるかと思って待っていたけれど、相手は何も言わなかった。ただじっと坐っているだけで、そんなふうにされていると、ジェシカはなんだか自分がばかみたいに思えてきた。ヘッドフォンをかけ直すと、最後の曲までスキップし、そこからしばらく続く無音のトラックを、ふたたび音が鳴り出すところまで早送りした。ヘッドフォンを差し出すと、男はうなずいた。手渡すときに、指先が軽く触れ合った。ジェシカが感電でもしたみたいにさっと手をひっこめると、彼はかなしそうに少し笑った。彼がしっかりと耳にかぶせると、ヘッドフォンはぼさぼさの髪のなかに埋もれていった。

「いい？」

「やってくれ」

ジェシカは再生ボタンを押した。彼は目を閉じてヘッドフォンを手のひらで包みこみ、体を揺らしはじめた。くちびるを舐め、ときどき声をもらしながら口だけ動かして歌詞をうたい、見えないギターのネックのうえでコードを押さえるみたいに空中で指先を動かした。こんなふうに音楽に熱中されると、なんだかこっちのほうが恥ずかしくなってくる。相手の顔を見ていられなくなって、ジェシカは足もとに視線を落とした。彼は裸足だった。足の指のあいだのやわらかな皮膚に土がこびりついていて、爪はどれも黄ばんで伸びていた。

曲が終わると、彼はヘッドフォンを返してよこし、ディスクマンをぽんぽんと叩いて言った。

「おれはオリジナルのほうがいいな」

そう言いながらジェシカを見つめ、彼女がすぐに答えないでいると、たたみかけるように言った。

「なんのこと言ってるか、わかるだろ？」

「ライナーノーツには書いてなかったもん」とジェシカは素直に言った。

「じゃあ聴いたことないのか？　この曲のオリジナル・ヴァージョンを？」

彼女は首を横に振った。

「マジかよ、なあ」彼は〝ガール《ガール》〟を引き伸ばすようにゆっくりと言った。「だめだよ、ガール、そりゃ損してるぜ」

ジェシカは持ち物をまとめはじめた。

「怒るなって」

「怒ってない」

「そうかな。おれにムカついてるみたいだけど」

「ムカついてない。帰らなきゃいけないの」

「じゃ、帰んな」彼はジェシカに向かって手を振った。「怒らせて悪かった。かならず埋め合わせはするよ。こんど会うとき、プレゼントを持ってくる」

「プレゼントなんていらない」

「きっと気に入るから」と彼は言った。


その週いっぱい、彼は姿を現さなかった。ジェシカは週末に〝不良仲間〟コートニーの家に行き、生まれて初めてお酒を飲んだ。オレンジジュースで割ったウォッカを三口がぶ飲みすると、舌がひりひりして手足がどうしようもなく重たくなった。つぎの週の水曜日、その男は片手に何かを携えてジェシカの前に現れた。

「約束のプレゼントだ」

「いらない」

彼女に邪険にされるのが楽しくてたまらないみたいに、彼は頭を上下にひょこひょこさせた。彼は手のひらを広げてカセットテープを差し出した。透明のプラスチックのケース越しに、黒いインクでくっきりと手書きされたプレイリストが見える。

「それ、聴けないよ」とジェシカは言った。「カセットテープのプレーヤーは持ってないもん」

「いま持っちゃいないだろうけどさ」と彼は言った。「家にはあるだろ?」

「家にもない」

「そんじゃ、持ってきてやる」

彼のシャツはこのあいだよりもっと汚れていた。長い髪はずたずたの茶色の靴紐で、うしろにゆるくまとめてある。いったいどこで靴紐なんて手に入れたんだろう、とジェシカは思った。だって、靴なんて履いてないのに。もしかしたらこの人はホームレスなのかもしれない。

「やめて」とジェシカは言った。「なんにも持ってこないで」

彼は笑った。細められた瞳はすごく、ものすごく青かった。「明日持ってくるから」


今日は家にいることにしようか。そう思ったけど、すぐに考え直した。なんでそんなことしなきゃいけないのよ。あそこはあたしの公園でもあるんだから。昼間の公園にはたくさん人がいる。もしあの男が何かしようとしたら、助けてって叫べばいい。そしたらスケボー少年たちがいっせいに駆けつけてくれるはずだ。それに、ほんとうにあの人が何かしてくるとは思えない。というわけで出かけていったのだけれど、六時半近くまで滑り台のところにいても、彼はやってこなかった。

それから一週間もしないうちに、男はふたたび姿を現した。「ごめんよ」と彼は言った。「カセットテープ・プレーヤーを調達してくるって言ったのはいいけど、思ったより時間がかかってさ」彼はぼろぼろの黄色いウォークマンを握っていた。まるでゴミ捨て場から漁《あさ》ってきたみたいながらくただ。ゴム製のボタンはほとんど欠けてるし、底の一角にべたべたした赤いものがくっついている。

「そんなので聴くなんていやだよ」と彼女は言った。「きもちわるい」

彼は前みたいに滑り台の前に腰をおろした。「ヘッドフォンはきみのを貸してもらわないと。どうしても見つけられなかったんだ」

「あなたいったい何者なの？」ジェシカは言った。「どうしてあたしに話しかけるわけ？」

彼はにっと笑った。きれいに揃った白い歯が見えた。「きみはいったい何者なの？」と彼は訊き返した。「どうしておれに話しかけるわけ？」

ジェシカはぐるっと目をまわした。彼はジェシカが膝の上に置いていたヘッドフォンを取り上げると、ウォークマンに接続した。ポケットに手をつっこんで、このあいだジェシカが受け取らなかったカセットテープを取り出すと、ケースを開けてトレイに差しこんだ。

「準備はいいか？」

「よくない」とジェシカ。「言ったじゃん、あんたが持ってきたつまんないテープなんて聴きたくないってば」

「いや、聴きたいさ」と彼は言った。「きみはまだこいつを知らないだけなんだ」

彼の腕が伸びてきて、ジェシカの耳にヘッドフォンをかぶせた。体臭が鼻をかすめた。煙草のけむりと、汗と、酸っぱい息がまじったにおい。ヘッドフォンをひっつかんで外そうとしたそのとき、レコード盤がまわりはじめるときに鳴るような、埃っぽいパチパチという音が聞こえた。やがて男の声が、荒っぽくかき鳴らしたアコースティックギターを伴奏に歌いはじめた。かん高くて、哀しげで、いくぶん調子っぱずれな歌声だった。聴いているうちに、ウォッカを飲んだあとの気分を思い出した。まるで地球がまるごと自分の上にのしかかってきて、体を押さえつけられているみたいな気分。

曲が終わると、ジェシカはヘッドフォンを乱暴に取り外し、そのまま首にぶらさげた。「これ、あなたなの？」彼女は訊いた。「あなたが歌ってるの？」

男は嬉しそうな顔をした。「違うよ。おれじゃない。チャーリーだ」

「誰？」

「チャーリーさ。チャールズ・マンソンだよ。チャーリーを知らない？」

「歌手？」

「むかしはな。たくさん人を殺すまでは。ベネディクト・キャニオンで」

ジェシカは彼をにらみつけた。「あたしを怖がらせようとしてるの？」

「まさか」と彼は言い、ジェシカの肩に両手を置いた。「チャーリーはシンガーで、スターになってもおかしくなかった。女の子たちはみんな彼を崇拝してた。彼女たちは彼を愛した。きみがアクセルを愛するよりもずっと深く。そしてチャーリーも彼女たちをおなじくらい愛した。彼女たちはどこまでも彼についていった。メアリもスーザンもリンダも、そのほかのみんなも。でも彼らはある女を殺して、その赤ん坊も死なせた。ほかにも何人も殺した。だからチャーリーはムショにぶちこまれて、女の子たちも塀の中に放りこまれて、ファミリーは離ればなれになっちまった。けど、彼らは愛し合うことをけっしてやめなかった。一分たりとも、一日たりともやめなかった。ここに入ってる曲はどれも、そのことについての歌なんだ」

「意味わかんない」ジェシカは身をよじって男の手をふりほどいた。「何を言ってるのかさっぱりわかんないけど、ここから出てったほうがいいんじゃない」

「でも、きみはこの曲が好きだろ」と彼は言った。小さな男の子みたいな、泣きすがるような声になっていた。「きっと気に入ると思ったんだ。だから持ってきたんだよ」

「ひとごろしが作った曲だなんて知らなかったもん！」

「ごめんよ」と彼は言った。「きみの言うとおりだ。チャーリーのことを話しておくべきだった。怖がらせるつもりはなかったんだ、ほんとに」

ジェシカは頭がこんがらがったまま男を見つめた。日に焼けた腕はたくましく、もじゃもじゃした黒い毛におおわれている。でも睫《まつげ》毛の色は違う――アクセルとおなじ、赤っぽい金色だ。

「よかったらテープを貸してやる」彼はそう言い、腰を上げて立ち去ろうとした。「全部聴いてみてくれ。おれは〈ルック・アット・ユア・ゲーム・ガール〉がベストだと思うけど、〈シーズ・トゥ・エグジスト〉も好きだし、〈シック・シティ〉もいい。きっときみも賛成してくれるんじゃないかな。いや、しないかも。それでもいい。とにかくどの曲も最高なんだ、マジで」彼はプレーヤーの蓋を開けてカセットを取り出すと、ケースに戻して彼女に差し出した。まるで照れくさくて彼女の顔を直視できないみたいに、視線は地面に落としたままだった。

ジェシカはテープを受け取ってバックパックに入れた。「どうも」

「聴いてくれる？」

「うん」

「よかった！　きっとどっかでプレーヤーを見つけられるだろ。できればこいつをくれてやりたいんだけど、そういうわけにはいかなくて。悪いな」

「いいの。どうにかする」

立ち去っていくのかと思ったら、彼はジェシカの体をおおうようにしゃがみこんで、彼女の顔を両手で包みこんだ。大きな温かい手に包まれていると、自分の顔がまるで人形の顔みたいにすごくちっぽけな感じがしてきた。ジェシカは思った。キスをするつもりだろうか。すると、彼は彼女のくちびるをなぞるように親指で撫でた。ジェシカが口を開くと、親指があいだから入りこんできた。指紋の畝《うね》のざらついた感触が、舌をこするようにして根元のほうまで這っていく。汚れた爪の苦い味がする。彼は言った。「もちろん、そいつは返してもらう。テープのことだ。返してくれるね。約束するか？」

答えようとするけれど、彼の手にさえぎられて声が出せない。

「いつ？」と彼は訊いた。「今夜？」

ジェシカは首を横に振った。彼は親指をひっこめた。指の先が唾液でてらてらと濡れている。

「できないよ！」彼女はあえぐように言った。「今夜なんてむり」

「どうしてだ？」

「友達が――友達がお泊まり会を開くから。行かなきゃいけないの」

彼は笑った。最高に笑えるジョークでも聞いたみたいに。「きみの友達なんて知るかよ」と彼は言った。「ここに会いにきな。テープを聴いたら、どの曲が気に入ったか教えてくれ」

「できないって言ったでしょ！」

「ガール」彼はジェシカの頭を撫でて髪をくしゃくしゃにした。「できるさ。十時でどうだ？　いや、十二時は？」

「そんな夜中に公園に来るわけない。あたし、十二歳なんだよ！　どうかしてるんじゃないの？」

「じゃあ十二時に」と彼は言い、ジェシカの顎をつまんだ。「またあとでな」

もちろん、家を抜け出して見ず知らずのみすぼらしい男と真夜中の公園で落ち合ったりするつもりはない。そんなのばかげてる。ちらっと想像してみるのさえばかみたいだ。ジェシカは「チャーリー」が彼の名前ではないとわかっていたのに、頭のなかでどうしてもあの男のことをそう呼んでしまう。チャーリーの親指が頭から離れなかった。薄汚れた骨ばった親指。爪の先が、上顎と喉のあわせ目のやわらかい肉をひっかいた感触。ジェシカはなんどもバスルームに駆けこんで、口を大きく開いて血が出ていないかたしかめた。思いきり噛みついてやればよかった。あの汚らしい親指を噛みちぎってやればよかった。きっとあいつは悲鳴をあげて、彼女の口から手を引っこ抜いて逃げていっただろう。引きちぎられた指の付け根からどくどくと流れ出す血を公園じゅうにまき散らして、あとかたもなく姿を消しただろう。

もちろんあんな薄気味悪いチャーリーに真夜中の公園で会うつもりなんてなかったけれど、バンド好き仲間の一人から電話がかかってきて、お泊まり会に《ダーティ・ダンシング》を録画したビデオテープをもってくるよう頼まれると、ジェシカはお腹が痛いから今夜は行けない、と断った。

あの子たちがクスクス笑ったり、テディベアを抱きしめたり、〈羽根のように軽く、板のように硬く〉で遊んでいるのを想像すると、誰かを蹴飛ばしてやりたい気持ちになった。それに、お腹のあたりが疼いていたのはほんとうだった。けれどあとになって、やっぱりお泊まり会に行っていればよかったと後悔した。ママとパパと弟がキッチンのテーブルを囲んでラザニアを食べているのを見ているほうが、よっぽどいらいらしたから。

「ねえママ、パパ」とジェシカは言った。「ちょっと聞きたいんだけど。チャールズ・マンソンって人知ってる?」

ママとパパはチャールズ・マンソンを知っていたが、夕食の席で彼の話をするのを嫌がった。ジェシカはコートニーとシャノンに電話をかけて、今夜の予定を訊ねてみようかと思いついた。でも、あの子たちはこっそり家を抜け出して煙草を吸いにいこうと誘ってくるかもしれない。そしたら夜の屋外に出なきゃいけなくなって、チャーリーに見つかるかもしれない。たぶんこのまま家にいたほうがいいんだ。家はいちばん安全な場所だ。チャーリーは彼女がどこに住んでいるかを知らないし、もしもいつかの時点で彼女の後をつけて家を突き止めていたとしても、そんなことはしてないと思うけど、家には引っ越してきたときにパパが設置した超高性能のセキュリティ・システムがある。それに飼い犬のボスコもいる。ボスコはジャーマン・シェパードの血が入っていて、仔犬のときから知っている人間以外は毛嫌いする。あたしは安全。あたしは大丈夫。チャーリーに会いに真夜中に公園に行ったりなんかしない。あたしはぜったいに大丈夫。

夕食のあとでママがビデオで映画をかけた。時計の針が十時を過ぎたとき、ジェシカは初めてチャーリーを見たときのことを思い出した。最初はスケボー少年だって勘違いしたこと、ガンズ・アンド・ローゼズのアルバムについてあれこれ訊ねられたこと、彼がものすごく音楽が好きだってこと。曲を聴かせてあげたとき、彼がヘッドフォンを手のひらで包んで体を揺らしていたことを思い出し、彼に初めて顔を触られた瞬間の胸のざわつきを思い出し、あのものすごく青い瞳のことを思い出した。そして、カセットテープのことを思い出した。まだ彼女のバックパックの奥底にうもれているあのテープ。もしも彼が取り返しにやってきたらどうなるんだろう。もしも、自分が家を抜け出して公園に行って彼にテープを返して、どの曲がいちばん気に入ったかを話して、それから、誘われるまま、どこまでも彼についていったら、どうなるんだろう。

ママとパパと弟は映画が終わる前にカウチで眠りこんでしまった。ジェシカのうちのムービー・ナイトではよくあることだ。いつもはめちゃくちゃ腹が立つのに、今夜は泣きたくなった。ジェシカはママを見た。羽が生えてるみたいなおかしな髪型のせいで、おびえたオバサン鳥みたいに見える。パパは口髭の向こうからいびきを響かせている。それに、〈ティーンエイジ・ミュータント・ニンジャ・タートルズ〉のパジャマを着ている弟。みんなどう思うだろう？　薄汚い身なりの男があたしに近づこうとしてることを知ったら。男があたしの口のなかに垢だらけの親指を突っこんできて、そいつがマンソン・ファミリーの殺人をこの世で最高のできごとだって思っていることを知ったら。ママとパパはすごくあわてるだろう。すごく怖がるだろう。そう思うと、ジェシカはなんだか勇敢な気分になった。映画が終わると、みんなを起こしてベッドに急《せ》きたてるかわりに、自分の部屋に枕と毛布を取りにいって、カウチに戻った。ママとパパと弟を見守り、時計の針がぶじに十二時をまわって鐘が鳴りやむと、毛布を顎までひっぱって見張り番の役目を終えた。頭のなかでこう唱えながら——くたばれ《ファック・ユー》、チャーリー、ファック・ユー、ファック・ユー、ファック・ユー。

翌日の晩、家族でニュース番組を観ていると、その日のトップ・ニュースが流れてきた。ちょうどジェシカとおなじ年頃で、髪色もそばかすのある顔立ちもよく似ている女の子の誘拐事件だった。友達とのお泊まり会の最中に、ナイフを持った男に寝室から連れ去られたのだという。犯人の指名手配のポスターは、ぞっとするくらい見覚えのある顔だった。

両親はジェシカから事情を聞き出すのに一時間かかった。アクセル・ローズが、チャールズ・マンソンが、とヒステリックに泣きながらわめく娘の話から要点を選り出し、娘が「男」と「公園」と「お泊まり会」について訴えようとしているのだとわかると、警察に電話をかけた。電話が繋がるまで、さらに二時間かかった。ポリーの誘拐事件はあっというまにソノマ郡で起こった史上最大の凶悪犯罪と化していたので、警察には妄想に取り憑かれた人からの通報、いたずら電話、霊能者や記者からの電話が押し寄せていたのだ。

四十八時間後、二人の女性警官がジェシカに会いに家を訪れた。二人は詳しく聞き取り調査をしながら、ジェシカがその放浪者のほんとうの名前は知らないこと、ただしその男が汚れた手で触れたカセットテープをもらったこと、そして、そのテープがまだ彼女のバックパックの底にしまわれているることを突き止めた。警官たちは車に戻って白いゴム手袋とピンセットと証拠品袋をもってくると、ジェシカからテープを引き取り、かしこまって礼を言った。そして彼女の両親に、近いうちに連絡しますと告げた。

それから数カ月かのあいだに、四千人以上の人々がソノマ郡にやってきて、いたるところでポリーの名前を叫んだ。カリフォルニア州内のあらゆる壁に、木に、電柱に、ポリーの学校の記念写真をモノクロ印刷したポスターが貼りつけられた。しばらくのあいだ、まるでアメリカじゅうの誰もがポリーの身に起こったことを話題にしているみたいだった。ジェシカはきっとそのうち警察がまた訪ねてきて、彼女が過ちを犯したことを告げるだろうと思っていた。きっと自分は誘拐犯と最初に接触し、その結果、悪魔を招き入れてしまった女の子として世間にさらされるのだろうと。だけど、とうとう警察が国道101号線の脇の浅い穴に埋められたポリーの遺体を発見すると、彼女を殺害したのはもっと年のいった男だということが判明した。ポスターを見たときにチャーリーそっくりだと思ったのは、想像力か照明が見せていた錯覚にすぎなかった。

それから一年が経とうとしたとき、ジェシカの家に茶封筒が届いた。差出人住所にはペタルーマ警察署とあった。ジェシカはきっとチャーリーがくれたテープが入っているのだと思ったが、じっくり調べてみるまもなく両親が封筒をどこかに持ち去ったので、テープも封筒そのものも、それから二度と目にすることはなかった。

十四歳になる頃には、ジェシカは自分が思い違いをしていたことに気づいていた。チャーリーは自分を捜して、自分のかわりにポリーを連れ去ったわけじゃない。二つの事件はたまたまおなじときに起きただけなんだ。それでも子供時代のあいだはずっと、ポリーの身に起こったことと、自分の身に起こったことのあいだには、何かしらの繫がりがあるのだと信じていた――現実的な何かではないとしても、ものごとの表層のずっと奥のほうで、引力みたいなものが作用しているのだと。

大学に入って家を離れると、幼い頃に自分の体験をポリーの事件と結びつけようとしたのは、子供っぽい自己陶酔が引き起こしたことだと考えるようになった。自分がすべての中心にいて、世界はそのまわりをまわっているのだと信じたくて、そんな思い込みをしたのだ。大学生のジェシカから見れば、ポリーを殺した男が超新星級《スーパーノヴァ》の強大で破壊的な悪だとしたら、チャーリーはとるにたらない矮星《わいせい》にすぎなかった。少女の目には、小さいものも、身近なものも、巨大なものも、遠くにあるものも、すべてがおなじようにまぶしくみえた――でも、それはただの錯覚だった。

結局のところ、あたしは大きな災いを免れたんだ――ジェシカは思った。チャーリーが彼女に負わせたのは、喉の奥の小さな掻き傷にすぎなかった。それだって、想像が生みだしたのかもしれない。ポリーの身に起こったことにくらべたら――この宇宙で起こった数えきれないほどの災いにくらべたら――彼女が経験した悪魔との接触なんて、針の先ほどのちっぽけな光にすぎない。もっとまぶしい星たちが壮大な星座を描いているこの宇宙では、ほとんど目に見えないも同然の。

それでも、結婚して、出産して、カリフォルニアから遠く離れても、ジェシカは時計が夜の十二時をまわってからでないと安心して寝つけなかった。双子の娘たちが隣の寝室ですやすやと眠っているあいだ、ジェシカは窓辺に立って、どこまでも広がる闇を、星たちが点々と光る不吉な夜を見つめ、気がつくとチャーリーのことを考えていた。もしかしたら彼は、まだ公園で彼女が来るのを待っているかもしれない。

バッド・ボーイ

Bad Boy

ある夜、友人がわたしたちを訪ねてきた。とうとう最低な彼女と別れたのだという。その彼女と別れるのはこれで三度目だったのだけれど、彼は今度こそ絶対に終わりにするんだと力説した。彼はわが家のキッチンを歩きまわりながら、六カ月の交際のあいだに味わったつまらない屈辱や苦しみをあまさずならべたてた。そのあいだわたしたちは、優しく声をかけたり、やきもきしたり、憫《あわ》れみの表情を作って彼に向けたりした。彼が気を取り直そうとバスルームに消えていくと、わたしたちはおたがいにぐったりもたれかかり、ぐるっと目をまわして、首を絞めたり頭を銃で撃ち抜く真似をしあった。彼の失恋ばなしをくどくど聞かされるのって、アル中患者が二日酔いだって愚痴ってるのを聞いてるみたい、わたしたちの一方が言った。うん、つらいのはわかるけど、自分の問題の原因をろくに見抜けもしない人に同情しろっていわれても、そう簡単にできないよ。最低な人と付き合って最低な扱いを受けるたびに大騒ぎしてみせるのを、いったい彼はいつまで続けるつもりなんだろう、わたしたちは首をかしげあった。やがて彼がバスルームから戻ってくると、わたしたちは彼に四杯目の酒を作ってやって、だいぶ酔ってるから運転はむりじゃないの、なんならうちのカウチで寝ていきなよ、と言った。

そのあと、わたしたちはベッドに横たわって友人の話をした。こんな狭いアパートじゃね、セックスしたら彼にまる聞こえになっちゃう、とぼやきあった。気にしないでやっちゃえばいいのかな、わたしたちは言った——だって、彼にしてみたら何カ月ぶりかでセックスとお近づきになれるってことじゃない（セックスをおあずけするのは最低な彼女が仕組んだ巧妙な作戦のひとつだった）。彼、ひょっとしたら気に入るかも。

翌朝、わたしたちが仕事に出かけようと起きていくと、友人はまだ眠っていた。シャツの前が途中まではだけ、潰したビールの缶がカウチのまわりに散らばっているのを見ると、どうやらわたしたちがベッドに入ったあとも一人で飲みつづけていたようだ。そんな姿があまりに哀れで、わたしたちは昨日の晩に彼をあげつらって意地の悪い冗談を言ったことがうしろめたくなってきた。わたしたちはコーヒーを余分に作り、彼に朝ごはんを食べさせてあげて、いたいだけわたしたちのアパートにいていいよ、と言った。けれど、仕事から帰ってきて彼がまだカウチに寝そべっているのを見たときは、やっぱりびっくりした。

わたしたちは彼を起こしてシャワーを浴びさせると、ディナーに連れ出した。食事のあいだ、わたしたちは彼にいっさい失恋ばなしをさせないようにした。かわりに精一杯、彼のご機嫌を取った。彼がジョークを飛ばすたびに笑い、二本目のワインを注文し、彼に人生のアドバイスをしてあげた。あなたにはもっとふさわしい人がいるはず、あなたをちゃんと幸せにしてくれるような人が。あなたを愛してくれる人と、健全な関係を築いていかなきゃ。わたしたちはそう言ってありがたそうにおたがい見つめ合い、それからふたたび全神経を彼に集中させた。彼は優しさと褒め言葉に飢えた寂しい仔犬みたいにお世辞を貪《むさぼ》った。そんな姿を見ているのはいい気分だった——わたしたちは彼の柔らかい頭をぽんぽん叩いてやったり、耳の裏を掻いてやったり、もぞもぞ体を動かすのを見ていたかった。

　レストランを出てもまだ心が浮き立っていたから、わたしたちはそのまま彼をアパートに招いた。部屋に着くと、彼は今夜も泊まっていいかと訊ねてきた。わたしたちがどういうことなのか問いただすと、彼は今は自分の部屋でひとりぼっちでいたくないのだと打ち明けた。自分の部屋にいるとあの最低な彼女のことを思い出してしまうというのだ。もちろん、いたいだけここにいていいよ、わたしたちは言った。わざわざ引き出し式のカウチを選んだのは、こういうときのためなんだから。でも、わたしたちはこっそり目を見合わせた。彼に親切にしてあげたいのはやまやまだけれど、二日連続でセックスができないなんて耐えられない——わたしたちは酔っていたし、それに夕食のあいだじゅう愛想をふりまきっぱなしで、妙に気分が昂《たか》ぶっていたのだ。というわけで、わたしたちは寝室に退散することにした。おやすみの言い方を聞いただけでも、これからやるつもりなんだとピンときたかもしれない。最初のうちはなるべく音を立てないように注意していた。でもすぐに、こんなふうに声をひそめて笑いあったりささやきあったりしていたら、いったい何をしてるんだろうかと、かえって注意を引いてしまうんじゃないか、いつもどおりにしたほうがましなんじゃないか、という気がしてきた。だからやりたいようにやることにした。正直にいうと、わたしたちはいくぶんそれを楽しんでいた——ひょっとしたらすぐ隣の部屋にいる彼が、暗がりのなかでわたしたちがたてる物音に耳をそばだてているかもしれない。

　朝になると妙に気恥ずかしくなっていたけれど、わたしたちはおたがいに言い聞かせた。ねえ、こうでもしなきゃ彼をぬくぬくした巣から追い立てて自分の部屋に帰らせることはできなかったのかもしれないよ、ひょっとしたらこれがきっかけになって、せめて二カ月にいっぺんはセックスしてくれる恋人を作る気になるかもね。ところがその日の午後、彼はわたしたちにメールをよこし、夜の予定を訊ねてきた。まもなく、ほとんど毎日のように泊まっていくようになった。

わたしたちは彼にディナーをご馳走したり、あるときは三人でドライヴに出かけたりもした。わたしたちが前のシートで、彼はいつも後ろのシート。わたしたちは彼に小遣いをやろうかとか、雑用を言いつけようかなんて冗談を言った——携帯の契約を変更して、ファミリープランに彼もまぜてあげようか、だってこんなにずっと一緒にいるんだもん、わたしたちは言った。それに、そうすれば彼があの最低な元カノとメッセージをやりとりしないよう、ちゃんと見張っていられるし。というのも、二人は別れたあとも連絡を取り合っていて、彼はかたときも携帯を手放さなかったから。彼はもう二度としないと約束し、こんなこと自分のためにならないってわかってるからと誓ったが、すぐまた彼女にメッセージを打ちはじめるのだった。それでも基本的には、彼と一緒にいるのは楽しかった。彼をちやほやし、世話を焼き、はたまた彼が最低な元カノとメッセージをやりとりしたとか、夜ふかしして仕事を休んだとか、何か無責任なことをしたときには叱りつけた。

彼がアパートに泊まっているときでも、わたしたちはセックスをしつづけた。じつのところ、これまでで最高のセックスだった。彼が部屋の外から壁に耳を押しつけているかもしれない、嫉妬と昂奮《こうふん》と恥ずかしさに身悶えしているかもしれない。そんな想像を軸に、わたしたちは二人で妄想を膨らませていった。実際にどうだったのかはわからない——もしかしたら彼は枕で頭を覆ってわたしたちの声を聞かないようにしていたのかもしれないし、このアパートの壁は思ったより防音効果があるのかもしれない――でも、わたしたちはあくまでそういうふりをした。まだ全身が火照って息も切れているのに、どちらかがあえて寝室から出て冷蔵庫に水を飲みにいき、彼が起きているかどうかたしかめることもあった。彼が起きていれば（いつだって起きていた）、他愛のない言葉を交わして、急いでベッドに引き返し、それをネタに二人で笑い、いっそう緊迫した二ラウンド目のセックスに臨んだ。

そんなゲームのスリルにやみつきになって、わたしたちはだんだんと大胆な賭けに出るようになった。服を脱ぎかけたまま、あるいはタオルを巻いただけの姿で寝室から出てみたり、ドアをちょっとだけ開けておいたり、さらにもう少し開けてみたり。ひときわ騒々しい夜を過ごした翌朝には、きのうはよく眠れた、とか、どんな夢を見たの、なんて質問して彼をからかった。すると彼はうつむいて答えるのだった。覚えてないよ。

彼がわたしたちと一緒にベッドをともにしたがっているという考えは、ただの妄想にすぎなかった。ところがおかしなことに、そのうちわたしたちは彼がどこまでも消極的にふるまっていることにちょっぴりいらいらしはじめた。もちろん、何か事を起こすなら、最初の一歩を踏み出すのはわたしたちのほうだ。第一に、わたしたちは数で上まわっているし、第二に、ここはわたしたちのアパートだ。そして第三に、それが三人の仕組みだから――命令を下すのはわたしたち、従うのは彼。それでも、わたしたちはただ彼に苛立ち、彼を少しばかりいじめ、欲求不満を彼のせいにし、前よりもいくらか残酷なやり方で彼をからかったりしているだけだった。

いつになったら新しい彼女を作るの？　うわ、ずいぶんご無沙汰だね、頭がどうかしちゃうんじゃない？　うちのカウチから離れるつもりがないんでしょ？　カウチから離れないほうがいいかもね、わたしたちは彼に言った。寝室に入る前には、まるで彼を叱りつけるように腕組みをして言った。お行儀よくなさい、高級なカウチなんだ、朝起きたらシミがついてたなんていやだからね。さらには他人の前、きれいな女の子たちの前でも遠まわしに彼をからかった。あの娘に話してみなよ、カウチのこと。あのカウチをどんなに愛してるかってことを。あそこにいるのが大好きだもんね？　すると彼はもぞもぞしながら頷《うなず》くのだった。うん、好きだよ。

　ついに訪れたその晩、わたしたちは三人とも酔っていた。したたかに酔っ払っていた。いつしかわたしたちはいつもより過激なジョークを飛ばしはじめ、彼にしつこく迫った――ほんとのこと言ってよ、いつもやってるんでしょ、ここで気が変になりそうになってるんでしょ。聞き耳を立ててるんだ、この変態。わたしたちが気づいてないとでも思ってる？　言ってしまってから一瞬、わたしたちは凍りついた。彼に聞こえていることがわかっているのだと明かしてしまった。言うつもりなんてなかったのに。だけど彼が何も答えないので、わたしたちはさらに厳しく責めはじめた――聞こえるんだから、わたしたちはそう言って彼に向かってビールの缶を振ってみせた。息を荒くしてるのも、カウチが軋むのも、ちゃんと聞こえるんだ。ひょっとしたらしょっちゅうドアに貼りついて、わたしたちを覗いてるんじゃないの。いいの、かまわない、あなたがどんなに飢えてるか知ってるから。でもさ、頼むから嘘はつかないで。お願い。わたしたちは声をあげてげらげら笑い、もう一杯ずつ酒を注いだ。そしてまた一から彼をからかいはじめた――もう何十回もわたしたちのことを覗き見してるんだから、わたしたちにも見せてくれなきゃフェアじゃない、あなたもわたしたちに見せるべきだ、あなたがカウチでしてることを、わたしたちのカウチでしていることを、わたしたちの目の前でやってみせてくれなきゃ、フェアじゃない。それからずいぶん長いあいだ、わたしたちは彼を嘲《あざけ》ったり、けしかけたり、からかったりしていたように思う。彼はどんどん落ち着きを失っていったけれど、出て行こうとはしなかった。カウチに釘付けになったまま、ついにジーンズのファスナーを下ろしはじめたとき、わたしたちは喩《たと》えようのない快感を覚えた。限界がくるまで彼を観察し、こらえきれなくなると自分たちの寝室に駆けこんで、ドアを少しだけ開けたままでセックスをした。でも、彼を近くに呼ぼうとはしなかった。そのときはただ彼に部屋の外から覗いていてほしいだけだった。

　つぎの朝には気まずい空気が流れたけれど、わたしたちはきのうの晩はべろんべろんに酔っていたのだと言い張った。ああまったく、なんにも覚えてないや。朝食が済むと彼は出て行き、それから三日間姿を現さなかった。だが四日目の夜、わたしたちは彼にメールをして三人で映画に出かけ、五日目の夜には彼がアパートにやってきた。わたしたちはあの晩の悪ふざけのことも、三人のあいだに起きたことも口にしなかった。こうして三人きりで酒を飲んでいるだけで、あの夜をくりかえすことにみんなが同意しているような気がした。わたしたちは着々と酔いを深め、一時間が過ぎるごとに空気は張りつめ、しかしまた、彼もその気なのだという確信も深まっていった。そしてとうとうわたしたちは言った。先に寝室に行って、わたしたちを待ってて。彼が席を立つと、わたしたちはじっくり時間をかけてグラスを空《あ》け、最後の一滴まで舐めるように飲んだ。そしてグラスを置き、彼の待つ寝室に向かった。

わたしたちは彼がしていいこと、してはいけないこと、彼が触れていいもの、触れてはいけないものを決めた。彼はほとんど何をすることも許されなかった。もっぱら見ているだけで、それすら禁じられることもあった。わたしたちは暴君だった。何よりの快感は、ルールを決め、変更し、彼がそれにどう反応するかを眺めることだった。そのときはまだ、そうした夜に起こることは、口には出せない奇妙なこと、現実の縁《ふち》におぼろげにまとわりついている幻想のようなものだった。でも、それから一週間ほどたって初めて彼の昼間の行動にルールを定めたとき、ふいに世界に裂け目が走り、そして可能性がみちあふれた。

初めのうちの命令は、それまで言い聞かせてきたこととあまり変わりなかった——起きなさい、シャワーを浴びなさい、剃刀《かみそり》をあてなさい、あの最低女に連絡するのはやめなさい。しかしもはや、わたしたちが命令を下すたびに、ぴりぴりと電気が走り、ちかちかと光が瞬くようになった。わたしたちはさらにいろいろなことを命じはじめた——もっと見栄えのする服を買いなさい（それはわたしたちが選ぶ）。髪を切りなさい。わたしたちの朝食を作りなさい。あなたが寝泊まりしているカウチのまわりをきれいに掃除しなさい。わたしたちは彼のスケジュールを立て、時間刻み、分刻みに細かく管理するようになり、しまいには寝るのも食べるのもおしっこをするのも、わたしたちが命じたときにしか許さなくなった。こんなふうに言うと残酷に思えるかもしれない。ひょっとしたら実際に酷なことだったのかもしれない。でも彼は不平も漏らさないで命令を受け入れたし、しばらくはわたしたちの保護の下で見違えるように立派になったのだ。

彼が進んでわたしたちの歓心を買おうとするのはたまらなく心地よかった。だんだんとその快感なしではいられないようになった。セックスの面では、彼の本能がどんなときでも迷わず服従に引き寄せられていくのは物足りなかった――いったん新しいパターンに慣れてしまえば、もう最初のめくるめく夜のような緊迫や不安を感じることはない。まもなく、わたしたちはまた彼をいじめはじめた。親じゃあるまいしこんなに世話を焼かせてとか、まるで赤ん坊みたいに手がかかるとか、カウチでこれはしてもいいけどあれはしてはいけないとか、そんなことを軽口めかして言った。彼が到底守れないようなルールを定め、彼がそれを破ったときにはちょっとした罰を下した――まったく悪い子ね、わたしたちは彼をからかった。ほら、自分がしたことを見てごらんなさい。しばらくわたしたちはそれにのめりこんだ。邪《よこしま》な創意を凝らして罰を作り上げ、それは次第にエスカレートしていった。

あるとき彼が最低な元カノにメールをしているところを見つけて携帯を取り上げてみると、ずっと彼女と連絡を取り合っていたことがわかった。約束したのに――誓ったのに！――もう彼女とは終わりにするって。そのときわたしたちがどんなに怒りを覚えたか、どんなに裏切られた気分になったか、それはもう笑いごとでは済まされなかった。わたしたちは彼をテーブルの向かいに坐らせて言った。いいこと、あなたはべつにここにいる必要はないの。わたしたちはあなたを引き止めてるわけじゃない。帰りたいんなら帰ればいい。それでもぜんぜんかまわないんだから。

ごめん、彼は言った。彼女がぼくをだめにするってことはわかってるんだ。こんなことしたいわけじゃないんだ。そう言って彼は泣いた。ごめんなさい、彼はふたたび詫びた。お願いだから、追い出さないで。

いいでしょう、わたしたちは言った。けれどその日の夜にわたしたちが彼と一緒にしたことは、わたしたち自身にとってもあまりに過酷なことだった。翌朝には心の底から自己嫌悪を覚えたし、彼の姿を見るだけで少し胸が悪くなった。わたしたちは彼に自分の部屋に帰るよう命じ、また話す気になったら連絡すると言った。

ところが彼がいなくなるとすぐ、わたしたちは退屈でいてもたってもいられなくなった。二日間どうにかやってみたけれど、彼がそばで見ていないとあまりに味気なく無意味に思えて、まるで自分たちが存在していないような気さえした。わたしたちはほとんどずっと彼のことを話し合って過ごした。何がいけなかったのか、なぜ彼の心が折れてしまったのかをじっくり考え、もしこれをやるなら、話し合いの機会を設けるようにするとか、セーフワード（SMプレイの中断を求める合図）を決めるとか、ポリアモリー（複数の相手と同時に性愛関係をもつこと）の交流会に参加するとか、とにかくまっとうなやり方でやろうと誓った。そして三日目に、彼を呼びもどした。純粋に親切心から誘ったのだけれど、三人ともやたらとぎくしゃくしてどうにも気づまりだったので、結局は緊張を解くために寝室にいっておなじことをくりかえした。三日前に三人をひどい気持ちにさせたことを、もういちど。

以来、わたしたちはただひたすら苛烈になっていった。彼は何かつかみどころのないもののようだった。しっかり握りしめていないと捉えておけないもの、だけどきつく握りしめればしめるほど、泡のように指のあいだからすり抜けていってしまうもの。わたしたちは彼のなかにある何か、わたしたちをむかむかさせる何かをつきとめようとしたが、そのにおいはわたしたちを猛り狂った犬のように駆り立てた。痛みと痣、鎖と玩具――わたしたちはいろいろなものを試した。終わると湿った手脚を絡みあわせたまま、まるで嵐のあとの砂浜に打ち上げられたゴミの山のように、ぐったりと横たわった。つかのま、平和な空気が流れる。部屋に響くのは、少しずつ緩やかになっていく三人の呼吸の合奏だけ。だがすぐに、わたしたちは二人きりになるために彼を追い払う。そしてまもなく、彼をめちゃくちゃにしてやりたいという欲求がふたたび募ってくる。わたしたちがどんなことをしようとも、彼は止めなかった。どんなことを命じようとも、「ノー」のひとことすら言わなかった。

わたしたちは自分たちを守るために、彼をできるかぎり遠ざけ、生活の隅っこに追いやった。彼と出かけることをやめ、夕食をともにすることをやめ、話しかけることもやめた。彼に折り返しの電話をかけて呼び出すのは、ただセックスのため。そしてむごたらしい三時間——四時間——五時間が終わると、また彼を追い出した。いつどんなときでもわたしたちのために時間をあけておくよう彼に命じ、ヨーヨーのように彼を引き寄せては突き放しつづけた——行け、来い、来い、行け。もう長いあいだほかの友人たちとは連絡を取っていなかった。職場はぼんやりしたり昼寝をしたりする場所になった。彼がいないとき、わたしたちは抜け殻のようになっておたがいを見つめ、頭のなかで擦り切れたポルノ・ビデオを何度もくりかえし再生していた。

そしてついに、彼がメールにすぐに返事をよこさなくなった。最初は五分遅れ、そのうち十分、一時間遅れ、やっと返事がきた——ごめん、今夜はできそうにない。いますごく混乱してるんだ。

わたしたちはわれを失った。わけがわからないくらいキレた。怒鳴り声をあげながらアパートのなかをうろつき、泣きじゃくり、グラスを叩き割り、叫んだ——あいつはいったい何を考えてんだ、できないってどういうことだ！　もうもとにはもどれない。前みたいに二人だけで味気ないありきたりのセックスなんてできない。誰もそばで見ていない寝室で、嚙みつく相手も、引き裂いてやる相手もおたがいしかいないセックスなんて。わたしたちは血眼《ちまなこ》になって彼に電話をかけたが、呼び出し音が二十回続いても彼が出なかったので、心を決めた――だめ、こんなの許せない。行こう、わたしたちから逃げようったってそうはいかないから。どういうことなのかたしかめに行こう。怒りに燃えていたけれど、そこには下卑た興奮も混じっていた。まるで狩りのときに感じるようなスリル――これから何か危険で取り返しのつかないことが起ころうとしているのだという予感。

建物の前には彼の車が停まっていて、彼の部屋には灯りがともっていた。通りから彼を呼んでみたが、返事はなかった。むかしおたがいの留守中に植物の水やりや郵便の受け取りをするために作った合鍵を持っていたので、わたしたちは部屋のなかに入った。

するとそこに彼らがいた。寝室に、わたしたちの友人と最低な女が。二人とも裸で、彼が女に馬乗りになって、腰を動かしていた。これまでわたしたちがやってきたことにくらべるとばかばかしいくらいシンプルだったので、わたしたちは見るなり笑ってしまった。

女が彼よりも先にわたしたちに気づき、驚いてキャッと小さな声をあげた。彼は体を起こしてあんぐりと口を開けたが、声は出てこなかった。彼の顔が恐怖に歪むのを見るといくぶん気持ちが鎮まったけれど、それは大火に水を一滴たらすようなものだった。彼女はあわてて体を覆い隠すと、ショックで震えていたかぼそい声は、やがて非難の絶叫に変わった。あんたたちどういうつもりよ、彼女は叫んだ。いったいどういうことよ、ここで何してんのよ、この変態ども！　彼がぜんぶ教えてくれたわ、あんたたちがやってることをね、どうかしてるわよ、出てって、変人なんてお呼びじゃないわよ、出てけ出てけ出てけ！

黙れ、わたしたちは言った。でも彼女は無視した。

頼む、彼は女にすがりついた。お願いだからやめてくれ。うまく考えられない。頼むよ。

それでも女はやめなかった。彼女はまくしたてた。彼のこと、わたしたちのこと、これまで起こったすべてのこと。彼はわたしたちに彼女の話を聞かせていただけじゃなく、彼女にもわたしたちの話を聞かせていたのだ。彼女はもう何もかも知っていた。わたしたちがおたがいのあいだでさえ口にするのも恥ずかしいようなことまでも。わたしたちは彼のあらゆる部分を暴いていると思っていたのだが、そのあいだずっと、彼はわたしたちに嘘をつき、隠しごとをしていた。結局、さらしものにされたのはわたしたちのほうだった。

彼女を黙らせなさい、わたしたちは叫んだ。パニックのようなものがこみあげてきた。その女の口を閉じさせなさい、黙らせろ、いますぐに静かにさせなさい。わたしたちは拳を握りしめて彼を見下ろした。彼は小刻みに震え、涙目になっていた。まもなくわたしたちを逆上させていた怒りが燃えつきたとき、ふと、何かがあるべきところに収まった。

その女を黙らせなさい、わたしたちがもういちど言うと――

彼は従った。

彼は全体重をかけて彼女の上にのしかかった。二人はもみあい、手脚をばたつかせ、つかみあった。ベッドが揺れて枕もとのランプがテーブルの上でぐらつき、やがて二人は静止して動かなくなった。彼は胸板を彼女の背中に押しつけ、片腕で彼女の首をひねり上げ、彼女の顔をマットレスに埋もれさせた。

よし、わたしたちは言った。それじゃあ、続けなさい。さっきまでやってたことをやりつづけなさい。邪魔したくないから。したいんでしょう？　こうなることを望んでいたんでしょ。さあ、やりなよ。最後まで。自分が始めたことをやりとげなさい。

彼は息をのみ、下敷きになっている最低の元カノを見下ろした。彼女はもがくのをやめ、ぴくりとも動かない。艶のない金色の髪が鳥の巣のようにもつれている。

お願いだから、こんなことさせないでくれ、彼が言った。

初めて——ささやかな抵抗のつぶてが投げつけられた。でも、最後にそれでは拍子抜けだ。だって、彼はあまりに惨めなありさまで横たわり、あまりにちっぽけだったから。そしてわたしたち、わたしたちは、全世界を満たしていたから。そこで立ち去ることだってできた。そのことに気づいたあと、わたしたちは破滅をもたらすかもしれない、彼を破壊するかもしれないとわかったところで立ち去ることだって——でも、そうしなかった。わたしたちはその場にとどまり、そして彼は命じられたことをした。まもなく最低の女の肌はどこもかしこも黄ばんだ白に変色し、太腿《ふともも》に点々と散らばる痣だけが黒く浮き上がった。彼が彼女を動かすと、握りしめられた手がゆるみ、白い指が開いた。それでも彼はやめなかった。部屋が暗くなり、ふたたび光が射しこみ、においが濃密になってきた。わたしたちは彼をその場にとどまらせ、彼はわたしたちに命じられたことをした。わたしたちがやめるように言ったときには、女の目は青いビー玉のようにうつろになり、乾いた唇はめくれあがって歯茎を剥き出しにしていた。彼は飛びのくように女から離れると、うめき声をもらし、彼女から、わたしたちから逃れて身を隠そうとした。けれどわたしたちは彼の肩に手を置いて、汗ばんだ髪を優しく撫でつけ、頬の涙を拭ってやった。わたしたちは彼にキスをすると、彼の両腕を女の体に巻きつけ、彼の顔を女の顔に押しつけた。悪い子《バッド・ボーイ》ね、わたしたちはそっとささやき、彼を残して部屋を出た。

自分がしたことを見てごらんなさい。

鏡とバケツと古い大腿骨《だいたいこつ》

The Mirror, the Bucket, and the Old Thigh Bone

むかしあるところに王女がいて、婿を取らなければいけませんでした。それが難しいことになるとは誰も考えていませんでした。王女はいきいきとした目と、小さな可愛らしいお顔の持ち主でした。笑ったり冗談を言ったりするのも大好きでした――利発で、熱心で、好奇心旺盛で、本に夢中になっている時間はその当時（あるいはいつの時代でも）理想的と考えられていたよりいくらか長かったかもしれませんが、少なくともそれは、王女にはつねに語りたいおはなしがあるということでした。

求婚者が王国じゅうから王女のもとを訪れ、王女はそのひとりひとりをわけへだてなく丁重にもてなしました。彼らに質問をし、そして彼らの質問に答えました。彼らと腕を組んで城内の敷地をそぞろ歩きながら、相手の話に耳を傾け、笑い、おはなしのやりとりは尽きることがありませんでした。王女がとても素敵で陽気なので、いずれの求婚者も、王女の伴侶として人生を過ごすのもそう悪くはなさそうだ、いつか王位に就く日の至福をさておくとしても、と考えながら帰っていきました。

こうした面会を終えると、王女は王と王妃と宮廷の顧問官とともに応接の間に座し、いくつもの質問を浴びせられました。今回の求婚者はどうであった？　眉目秀麗だったか、騎士道精神にあふれていたか、知性豊かであったか、思いやりに満ちていたか？

ええ、それはもう、と王女はえくぼを浮かべて答えます。間違いありませんわ。すべて備えておいででした。

では前回の求婚者とくらべるとどうだ？

もちろん、あちらもとても魅力的なお方でした。

しかし今回の者のほうが勝っていると？

ええ、たぶん。いえ、そういうわけでは。なんて言えばいいのかしら。どちらのお方もたくさんの美点をお持ちなんですもの！

二人をもういちど呼び寄せて、くらべてみるか？

まあ、とんでもない。その必要はないと思います。

つまりそなたはどちらも気に食わぬと。

いいえ、違います！　ただ――

ただ？

あのおふた方のどちらかを選ぶのがこんなにも難しいなんて、なにかよくない兆しのような気がいたしませんこと？　いかがでしょう、ご厄介でないなら、できれば……

またべつの者を招く？

ええ。

もうひとり求婚者を。

はい。どうか。

まだいればの話。

ええ、まだどなたかいらっしゃれば。よろしいでしょう？　ねえ？

すると、王妃は薄いくちびるを引き結び、宮廷の顧問官は顔を曇らせたものの意見を胸にしまい、そして王は溜息をついてお答えになるのでした――しかたあるまい。


こうして一年が過ぎ、もう一年が過ぎ、さらに三年の月日が流れていきました。王女は王国のすべての王子、すべての公爵、すべての子爵とお会いになりました。さらに、爵位はないけれど莫大な財産をもったすべての資産家、爵位はなく莫大な財産があるわけでもないけれど人望の厚いすべての職人、そしてついには、爵位もなく財産もなく人望もないすべての芸術家とお会いになりました。それでも、王女の目には、誰ひとりとしてほかの者から際立って映ることはないのでした。

そのうち、十マイルゆけば少なくとも一人は王女の元求婚者に出くわすまでとなりました。それらの求婚者たちは口をそろえて言いました。何かの理由があって拒まれるならまだいい。けれど、どこかがなんとなく物足りないからというだけで退けられるのはわけが違う――それは、ひどく身に堪《こた》えることなのだと。

五年目に入り、王女が王国じゅうのほとんどすべての有望な男性をはねつけてしまうと、巷《ちまた》に噂が広まりはじめ、そして不満が募りはじめました――きっと王女さまは身勝手なのだ。甘ったれなのだ。高慢ちきなのだ。いやもしかしたら、遊びのつもりでみんなを弄《もてあそ》んでいるだけで、端《はな》から結婚するおつもりなんてないのかもしれない。

五年目の年の瀬を迎えると、とうとう王はしびれを切らし、王女に告げました。明日、これまで退けたすべての求婚者をひとりのこらず城に呼び戻す。そなたはそのなかから一人を選びとり、結婚し、すべてにけりをつけるのだ。王女ご自身も長きにわたる婿選びに疲れはて、それでも選びとることができないことを気に病んでおりましたから、王の言いつけを受け入れました。

求婚者たちはふたたび城を訪れ、王女は彼らのあいだを縫って歩いて、かつてほどの潑剌《はつらつ》としたご様子はなかったものの、彼らとおしゃべりをし、笑い、おはなしを交わしました。いずれの求婚者たちも、王女の伴侶として人生を過ごすのもそう悪くはなさそうだ、いつか王位に就く日の至福を考えればなおさらのこと、とあらためて思いました。

つつがなく一日が過ぎ、日が落ちると、王と王妃と宮廷の顧問官は王女を応接の間に迎え、選択の結果を問いました。王女はすぐには答えようとしません。くちびるを噛みます。爪を齧《かじ》ります。長い黒髪をいじります。とうとう、小さな声で言いました。

どうか、もう一日だけ待っていただけませんか?

王は大声をあげ、怒りにまかせて卓をひっくり返しました。王妃は弾かれたように席を立ち、王女の頰を叩きました。王女は手のひらに顔をうずめ、泣き出しました。混乱と悲嘆が入り乱れるその場を、やがて宮廷の顧問官がとりなしました。

もう一晩だけ、王女さまに考えるお時間をさしあげましょう、と宮廷の顧問官は言いました。きっと明朝には、婿を選びとることができましょう。

王と王妃は納得がいきませんでしたが、これまで宮廷の顧問官の助言にしたがって道を誤ったことはなかったので、その晩、王女が婿を選びとらないまま寝室に下がることを許しました。

部屋でひとりきりになった王女は、寝つけないままシーツのなかでなんども寝返りを打ちながら、自分の心に問いかけました。この五年のあいだ、毎晩くりかえしてきたように。どうして誰ひとりわたしを満足させてくれないの？　どうして見つけられないものを探し求めてしまうの？　打ちのめされた心は、答えを返してくれません。疲れはて、悲しみに暮れたまま、王女がうつらうつらしはじめたそのとき、扉にノックの音が響きました。

王女は身を起こしました。お母さまが、お詫びといたわりのキスをしにきてくれたのかしら？　お父さまが、最後の脅しか警告を与えにいらしたのかしら？　ひょっとしたら宮廷の顧問官が、魔法の試金石をたずさえてきてくれたのかしら――それで求婚者たちを試せば、もっともふさわしい相手を選びだすことができるようなものを。

ところが扉を開けてみると、廊下に立っているのは王でも王妃でも、宮廷の顧問官でもありませんでした。それは、これまでいちども会ったおぼえのない人物でした。

訪問者は首からくるぶしまで垂れる黒いマントを羽織り、頭をすっぽりと黒い頭巾で覆っていました。しかし王女が正面からのぞきこむと、美しく、心惹かれるような、穏やかな顔が見えました。ふくよかな頬、ふっくらしたくちびる、そして、思わず引きこまれてしまいそうな澄んだ青い瞳。

まあ、と王女は優しくささやきかけました。こんばんは。

こんばんは、と訪問者がささやき返します。

王女がにっこり笑うと、訪問者もにっこり笑います。王女はまるで全身の血液が流れ出し、そのかわりに、シャボン玉と光と空気がいりまじって体じゅうをかけめぐっていくような気分になりました。

王女は訪問者を寝室に招き入れ、ふたりは天蓋つきの寝台で一夜をともにしました。明け方まで、くちづけを交わし、戯《たわむ》れごとを言いあい、おしゃべりをしつづけました。太陽が顔をのぞかせはじめたころ、眠りに落ちていきながら、王女はこれまでにない幸せをかみしめました。眠りのなかで、王女はこれまで想像すらしなかったような歓《よろこ》びにあふれた暮らしを夢みました。笑いと、幸福と、愛にみちあふれた暮らしを。

王女がくちびるに笑みを躍らせ、恋人に腰を抱かれたまま目を覚ますと、王と王妃と宮廷の顧問官の顔が、こちらを見下ろしていました。

まあ！　と王女は声をあげ、頬を染めました。なんてはしたないことをとお思いでしょうね。でも聞いてください——とうとうやりおおせたのです。五年かけてやっと、選びとることができたのです。

王女は恋人のほうを向きました。彼はまだシーツにくるまって姿を隠しています。わたしはこの方を愛しています、と王女は言いました。この方以外に考えられません。この方こそ、わたしが選んだ殿方です。

王と王妃は嘆かわしそうに首を横にふりました。宮廷の顧問官は寝台から掛け布をめくりとって床に投げ捨てると、王女が止める間もなく、訪問者のぶあつい黒マントをつかみあげて揺さぶりました。するとマントのなかから、ひびの入った鏡と、へこんだブリキのバケツと、古い大腿骨が転げ落ちました。

王女はさきほどまで恋人の手が添えられていた腰のあたりに、何かがぞわぞわと這いまわるような感触を覚えました。目をやると、そこには恐怖にひきつるみずからの手があてられているだけでした。

いったいどういうことなの、と王女はつぶやきました。あの方に何をしたの？

何もしておりません、と宮廷の顧問官は答えました。これがあやつの正体なのです。

王女は口を開きかけましたが、言葉は出てきませんでした。

さあ、と宮廷の顧問官は言いました。ご覧に入れましょう。

宮廷の顧問官は寝台から大腿骨をとりあげ、壁に立てかけました。鏡を骨の上端に紐の切れ端でくくりつけ、バケツを骨のなかほどに結わえつけ、そして、黒マントでそれらを覆いました。

このとおりです、と宮廷の顧問官は言いました。恋人の顔をのぞきこんだとき、あなたはひびの入った鏡に映ったご自分のお顔を見ていたのです。彼の言葉を聞いたとき、へこんだバケツに響くご自分のお言葉に耳を傾けていたのです。そして彼を抱擁したとき、ご自分の手でみずからのお背中を愛撫していたのです、あなたが抱いているのはこの古い大腿骨にすぎないというのに。あなたはわがままで、甘やかされた、高慢なお方なのです。ご自分以外の者を愛することができないのです。どんな求婚者もけっしてあなたを満足させることはできないでしょう。ですから、もうこんな馬鹿げたことはおしまいにして、結婚するのです。

王女は息をつまらせるような音を洩《も》らし、両腕で自分の体をきつく抱き、血がにじむまで舌を嚙むと、さっきまで恋人だったもののまえで、がっくりと膝をつきました。王女がふたたび立ち上がったとき、そのお顔に表情はなく、口もとは引き締まり、涙は乾いておりました。

はい、と王女は言いました。これで思い知りました。どうぞ求婚者たちをお呼び寄せください。いつでも選んでみせます。

求婚者たちが城の中庭に集まり、王女は彼らのあいだを縫って歩きながら、長く待たせたことを詫びました。そして、迷うことなく、不安そうなそぶりを少しも見せず、夫を選びとりました――眉目秀麗で、騎士道精神にあふれ、知性豊かで、思いやりに満ちている若い公爵を。

一週間後、王女と公爵は結婚しました。王妃は歓びました。王は満足しました。宮廷の顧問官は意見を胸の内にしまってはいたものの、どこか得意げな表情を浮かべておりました。王国に漂っていた苦々しい雰囲気は晴れ、これですべてがめでたしめでたしだと、誰もが思いました。

王女が結婚した翌年、王と王妃があいついで亡くなり、王女はもはや王女ではなく、王妃となりました。王となった夫は、妻を精一杯気づかい、丁重に扱いました。夫婦のあいだに波風が立つことはなく、王は何年も王国をつつがなく治めました。

ところが二人の子宝に恵まれ、結婚から十年がたとうとしたとき、王は自分が妻に恋をしていることに気づきました。そのことで夫婦の関係はややこしくなりました。なぜなら王はもうこれ以上、妻がそれはそれは悲しそうだということを無視できなくなったからです。

王は自分が夫に選ばれた背景には、何か謎めいた事情があったということを知っていました。王は愚か者ではありませんでした。自分が求婚の最中、王女にとりわけ深い印象を与えたわけではないということをよくわかっておりました。そのことを思うと、たいてい必死で考えまいとはするのですが、王はまったくの見当違いとはいいがたい、ある推測に思い至るのでした――あのとき、王女は誰かふさわしくない相手と恋に落ちていたのではないか。その男との仲を禁じられたので、かわりに自分を選んだのではないか。王は二番手であることをそれほど気に病みはしませんでしたが、妻が目を覆いたくなるほど痛々しくやつれていくので、もしかしたら自分と結婚したことが原因なのではないかと考えずにはいられませんでした。

そこである晩、王はためらいがちに、何がいけないのか、自分にできることはないかと王妃に訊ねました。はじめのうち、王妃は自分が不幸であるということを懸命に否定していました。しかし長い年月をともに過ごしてきたいま、二人はおたがいに多少なりとも心を許せるようになっていたので、王妃はとうとう奇妙な真相を夫に打ち明けました。

王妃が語り終えると、王は言いました――なんとも不可解な話だ。何より不可解なのは、長いあいだともに暮らしてきて、そなたを深く理解しているつもりだが、わたしはそなたがわがままだとも、甘やかされているとも、高慢だとも思わないということだ。

でもそうなのです、と王妃は言いました。わたくしにはわかっています。

どうしてわかる？

なぜなら、と王妃はかぼそい声で答えます。あんなものに恋をしたから。あんなものを愛したのに、ほかの誰のことも愛せなかったから――あなたのことも、お父さまやお母さまのことも、わが子たちのことさえも。わたくしがこの世でたったひとつ愛したのは、ひびの入った鏡と、へこんだバケツと、古い大腿骨でできた、おぞましい仕掛けだけなのです。あれとともに寝台で過ごした一夜は、最初で最後の幸せな夜でした。正体を知ってもなお、わたくしはあれが恋しくて、会いたくてたまらない、いまでもあれを愛している。これが証拠でなくて、いったいなんでしょう？　わたくしはわがままで、甘やかされた、高慢な人間です。みずからの歪んだ心を映し出した醜い幻影しか愛することのできない人間なのです。

そう言うと王妃は泣きだし、王は妻を胸に抱いてなだめました。可哀想に、と王は言いました。それ以外に妻にかける言葉が思い浮かばなかったのです。何かわたしにできることは？

できることはありません、と王妃は答えました。わたくしはあなたの妻です。子供たちの母です。この国の王妃です。心を入れ替えるよう努めます。あなたにお願いするのは、どうかわたくしをお許しくださいということだけです。

許さぬわけがあるまい、と王は言いました。許さねばならないことなど何もないのだ。

しかし王はその晩、悶々としながら眠りにつき、翌朝目を覚ますと、どうにかして王妃の悲痛をやわらげる術《すべ》はないものかということで頭がいっぱいになっていました。王は妻を心から愛していたので、もし自分が身を引けば妻が幸せになるというのなら、そうしたかもしれません――でも妻の愛する相手が、彼女の心のなかにしか存在しないものだとしたら、彼女を解放してやったところでなんになるというのでしょう？

王は幾日かこの難題に頭を悩ませました。とうとう宮廷の顧問官のもとに足を運び、ともにある計画を立てました。一緒になってもくろみながらも、王はそれがさほど賢明な策ではないということがわかっていました。それでも、日ごとに王妃の悲しみが深くなり、その顔が蒼白になっていくのを見るにつけ、とにかく何か手を打たなければいけない、さもなくば妻を失ってしまうかもしれない、という思いに駆られるのでした。

計画の晩、王妃が眠りについたあと、王は忍び足で廊下に出て、長い黒マントを羽織りました。そして寝室の扉をノックし、王妃が扉を開けて迎えると、王は自分の顔の真正面に、ひびの入った鏡を掲げました。

宮廷の顧問官がくれたその鏡は、がらくたとしか言いようがありませんでした。王国でいちばん愚かしく貧しい女でも屑かごに放り込むような代物でした。鏡面は波打つように歪み、薄い油膜に覆われたようにくすんでいました。てっぺんから中ほどまで深いひびが走り、まるで長い髪の毛が一本、鏡に貼りついているようでした。ところが王妃は鏡をのぞきこんだとたん、それはそれは愛おしそうな表情を浮かべたので、王は胸がはり裂けそうになりました。王妃はよろめき、目を閉じて、鏡に映った自分の像にくちづけをしました。ああ、と王妃は声を洩らします。ああ、どれほど会いたかったか。あなたのことを考えない日はなかった。あなたの夢を見ない夜はなかった。叶わないことだとわかってはいても、わたしはずっと、あなたとまた一緒に過ごすことだけを心から望んでいたの。

わたしも会いたかった、と王はささやきました。しかし王が言葉を発するやいなや、王妃は大きく目を開けて、うしろに飛びのきました。

いやよ、と王妃は叫びます。やめて！　ぜんぜん違うわ。あなたはあの方じゃない。あの方の声とは似ても似つかない。わたしはこんなものが欲しいんじゃない！　お願い、やめて、こんな真似をしてもすべてが悪くなるだけ。

王妃は寝台に身を投げ、王がやってきて傍に横たわっても、ふりむこうとはしませんでした。


それから三日間、王妃はふたたび床に臥《ふ》せりました。やっと身を起こすと、子供たちは駆け寄って、膝のうえに這い上がりました。王妃はわが子たちを抱きしめましたが、子供たちにキスをされても笑みは浮かべず、子供たちが嬉しそうに日々の小さなできごとを話してきかせても、だいぶ間があいたのちにやっと返事をするのでした。まるで、どこかとても遠くにいるみたいに。

最初のうち、王は王妃の願いを聞き入れ、王妃が悲しみに暮れていてもそっとしておこうとしました。しかし、たとえ一瞬でも王妃が幸せそうにしているのを見てしまったいま、王妃の痛ましい姿を目にするのは、以前よりもずっと耐えがたいことになっていました。王妃が悲しみ、青ざめ、口を閉ざしたまま日々が過ぎていくうち、王は胸のうちで思いを固めていきました――どうにかしてあの幻影をもう少しほんとうらしく見せてやることができれば、まやかしが悲しみのかわりに歓びをもたらすかもしれない。

というわけで、それからまもなく、王はひびの入った鏡を一方の手に、へこんだバケツをもう一方の手に持ち、王妃の寝室の扉の前に立ちました。バケツは鏡よりもいっそう酷い代物でした。錆《さび》が浮き、汚らしく、すえた臭いを放ち、底の一角にはミルクをこぼしたように白っぽい地衣《ちいむ》が生していました。

王がノックすると、王妃が扉を開け、前とおなじように鏡をのぞきこみ、前とおなじように顔をほころばせ、それを見た王の胸ははり裂けそうになりました。王妃は鏡にくちづけをすると、まぼろしの恋人に、甘い言葉をささやきかけました。でも今回は、王は何も答えませんでした。ただ王妃の声のこだまだけが部屋に響きました。歓びにむせび泣きながら、王妃は王の広い胸にもたれかかりました――しかし、王が両腕を王妃の体にまわしたとたん、王妃は目を見開き、体をひき離しました。

いやよ、と王妃は言いました。こんなことで騙されるものですか。こんなのあの方の抱擁とはぜんぜん違う。どうしてわたしを苦しめたがるのですか?

王の詫びに耳も貸さず、王妃は寝台に戻り、二度と起き上がろうとしませんでした――王がいくら頼んでも、娘がやってきて泣きついても、宮廷の顧問官がやってきて、こんな馬鹿げた真似はおやめなさい、いちどでもご自分以外の人間のことを思いやってごらんなさい、と諭しても。王妃はぴくりともせず横たわったまま、食べることも飲むことも拒みつづけ、とうとう王は、何か手を打たなければいけない、さもなくば王妃はきっと息絶えてしまう、と思うに至りました。

王はもはや、まやかしには一縷《いちる》の望みもかけておりませんでした。今回はまだ日が高いうちに古い大腿骨を持って王妃の部屋に入りました。黄ばんだ長い大腿骨にはわずかに残った腱が幾筋か絡みつき、側面にぽつぽつと小さな穴が並んでいるのは、犬たちが齧りついた跡でした。腐った肉とゴミと胆汁をあわせたような悪臭を放っていたので、触れると吐き気がこみあげてきました。それでも、王は鏡とバケツを大腿骨に紐の切れ端でくくりつけ、黒いマントをかぶせると、それを部屋の隅に立てかけました。すると王妃が目を開き、うめき声を洩らしました。

なぜ、と王妃は訴えるように言います。わたしが必死でみずからを改めようとしているときに、なぜこんなことをするの?

自分の愛するものを愛せばいい、と王は答えました。たとえそれが、そなたがわがままで、甘やかされた、高慢な人間である証《あかし》なのだとしても、それならそれでいい。わたしはそなたを愛している。子供たちも、王国の民も、そなたを愛している。だからもうこれ以上、そなたが苦しむ姿を見たくはないのだ。

王妃は寝台から起き上がり、おぼつかない足で立ちました。王の見ている前で、王妃は鏡をのぞきこみ、バケツにささやきかけ、古い大腿骨を両腕で抱きかかえると、にっこりと笑みを浮かべました。

それから数日間、王妃は召使いたちが運んでくる食べものをつまみ、飲みものをすすり、やがて目のまわりの真っ黒なくまは薄れ、落ちくぼんでいた頰もいくぶんふくらみを取り戻しました。王は王妃が絶望の淵《ふち》からよみがえったことを歓びはしたものの、王妃ががらくたの寄せ集めに向かって幸せそうに優しくささやきかける姿を目にするのは耐えられなかったので、王妃とそれを残して寝室を出ました。つぎの日に戻ってみると、王妃はその薄ぎたないがらくたを夫婦の寝台のなかに連れ込んでいました。王が文句を言おうとして寝台に近づくや、王妃はすさまじい剣幕でシューッと音をたてて威嚇したので、王はおたおたとあとずさりして部屋を去りました。

一週間が過ぎると、子供たちがふたたび母親を恋しがりました。王が寝室を訪れると、王妃は何も身につけないで掛け布に潜りこみ、鏡に鼻先をすりつけ、バケツに小声で語りかけ、古い大腿骨をあやすように両腕に抱いていました。

何をお望み？　王が近づいていくと、王妃は鏡から目を離しもせずに言いました。

子供たちがそなたに会いたがっている。どうか床から出て、少しのあいだあの子たちと遊んでやってはくれないか？

あの子たちをここに連れてきてちょうだい、と王妃は言いました。ここで遊べばいい。

まさか、とんでもない、と王は穢《けが》らわしそうに答えました。さあ、ここを出て家族の面倒を見てやってくれ。この……ものは、そなたが戻るまでじっと待っていてくれるだろう。

王妃はぶつぶつと何かをつぶやき、それから頭を傾けて、はね返ってくる自分の声に耳を澄ませました。ぞっとするような、小狡《こずる》い表情がその顔に浮かびます。

あら、と王妃は意地悪そうに言います。わかったわ。

わかった、とバケツがささやきます。

そう、王妃がそれに答えます。わかったの。

いったいなんのことだ？　王が訊ねます。

あなたはわたしをここからおびき出したいんでしょう、と王妃は言います。嫉妬してるのね。わたしが部屋から出たとたん、こっそり忍びこんで、わたしの鏡とバケツと古い大腿骨を盗むつもりでしょう。そうしてまたわたしはひとりぼっちになるのよ。

ひとりぼっち、とバケツが言います。

そう、と王妃は沈んだ声で言います。ひとりぼっち。

頼むから、と王は懇願しました。話を聞いてくれ。わたしはそんなことは――

出てけ！　王妃はそう叫ぶと、わめきはじめました。へこんだブリキのバケツに言葉がこだまし、やがて部屋じゅうに金切り声が響きわたりました。

わたしたちにかまわないで！　わたしたちにかまわないで！　わたしたちにかまわないで！

その後、王は我を失いました。召使いたちの舌を切りとるように命じて誰も王妃の様子を口外できないようにし、宮廷の顧問官を解任し、確実にその口を封じるため暗殺者を雇いました。子供たちには、母上は病に臥しているのだと嘘をつき、王妃の身にふりかかったことを話題にするのを禁じる法律を成立させました。しかし、そうした努力の甲斐もなく、噂はひそかに広まっていきました――夜が更けると、王妃さまは寝室からお姿を現し、胸壁に沿ってそぞろ歩く。奇っ怪な〝恋人〟をガラン、ゴロン、ガラン、と傍にひきずりながら――そんな噂が。

王は最善を尽くして国を治め、自分は寡夫なのだと思い込もうとしました。あれ以来、王妃のもとを訪れることはありませんでした。しかし幾夜か、眠っているうちにいつのまにか廊下に彷徨《さまよ》いでて、はっと目を覚ますと、妻の部屋の外に立ち、扉の前に拳を構えていることがありました。

一年が過ぎ、五年が過ぎ、さらに十年の歳月が流れ、とうとうそれ以上の悲しみを背負うことに耐えられなくなった王は、妻の部屋を最後にもういちどだけ訪れて話をし、そしてみずからの命を絶とうと決意しました。

王妃の寝室は、片隅に一本の蠟燭《ろうそく》がよわよわしく灯っているだけでした。闇に視界を塗り込められ、王は部屋には誰もいないのかと思いました。しかし、暗さに目が慣れてくると、暗がりのなかで生白いものが身をよじっているのがわかりました。寝台のほうから、かすかに何かがジージーとざわめくような音、石をひっくり返され、日に晒《さら》された地虫たちがいっせいにたてるような音が聞こえてきます。なんとも神経に障る音だったので、王は逃げ出そうとしましたが、そのとき窓から一条《ひとすじ》の月明かりがさしこみ、シーツのなかで身をくねらせているものを照らしました。

王のほうに頭を持ち上げたそのいきものは、ひどく蒼ざめ、痩せこけていました。髪はもじゃもじゃで、肌は屍体《したい》のように白く、やけに大きな目は闇に慣れすぎて視力を失っていました。それは歯を剝き出し、無言で咆哮《ほうこう》しました。裸の肩甲骨が、短い生えかけの翼のように皮膚の下でうごめきます。まるで夢のなかのようにのろのろとした動きで、かつて王妃だったその怪物は寝台を這い出し、王に向かってにじり寄ってきます――鏡と、バケツと、古い大腿骨をうしろに引きずって。

王は悲鳴をあげて扉のほうに駆け出しましたが、いざたどり着くと、初めて会ったときの妻の面影が頭のなかによみがえりました――優しい顔に笑みを浮かべた乙女の姿が――すると憐れみがこみあげてきて、恐怖をかき消しました。

王は勇気をふりしぼって部屋の奥に引き返し、自分が愛した女性のそばに膝をつきました。ごめんよ、と王はささやきかけました。静寂《しじま》のなかで、ブリキのバケツが王の言葉をこだまさせました。

ごめん。

そっと、そうっと、王は王妃が握りしめている古い大腿骨をその手のひらから引きはがしはじめました。王妃は身を震わせながら必死で離すまいとしますが、抗《あらが》う力があるはずもありません。なんの前ぶれもなく、王妃は手を離しました。ふいをつかれた王は手を滑らせて大腿骨を取り落とし、へこんだバケツは石の床にあたって騒々しい鐘のような音をたて、鏡はこなごなに割れました。

王妃は戸惑って眉間に皺を寄せ、つかのま、もとの姿に戻ったかのように見えました。やがて腱が麻痺してしまったかのようにくずおれかけると、王はその腕をとらえて王妃の体を支えようとしました。すると、王妃は鞭のように手を翻し、割れた鏡の破片を王の喉もとに走らせました。

あくる朝、王妃は部屋から姿を現しました。まだ死人のように蒼ざめ、骨と皮ばかりに痩せ細っていましたが、物言いは落ち着いてはっきりとしていました。王妃は皆に昨晩の悲劇を話しました――王が積年の悲しみに耐えかねてついに我を失い、王妃の寝室でみずからの喉を掻き切ってしまわれたことを。王妃は告げました。自分は長いあいだ病に臥していたが、もはや快方に向かっている、亡き王にかわって国を治める準備はできていると。すぐには信じがたいような話で、王妃の目は異様なほどぎらついていましたが、それでも王妃であることに変わりはありません。誰も、実の子供たちでさえも、王妃に口ごたえをしようとはしませんでした。

王妃が即位すると、まもなくその傍に、古ぼけた黒マントを羽織った者が現れました。その者に近寄ることは禁じられていたため誰も姿をはっきりと見てはとれませんでしたが、その者のほうからは気分が悪くなるような臭いが漂ってきました。王妃が身をかがめてその者の助言に耳を傾けるとき、王座の前に跪《ひざまず》いている者たちは、頭巾の襞《ひだ》の向こうに、ぎざぎざと無数のひびの入った王妃ご自身のお顔の像が見えたような気がしました。こうして王妃は残りの生涯を全うし、死後には遺言にしたがって、黒マントの者とともに棺に納められ、埋葬されました。

王妃の子供たちが成長し、老い、彼ら自身の生涯を終えると、まもなく王国は衰退し、異邦人に侵略されました。地の底深くでは、ブリキのバケツが蛆虫《うじむし》たちの餌《え》を喰《は》む音を響かせ、鏡が無惨な腐敗の舞を映し出していました。やがて王妃の悲しい物語はすっかり忘れ去られました。王妃の墓碑は倒れ、風雨がその名を摩滅させ、一世紀が過ぎるころには、古い大腿骨は地中に数多《あまた》うずもれる骨にまぎれ、へこんだバケツはとうのむかしに黙し、ひび割れた鏡はただすべらかな白い髑髏《されこうべ》を映し出すだけとなっていました。

サーディンズ

Sardines

マーラにとって「事件」以来初めてのママ友たちとの午後のワイン会だ。ティリーは外でほかの女の子たちと遊んでいる。心の傷はすっかり忘れ去られたようにみえるが、マーラはメルローをちびちび飲みながら苦しみをなだめている。それは左右の胸郭の合わせ目に楔《くさび》のように食いこみ、彼女を、彼女の怒りを、ちくちくと刺激する。

「とっても嬉しいわ。あなたとティリーがこうして来てくれて」とキャロルが言う。ワインの筋が残った空のグラスを両手で包みこんでいる。幅広の爪は、深爪になる寸前のところまで切りこまれている。

「あなたたちに会いたかった」とマーラは言った。「ほんと」

「まあ、もちろん、もちろんよ」バブズが言う。目が潤んでピンク色になっている。「でも、しばらく時間が必要だったってこと、みんなよくわかってるから」

そこでふと全員が黙りこみ、ママ友たちは目を伏せて「事件」がどんなに深刻なものだったかを認める。

「ったく、あのアバズレども」ついにキーツィアが声をあげる。「ほんと、あたしがこのいまいましい割れ目からミッツィのバスケットボール頭を絞り出したんじゃなかったら、あの子を殺してたところよ、ティリーにあんなことしてさ」そう言うとキャロルに向かってグラスを振ってみせる。

キャロルの娘は養女なのだ。「悪気はないから」

「とにかく、わたしたちは心から申し訳ないと思ってるわ」とバブズが言い、ゆったりしたリネンの袖口で涙を拭う。「あのことが夢にまで出てきてうなされたわ。みんなそう」

「優しいわね」とマーラは言う。彼女もなんどもおなじ悪夢を見ては苦しんだ——黄色い原っぱで、ティリーがぐるぐるまわり、泣きじゃくり、自分の髪の毛をひっぱっている。夢のなかにマーラはいない。彼女はただのカメラだ。どんどんうしろに下がって、広大な無を映し出していく。野原、田園、大陸、惑星——そこには何も存在しない、ただティリーがいるだけ、ただひとり、ひとり、ひとりぼっちで。

「調子はどうだった、ハニー?」キャロルが訊ねる。

いい質問だ。答えは、よくなかった——「事件」直後の混乱のさなか、どんなに言い聞かせても、話し合っても、声を張り上げても、揺さぶっても、ティリーは発作みたいに泣きじゃくるのをやめなかった。するとキャロルが——平和主義者、医療用マリファナカード所持者、アース・マザーことキャロルが——ティリーにびんたをした。平手打ちの衝撃でティリーの眼鏡が鼻の上から吹っ飛んでいった瞬間、マーラは——それまで娘に手をあげたことも、そんなことを考えたこともないマーラは、あわてて口を手で覆って笑いを噛み殺した。親であることには複雑な側面がつきまとうもので、ときにはいざ直面してみるまで予想もできなかったようなこともある。ある状況で誰かがわが子を殴ったとき、とっさに取り憑かれたように笑いたくなったというのは、そのリストにあらたに加わった、あまりうれしくない項目の一つだった。

「ティリーは元気そう。何よりそれがいちばんだから」マーラはそう答えながら、虚空を見つめていたことに気づく。「あの子が乗り越えられるんなら、あたしもそうしなきゃ。でしょ?」

「子供ってほんとに回復力《レジリエンス》があるから」とバブズが言い、母親たちがいっせいにうなずく。何がレジリエンスだ、とマーラは思う。そりゃそういうものがある子もいるでしょう。でもみんながみんなそうなわけ? ティリーにはレジリエンスがあるっていうの? レジリエンス——痛みをはねのける能力なんてもの、マーラ自身だってときおり気まぐれに発揮するくらいで、この歳になっても完全に身についてなんていない。いまだにすごく小さい頃のどうでもいいようなみじめな体験をすごく鮮明に思い出したりする。

「蓋を開けてみたら、根性のあるガキだったってわけか、おたくのマティルダちゃん」とキーツィアが言う。「ミッツィが言ってたけど、あの子たちバスで何かゲームをやりはじめたみたいよ」

マーラはかれこれ十分ほど抗っていた誘惑に屈し、視線をそっと窓の外に泳がせて、娘たちが集まっている場所を見る。子供たちは陽差しのなか、足を伸ばして輪になって坐っている。水玉模様のヘッドバンドや、フリルつきの靴下や、明るい色の髪が入りまじり、ここから見るとパステルカラーの塊が渦巻いているみたいだ。「バスに乗ってるときにゲームをやってるんじゃないと思うけど」とマーラは言う。「ただ計画を立ててるだけじゃない? それか、話し合ってるとか。詳しいことはわからないけど。ともかくティリーが父親のところで何かにかぶれてきたのよ」

「やだ、まるで性病みたいな言い方して!」バブズが言い、みんながその冗談からもっと不快なことを思い出してしまったちょうどそのとき、芝生にさざ波が立つようなかすかな動きが起こる。

「あ」とマーラが言う。「あの子たち、腰をあげたみたいよ」

彼女はふらふらと窓のほうに向かう。からっぽのシンクに置いたワイングラスがカタカタ音を立てる。時計の針は五時をまわったところで、夕方の空気は蜂蜜のように金色に染まり、ゆったりと流れていく。刈られたばかりの芝生のうえ、女の子たちは立ち上がって、膝や手についた芝を払い落としている。

「ざんねんだな、きっとママのことにぶちんって思ってるんでしょ、ティル・ビル」とマーラは言う。「でも、べつなやり方で説明してみてくれない？『隠れんぼの反対』って、いったいどういうゲームなの？」

バックミラー越しに、ティリーがキレかかって手脚をひきつらせているのが見える。まるで電気を流されて無理やり踊らされているカエルみたいだ。「ほかにどう言っていいかわかんないよ！隠れんぼみたいなゲームなの！　でも隠れんぼの反対なの！　わかった？」

マーラは奥歯をかみしめ、五から逆に数えはじめる。「うーん、わかんないよ。つまり、誰も隠れないってこと？　それとも隠れている人を探さないってことかな？」

「お願いだから、説明させないでちょうだい！」ティリーがいらいらしながら自分の髪をひっぱる。左右の手にたっぷり髪の毛をつかんで指に絡ませると、まるでカツラを脱ぐみたいに、頭の両脇から乱暴にひっこ抜く。「抜毛癖」、相談に行ったセラピストはこの癖をそう呼んだ。あまり大げさに騒ぎ立てないで、かわりにそれとなく注意をそらしてあげるよう、マーラは忠告されていた。

「ところで」とマーラは言った。「いよいよ来月はお誕生日ね！　楽しみ？」

「あたし、パパのおうちでお誕生日パーティーがしたいの」ティリーがそう言いながら、運転席のうしろをトン、トン、トンとスタッカートで蹴りつけてくる。

「相談してみるわね、ベイビーガール」マーラはそう答え、アクセルを思いきり踏みこんで黄色信号を突っ切る。


ティリーは隠しごとをしている。

マーラは頭のなかで証拠を並べてみる――ティリーの焦げ茶の瞳に宿る、怪しげな光。うわずった笑い声。ゲームのことを訊ねると、べらべら喋りつづけたり、かと思えばむっつり黙りこんだり、反応がまちまちなこと。

疑いはじめていたのはマーラだけではなかった。ママ友たちはみんな、娘たちの奇妙なふるまいに違和感を抱いていた。娘たちは一人残らずそのゲームの網にからめとられ、ひっきりなしにメールをしたりメモをまわしたりメッセージを送ったりしていた。「いったい、何があったらあんなに喋りつづけられるのかしらね」バブズが電話でマーラに言う。そんなの不思議でもなんでもないけど、とマーラは思う。マーラの経験上、十歳の女の子なんてどんなことについてだってノンストップで喋っていられる。だけどマーラにも、そのゲームにどうしてそこまで熱中しているのかは理解できない。

母親陣の共同捜査によって、ゲームが「サーディンズ」という名前であることと、おおまかなルールが明らかになった。把握できるかぎりでは、とくに害のある遊びではなさそうだ。だけどティリーの態度を見ていると、マーラは娘が家のパソコンのブラウザに「おっぱい」と打ちこむとどうなるかを発見した週のことを思い出してしまう――学校から帰るなり脇目もふらずに自分の部屋に駆けこんでいったり、部屋で何をしているのか訊ねるたび、「えっ、なんにも！」と、うわずった声で叫んだり。

　マーラはできることならほかの女の子たちのせいにしたかった――性悪で、何かと徒党を組みたがる、ちいさなけだものたち――でもどうやら首謀者はティリー本人のようだ。それもまた奇妙だ。ティリーはいじめられるにしろ仲間はずれにされるにしろ、いつだってグループののけ者的な存在だったから。ママ友たちはさすがに口にこそ出さない。けれど、このゲームのおかげでどうやらティリーはグループのヒエラルキーの最下層から抜け出せるかもしれないという事実、それが何より不隠なオーラを放っているのだ。不自然だ、ある晩、マーラは眠りに落ちていきながら、ぼんやりと思う。

　何か不自然なことが起ころうとしている。

　ティリーの父親はパーティーのホスト役を引き受ける。つまり、マーラがすべてを準備して取り仕切っているかぎり、誕生日会を彼の家でおこなうことを許可する、という意味で。その日の午後は彼と同棲中の恋人に家をあけてほしいというマーラの要望は受け入れてもらえなかった。そういうわけで、マーラはティリーのお誕生日の願いごとを叶えるため、パーティーの景品を配りながら四時間ぶっとおしであの二十三歳の小娘と過ごすことになる――かつて夫と自宅の居間のソファでセックスしているところを、この目で見てしまった浮気相手と。

気が立っているのはそのせいだろうか？　パーティーでサーディンズで遊ぶほかにどんなことをしたいか訊ねても、ティリーが一つとしてヒントを与えてくれないことにいらいらしてしまうのは、そのせい？

ティリー、どんなバースデー・ケーキがいい？　チョコレート？　ストロベリー？　それともカラフルなファンフェッティ・ケーキにする？

なんでもいい。

近所のおともだちのほかに招待したい人はいる？

べつに。

今年のテーマはどうしようか？　海賊かな？　それともピエロ？

やだ。つまんない。

どんなゲームをする？

だからぁ。サーディンズだってば。

うん、そうよね。でもほかには？　くす玉割りとか？　がらくた集めゲームは？　旗取りゲーム？

ママ、いいかげんにしてよ、サーディンズだって言ってるでしょ。

そうよ、そのせい。何を隠そう、それにむしゃくしゃしてるの。

パーティーにはママ友たちも参加してくれる予定だ。最初は心強い援軍ができたと喜んでいた。これで敵を圧倒できる！　ライオンの巣穴にひとりぼっちで乗りこまなくて済む！　だけどいざティリーの誕生日の朝を迎えてみると、マーラはやりきれない気持ちでベッドに横たわったまま、ママ友たちに来てなんて頼まなければよかったと後悔する。

スティーヴとあの小娘の浮気を現行犯で取り押さえたあと、マーラはいくつも復讐の計画を練った――あの女が寝室の引き出しにしまっている潤滑ローションを瞬間接着剤とすりかえるとか、あの女を縛り上げて顔面に「あばずれ」とタトゥーを入れてやるとか。だけどなぜだか、日を追うごとに怖いものしらずの怒りは衰えていき、とうとうこんなことになってしまった。今日はこわばった笑みを浮かべ、怒りを押し殺しながら一日を過ごすのだろう。そのそばを、敵は勝ち誇ったように堂々とうろついているのだ――恥じ入ることもなく、瞬間接着剤も、タトゥーも免れて。いったいどうしてこんなことを許してしまったんだろう？　どうしてすごすごと負けを認めるようなことをしたんだろう？

スヌーズをセットしておいたアラームが鳴りはじめる。マーラはスマホを枕の下に押しこんで黙らせる。すると、ティリーがスキップをしながら寝室に入ってくる。あざやかなピンク色のお誕生日のドレスに身を包み、めかしこんだフラミンゴみたいだ。

「ママ！」ティリーは甘えた声で言う。「ママったら、お寝坊さん！　バースデー・ワッフルが食べたいってちゃんと言っといたでしょ！　忘れたの？」

初めてティリーをスティーヴの新居に送り届けたとき、マーラは気分が悪くなった。だだっぴろいコロニアル様式の屋敷なんて、これから子供をうじゃうじゃ作る気でいる人間が買うものだ。だけどバースデー・パーティーにうってつけの場所であることはたしかだ――天井が高くて、いたるところにおかしな小部屋があって、きれいな緑の芝生が家を取り囲んでいて、芝生の坂を下った先には荒れ放題の鬱蒼とした森が広がっている。マーラは車を停めてトランクを開けると、パーティー用品が詰まったバッグをつぎつぎに降ろしはじめる。ティリーは父親を探して一目散に車道を駆け上がっていく。

マーラがこの日のために立てたサバイバル・プランの一つは、あの小娘がまるで存在しないかのようにふるまうことだ。あの女を名前で呼ばなくて済むよう、巧妙な離れ業を駆使しながら会話をし、あの女と目を合わせないよう、視線は相手の顔のやや左脇に固定する。（ポケットには瞬間接着剤の小さなチューブもしのばせている。瞬間接着剤はスティーヴのお気に入りのメーカーの香りつき潤滑ローションにそっくり。たぶん実際使ったりはしないだろう。そんなことはきっとないと思う。けど、念のため）

マーラは飾り付けをすべて自力でやる――ぼんやりしながら戸口にお誕生日の横断幕を吊るしていると、ティリーが森のなかに消えていく。一番乗りの招待客が到着したときにやっと戻ってくるが、白いタイツのふくらはぎに泥が跳ね上がっている。

バースデー・ガールがどうしてもと言うので、最初にプレゼントを開けることになる。ティリーはあぐらをかいてソファに坐り、ロボットのように山積みの贈り物をひとつひとつ開封していく。きらきらした包装紙をむんずとつかんで剝ぎ取り、取り出したおもちゃを足もとの山に投げ落とす。マーラは娘をたしなめる。「ティリー、ありがとうって言うのよ」すると、ティリーは鸚鵡返《おうむがえ》しに言う。「ティリー、ありがとう」機械みたいな、抑揚のない声で。

つぎはケーキとアイスクリームの時間だ。前の晩、マーラはワインとネットフリックスという急ごしらえのシェルターに一刻も早く逃げこみたくて、ケーキが十分に冷めるのを待たなかった。そのせいでダンカン・ハインズのケーキミックスで作ったプディング・ケーキに塗った缶入りフロスティングが溶けてしまい、絞り出し袋で書いたブルーの「お誕生日おめでとう、ティリー」の細い文字が滲んで読めなくなっていた。マーラはバターナイフの平たい刃先で文字をアート風のマーブル模様に変身させようと試みるが、よけいに悲惨なことになる。

キッチンに立ちつくして自分が引き起こした惨事を見下ろしていると、背後に誰かが近づいてきて、やがて爪を短く切りこんだ二本の手が彼女の腰に巻きつけられる。「ねえ《ラヴ》」とキャロルが言う。「みんなそわそわしはじめてるわ。どんな具合？」

「これ見てよ！」マーラが叫ぶ。フロスティングがこびりついたバターナイフをあやうくキャロルの目に突き刺しそうになる。「大変なことになっちゃった！」

「あらまあ、それほどじゃないわよ」とキャロルが言う。ちょっと間をおいて、「まあ、そうね、上出来とはいえないけど。でもティリーはごねたりしないわ。それに、見て。ここにくる途中、食料品店に立ち寄ったの」とキャロル。「ふと予感がしただけなんだけど」ホールフーズマーケットのばかでかいキャンバス地のトートバッグを開けて、ダークチョコレートの缶入りフロスティングをキッチンのカウンターに載せる。

マーラは思いをめぐらしながら、いっそう深く絶望の淵へと沈んでいく。なんなのこれ、いったいどういうつもりよ？

「さてと」とキャロルは言い、マーラの手からそっとバターナイフを取り上げて缶を開ける。「こうすれば……ね？」

マーラはうなずく。べつの部屋からティリーの金切り声が聞こえてくる。**触んないでよ！　あたしのなんだから！**　でもマーラは駆けつけて取りなすことができない、いまはまだ。

「これはあたしがやるから」と彼女は言い、キャロルの手からナイフを取り返す。「あの子たちが何を大騒ぎしてるのか見てきてくれない？」

フロスティングの重ね塗りを終えると、マーラはケーキの縁にぐるっと十一本のキャンドルを立てる。仕上げに幸運のキャンドルをケーキのまんなかに突き刺す――食料品店の見切り品ワゴンで見つけたノヴェルティのおもちゃだ。ぽってりした黄色い蕾《つぼみ》の形をしたキャンドルは、マーラがライターで芯に火をつけるとぎくしゃくと花びらを開き、くるくる回りだす。

「できた！」マーラは声を上げる。「ケーキの時間よ！」

両手でケーキの大皿を持ち上げ、後ろ向きでキッチンのドアを出る。

招待客はダイニングテーブルを囲んで集まっている。みんな先が尖《とが》ったバースデー・ハットをかぶっているが、ティリーだけは頭のてっぺんに水玉模様の銀色のリボンの蝶結びをつけている。マーラがケーキを持ってダイニングに入ると、ノヴェルティのキャンドルがシューシュー音をたてながら、小さな花火みたいに火花を散らしはじめる。ティリーはびっくりして、顔に両手をあてて叫ぶ。「きれーい！」招待客が〈ハッピーバースデー〉の冒頭の数小節を歌いはじめる。するとノヴェルティのキャンドルが聴いたことのない曲をチーチーさえずりはじめる。みんなが歌うのをやめて戸惑っているあいだも、キャンドルは歌いつづける――**ディードゥルディードゥルディードゥルダー**――とうとうキーツィアが大声で歌を再開する。「ハッピバースデー・トゥ・ユウウウ！」みんな声を張り上げてキャンドルの歌をかきけし、バースデー・ソングを歌いつづける。

歌が終わると、ティリーがシュ――――ッと少々唾まじりの息を吐き、ふつうのキャンドルの炎をぜんぶ消す。でも、どんなに強く息を吹きかけてもノヴェルティのキャンドルの火は消えないし、腹立たしい歌も鳴り止まない。ケーキがティリーの唾でびしょびしょになってしまう前に、マーラはキャンドルをキッチンに運び去ってシンクに持っていく。炎は消えたけれど、あいかわらず歌いつづけている。マーラはキャンドルを床に放り投げて思いきり踏みつけてやるが、そいつはめげずにしぶとく歌いつづける。ゴミ箱の奥底に突っこんでもまだ、さえずりがかすかに聞こえてくる

――**ディードゥルディードゥルディードゥルダァァァ！**

「ねえママ」マーラがダイニングルームに戻ると、ティリーが訊ねる。「幸運のキャンドルを消せなかったけど、お誕生日の願いごとは叶う？」

「叶うと思うわ」とマーラは答える。「あんなのただのゴミ屑だから」

「よかった」とティリーは言う。フォークでアイスクリームをケーキにぐちゃぐちゃと混ぜこむと、盛大にすくってかぶりつく。「いいこと教えてあげよっか？」

「ええぜひ、スウィートハート」マーラは上の空で答える。スティーヴがあの小娘にささやきかけている。膝の上に彼女を坐らせて揺らしながら、彼女の巻き毛を撫でている。もし二人がいちゃつきはじめたら、とマーラは心のなかで誓う。あの女の喉にケーキナイフを突き立ててやる。

「あたしがお願いしたこと、ママもきっと気に入ると思うの」ティリーが指についたフロスティングを舐めながら言い、愉快そうにもぞもぞ体を動かす。「あたし、いけないいことをお願いしたんだ」


サーディンズのルールはこうだ――子供向けのゲーム・ブックを探せばたいてい書いてある――まず、全員が目をつぶる。ただ一人、〝隠れ役〟をのぞいて。みんなが百からカウントダウンしていくあいだに、隠れ役はその場を離れて隠れる。カウントダウンが終わったあと、最初に隠れ役を見つけた人は、隠れ役と一緒にその場に隠れる。つぎに見つけた人は、前の二人と一緒に隠れる。それをくりかえして、最後の一人をのぞく全員がおなじ隠れ場所にぎゅうぎゅうづめになって隠れつづける。押しあいへしあい、ぴったり体を寄せ合って、まるで缶詰の鰯《サーディン》みたいに。

そしてティリーのお誕生日スペシャル・ルールがこちら――

隠れ役はティリーが選ぶ。

家のなかに隠れないこと。

ここにいる全員がゲームに参加すること。


ティリーは招待客を屋外に連れ出すと、ローンチェアの上に立ってみんなを見下ろす。マーラは思う。あの子ったら、下々の者に慈悲をかけてやる女王様にでもなったつもりね。「ではこれから〝隠れ役〟を選びます」とティリーが言う。指を一本立て、あっちに向けたりこっちに向けたりしながら、顔には夢想に耽るようなとろんとした表情を浮かべている。指先がキーツィア、キャロル、そしてスティーヴの上でひくひく動く。と、すばやく向きを変え、しっかりと狙いを定める。「あなた」ティリーが宣告する。あの女を指さしながら。「あなたが隠れ役よ。つまり、ここから出てって、隠れなきゃいけないの」

全員が頭を下に向けているあいだ、ティリーが百からカウントダウンしはじめる。マーラは薄目を開け、呆然と立ちつくしているあの女の姿を見る。パニクっているようだ。カウントダウンが八十までいったところでようやく走り出し、丘を下っていく。

「三、二、一、始め！」ティリーが叫び、みんながあちらこちらに散らばっていく。

マーラはこっそりポーチに忍びこむ。誰も見ていないことをたしかめると、身をかがめて勝手口から家のなかに入る。ごめんね、ティル・ビル。けど、あの女をまっさきに見つけて、森のなかのうすぎたない穴なんかで一緒に丸まってなきゃいけないなんて、まっぴらごめんなの。〈それに、これはちょっとした陰謀をしかけるまたとない機会だし。ちょっとした探しもの。それから、ちょっとしたすりかえ。ねえ、ただのおふざけだってば。害のないジョーク。ねばねば甘い復讐の味を、ほんのちょっと味見するだけ）

スティーヴはたいしたワイン飲みではないけれど、恋人はきっとそうなのだろう。家捜しの最中に、トレーダー・ジョーズの１・９９ドルワインがぎっしり詰まったキャビネットを見つけたから。マーラはソーヴィニヨン・ブランのボトルを抜き取り、氷を探しにいこうかと考えるが、生ぬるいままでいいやと開き直る。探索を終えると、靴を脱ぎ捨て、ケーキの残りを片手にソファに陣取ってくつろぐ。

ワインをボトル半分まであけたときにふと顔を上げると、戸口に立っている娘の姿が目に入る。ティリーは腕を両脇にだらりと垂らし、西陽を反射した眼鏡は、のっぺりと不気味な色に濁っている。

「やだもう、ティリーったら、びっくりしたじゃない！」マーラが叫ぶ。「いつからそこにいたの？」

「ここで何してるの、ママ？」ティリーが訊ねる。「全員参加しなきゃだめって言ったの、聞いてなかった？」

「聞いてたわ。ごめんなさい。すぐに行くから。ただ……ちょっと休憩したかったの」

ティリーはぼうっとした表情を浮かべ、力ない足どりで部屋の奥まで入ってくる。マーラの手に自分の手を絡めると、湿ったおでこをマーラの首筋に押しつける。「ねえ、ママ」とティリーが口を開く。「ちょっと聞きたいんだけど。ママはライラとミッツィとフランシーンのことが好き？」

ティリーの冷たい指先が、マーラの手のひらに円を描く。そのおかしな感触に頭がぼんやりしてきて、思わず「それって誰だっけ」と口走りそうになるが、ふとわれに返る。「ほんと言うとね、ティリー、そうでもないかな。あなたのおともだちだってことはわかってるけど、あの子たちってなんていうか、すぐに徒党を組みたがるし」

「ととう、ってなぁに？」

「いつも三人べったり一緒ってこと。そういうのって、なんだか意地悪だなって」

「みんなのママのことは？　好き？」

マーラは溜息をついて手をほどくと、親指を舌の先で湿らせてティリーの顎についたチョコレートのフロスティングを拭いとる。「どうかしら。みんないい人よ。とくに問題はない。でも、どうしてもいますぐどちらか選ばなきゃいけないんだとしたら、好きじゃないって答えるかも」

「じゃあ、パパと――」

マーラが答える間もなく、ティリーが言う。「わかってる。憎んでる、でしょ？」

ティリーの大人びた鼻は――スティーヴとおなじ鼻だ――数カ月前から目立ちはじめ、顔のほかのパーツの釣り合いをすっかりちぐはぐにしてしまった。大半の毛がむしりとられた生え際に沿って脂っぽいニキビがぽつぽつと吹き出しているし、首の横には茶色の膨れたほくろができた。汗は午後になるとデオドラントをつけていても臭うようになった。先週、マーラは何も言わないで〈メンズ・スポーツ・クリニカル・ストロング〉をベッドに置いておいたけれど、効き目はなかった。

一日のうち何回か、じめっとしたなまぐさい口臭がすることもあった。そんなとき、マーラはつい何も言わず車のウィンドウを開けてしまった。胸も膨らみはじめてきたけれど、左右の成長の度合いが違うので、マーラがどんなスポーツ・ブラを買ってきてみても合わなかった。暗くみじめな思春期へ近づけば近づくほど、ティリーは必死で赤ちゃんのようにふるまおうとした。まるで可愛らしさを、この子がいちども手にしたことのないものを、取りもどそうとするみたいに。怒りに駆られ、チックに悩まされ、愛に飢えたティリー――愛しい娘を守るためにマーラはできるかぎりの力を尽くしているが、ティリーは世界の鋭い牙にかかって傷だらけになることを運命づけられているだけでなく、あえてそうなろうとしているように思えることがある。

ここでどういう言葉をかけてあげるべきなのかはわかっている――「そんなわけないじゃないの、ベイビー」とか「憎むなんて、あまりいい言葉じゃないわね」とか「あなたのパパのことは永遠に愛してる。だって、あなたという娘を授けてくれたんだもの」とか。けれど、口にするべき決まり文句はどれも、舌の上で萎《しな》びていく。だからマーラが何も言わないでいると、ティリーがうなずく。

「だめなところもいっぱいあるけど、ママはそれでもいいママよ」ティリーがぎゅっと抱きついてきて、マーラの耳に唾液たっぷりのキスをして、ついでにケーキをひとつかみすくいあげる。

「ティリー?」マーラは部屋を出ていこうとする娘を呼び止める。

「なぁに?」

「さっき、どんな願いごとをしたの?」

ケーキまみれの口もとが、ぎらぎらした愛らしい笑みを作る。「もうちょっとでわかるよ、ママ」

ティリーには企ませておこう。マーラにはワインを飲ませておこう。かわりに、あの若い恋人の立場になってみてほしい。目下、彼氏の娘のバースデー・パーティーの最中。取り仕切るのは彼氏の娘の母親。付き添いは彼氏の娘の母親の友達。こぞってわが家に押し寄せてきて、どれだけあなたを嫌っているかを躍起になって見せつけてくる。ここはあなたの家なのに！　パーティー・クラッシャー扱いされる筋合いはない。だってここに住んでるんだから！　母親はけっしてあなたの名前を口にしようとせず、あなたと目を合わせようともしない。彼氏はきまり悪そうにして、あなたが触れると身をよじって離れていく。そして娘が、尖った指先をあなたの顔に突きつける――**あなた。あなたが隠れ役よ。**それが非難の声に聞こえないわけがあるだろうか？　重たいエスパドリーユでどたどたと丘を駆け下りながら、ほんの一瞬でもこう感じずにいられるだろうか？――あたし、獲物みたい。

　あまり上手に隠れれば、惨めさを長引かせるだけ。ゲームが終わらないことには、パーティーはおひらきにできない。でもあまりお粗末な隠れ方をすれば――ピクニック・テーブルの下にもぐりこむとか、まっさきに目につく大きな木の陰にしゃがんでいるとか――与えられた役目を果たしたことにならない。**あなたが隠れ役よ。つまり、ここから出てって、隠れなきゃいけないの。**すぐに見つかってしまえば、ティリーをいらつかせ、スティーヴをがっかりさせ、母親にあらたな批判の口実を与えることになる。だからあなたは陽射しの降り注ぐ芝生を離れて暗い森に分け入っていき、背の低い藪《やぶ》に足首をひっかかれたり、むきだしの棘《とげ》にスカートをつかまれたりする。

丘を登ってまた下り、乾いた狭い川床を横切り、樹々がとぎれる場所を通り過ぎる。そのうちちょうどいい高さの切り株が何本か輪になっている場所を見つける。あそこで膝を胸につけて丸くなっていれば、姿を隠せるだろう。鳥のさえずり。踏み潰された松葉と、腐った落ち葉のにおい。静かなところだわ、あなたは思う。荒い息遣いが少しずつ緩やかになり、やがて規則正しくなる。パーティーが終わったら何をしようかな、あなたは夢想する。見つけてもらうのを待ちながら。

マーラは目を閉じ、ふたたび開き、そのあいだに夢を見る。みんな姿を消して、ティリーだけが残る夢。どれくらい時間がたったのだろう。一時間、一日、一時代が過ぎた？　わからない。いまは夕方前、わかるのはそれだけ。太陽は森の向こうがわで真っ赤に燃え、あらゆる影が荒ぶる。もつれあい、どこまでも深い闇を作る。四方八方に広がっていく。

陽射しが照りつけていた家の窓は、ティリーの眼鏡とおなじようにのっぺりと濁っている。ドアからだらしなくぶら下がっている横断幕は、つきだされた舌のよう。マーラは外に出て、銀色のリボンを頭に戴いたバースデー・ガールがいる――待っている？――浮かんでいる？――場所を探して、芝生が森に変わるところまで下りていく。

サーディンズは体と体を重ね合わせるゲームだ。腕が腰骨に食いこみ、お尻が膝のなかに落ちてくる。誰かの髪の毛が歯のあいだに挟まり、べつの誰かの指が耳の穴に入ってくる。どの脚が誰の脚？　おならしたのは誰？　動いてるのは誰？　話してるのは誰？　もぞもぞしないで！　あたしの股のあいだから足をどけて！　腋の下に鼻を突っこまないで！　おっぱいを肘でつつくのやめてよ、フランシーン！　あんたのおっぱいなんてつついてないよ、このまぬけ、それはライラの膝小僧だよ！　違う、違うもん！　静かに！　シ――ッ！　ティリーが来る！　やだ、手がはみ出てる。もう入らないよ！　ここ、窮屈すぎる！　ううん、できるはず。もっと近くに寄って。もっと近くに。もっともっと、体のどこもかしこも誰かのどこかとぴったりくっつくように近づいて。押して、潰して、ひねって、詰めて、絡みついて。

ティリーは樹々を縫ってさまよい歩き、マーラはあとを追う。森の地面に積もった松葉、木の根をおおう柔らかな朽ち葉が足音をかき消す。ピンクの婦人用サンダルが、藪のうしろから陰唇のようにのぞいている。破裂したゴム風船が、臍《へそ》のようなぷっくりした赤い結び目を残して枝からぶら下がっている。踏み潰されたマッシュルームの屍体が、寂しく、冷えびえと、青白い光を放っている。

待って。
探しはじめる前に。
もうひとつだけ知っておくべきことがある。
ティリーの幸運のキャンドルは、人びとの願いごとを叶える。

それは孤独な者の願いを叶える。不器用な者の。侮辱された者の。悪臭を放つ者の。怒れる者、虐げられた者、憎しみにみちた者、無力な者の願いを叶える。娘たち《ドーターズ》と母たち《マザーズ》の。マザーズとドーターズの。マーラたちとティリーたちの。ティリーたちとマーラたちの。ターラたちとミリーたちの。トターたちとマーリーたちの。モーターズとドザーズの。マーリーとアーラとオリーとラフターとリリーとほかの者たち《アザーズ》の。

森の奥、落とし穴のそば、闇のなか、ともに、母と娘、ティリーとマーラの耳には、ただ木の葉が風にそよぐ音、鼓動、吐息、そのほかは何も聞こえない。

シーッ！

よく聞いて。

願いが叶う音がする——

（いけないいお願い。悪いこと）

悲鳴。それはそれはたくさんの悲鳴——

でも、くぐもってる。まるで誰かが枕に顔をうずめて叫んでるみたい。

それか、何かもう少し弾力のあるものに。

ゴム風船のような。

風船ガムのような。

皮膚のような。

サプライズ！　なんと、お誕生日の魔法の力をほんの少し借りると、憎しみは一条の陽の光のように捕らえることができるのだった。憎しみは拡大され、屈折し、焦点を絞られる。パーティーの招待客は歩道の蟻の群れのように（缶詰のサーディンのように）ひしめきあい、自分たちが不思議な力の光線を浴びていることに気づく。目には見えないけれど、その威力はあなどれない。

　招待客たちの一体となったなめらかな皮膚が温かく、熱く、さらに熱くなる。

　彼らの明るい髪がくすぶりはじめ、煙をあげ、そして黒い炭になる。

　彼らの体は震えながら、鼓動しながら、脈打ちながら、喘ぎながら、汗をかきはじめる。そして焼ける。そして焦げる。そして過熱する。そして爆発する。そして溶解する。そして融合する。

　重なり合った体は一つの肉体になる。いくつもの脳が一つの混乱し錯乱した脳になる。もはやべつべつの人間ではなく、彼らは煮えたぎる一つの塊に、恐怖と憤怒に駆られた器官の集まりに、知覚のプールに、ほとばしる肉に、何十もの目と何本もの手脚をもったいきものになる。

　丘の頂上、けばけばしい月明かりの下で、マーラとティリーはしっかりと抱き合う。二人の真下で、ティリーのバースデー・モンスターが痙攣《けいれん》し、悶え、歯ぎしりしている。咆哮し、みずからを引き裂こうとし、悲鳴をあげている。

　怖いよいったいどうなってるのママどこベイビーどこあんた誰あたしの頭のなかで体のなかで何してんのあなたがいるのはわたしじゃないわよあんたがいるのはあたしのなかやめてママ違うあたしはフランシーン違うわたしはキャロルいいえキーツィアよベイビーママはここどうしてこんなこ

とお願いやめさせて違うおれはスティーヴあたしはステイシーあたしはミッツィあたしはライラなんなのこれ怖いよ気持ち悪い誰か助けて動けないよ動くのを止められないよ神様どこからこんなものがなぜ目が見えないあたしは何もかも見えるこの音は何いったい誰いったい何わたしは誰いったい誰がこんなことを痛いお願いなんとかして痛いよああべイビーごめんねあなたは誰いったい何をあなたはわたし……

言葉を失ったまま、ティリーはモンスターを見つめる。その眼は煌々《こうこう》と光っている。まるで頭蓋骨のなかに何千本ものバースデー・キャンドルが灯っているように。そして涎《よだれ》が一筋、顎のほうへ伝い落ちていく。

のたうつ手脚と悲鳴を上げるいくつもの頭のまんなかに、あの女の顔が一瞬だけくっきりと浮かび上がる。目は血走り、頬には泥が流れ、形のいい鼻は潰れて血に染まり、片方の前歯が欠け隙間ができている。

ティリーのバースデー・パーティーは、こうしてバースデー・プレゼントになった――誰かを笑い者にするかわりに、体を引きつらせ、激しく鼓動し、喉をごうごう鳴らすモンスターに。いじめるかわりに、涎を垂らし、痙攣《けいれん》し、悶えるモンスターに。浮気をして離婚するかわりに、咽《むせ》びながら言葉にならない言葉をまくしたてるモンスターに。愛し、いたわるべき人を置き去りにするかわりに、のたくり、悲鳴をあげ、苦しみにもがくモンスターに。

「ママ？」ティリーはあっけにとられたまま、小さな声で母親に訊ねる。「お誕生日の願いごとって、なかったことにできると思う？　たとえば、つぎの誕生日に？　それとも、いますぐにでも？」

「どうかな、ベイビー」とマーラは答える。

「あたしは願いごとをなかったことにするべきだと思う？」ティリーはすがるように母親を見上げる。「ママはあたしにそうしてほしい？」

　マーラは答えようとする。けれど、言葉が喉につかえて出てこない。返事を待つティリーのかたわらで、マーラは考える。二人の足もとにいるモンスターは咆《ほ》え、哮《たけ》り、情けを乞い、そして――溶けかかったアイスクリーム、パーティー用のリボン飾り、ぐしょ濡れのケーキの屑の下で――黄色いキャンドルはくるくるまわり、火花を散らし、歌う。**ディードゥルディードゥルディードゥルダアアア！**

プールのなかの少年

The Boy in the Pool

「もう一回観ようよ」とテイラーが言った。テレビのすぐ近くに坐っているので、キャスにはテイラーの頬骨にクレジット・ロールの冷ややかなパステルカラーの光が反射しているのが見えた。

「〈羽根のように軽く、板のように硬く〉（死人役の体を数人が囲んで呪文を唱え、各々の指の力だけで宙に浮かせる自己暗示のトリックを用いた遊び）をやるんじゃなかったっけ」とリジーが不満そうに言った。だけどテイラーはすでに腹ばいでビデオデッキのほうに向かっている。ほんとはリジーもテイラーとおなじくらいこの映画が好きなくせに、恥ずかしくて隠しているんじゃないだろうか、とキャスは思った。一方のテイラーは、なんにも恥ずかしがったりしない。「ねえ、どの場面がいちばん好き？」

「うーん、ぜんぶ？」とリジーが答える。

キャスは空になったボウルの底からポップコーンの種をひとつかみすくいあげ、口のなかで塩気を舐めながら時間稼ぎをした。「あたしは……」彼女は言いかけた。映画のとある場面にさしかかると、テイラーは膝をぎゅっと合わせ、かすかに体を揺らす。そして彼女の鎖骨が赤く染まっていく。そんなときキャスは、テイラーから目が離せなくなるのだった。「あたしは、あの女の人が男の子をプールに沈める場面かな。しばらくすると男の子が水面にあがってきて……」

一瞬、頭がぼうっとなって口をつぐむと、リジーがきょとんとして顔をのぞきこんできた。でもすぐに、テイラーがくすくす笑いだした。当たりだ、とキャスは思った。「きゃあ！　そうそう、あの男の子が女の人を見る目つきでしょ？　あんなふうに誰かに見られるって想像してみて。エリック・ハリントンとか、それか……」テイラーはリジーに視線を向けた。「カーティス先生とか。ね、リジー、カーティス先生にあんなふうに見られたらどうする？」

「うるさいな」リジーはそう言いながら、テイラーに枕を投げつけた。テイラーは枕を叩き落とすと、笑いながらキャスにもたれかかって、ふいに彼女の膝の上に頭をのせてきた。「ねえ、すごくいいシーンだよね」とテイラーは言って、テレビのほうに手をふった。画面のなかで、十代の男の子が巻き戻しのバタフライでプールを逆方向に泳いでいる。「ここだけ観よう」

テレビにいちばん近いところに坐っているのはキャスだけれど、ここで体を動かしたらテイラーが頭をどけてしまうだろう。だからキャスはリジーが再生ボタンを押してくれるのをじっと待ち、やがてリジーはそうしてくれた。

画面のなかで、少年が下着一枚で泳いでいる。女がそれを見ている。彼女の唇は、長くとがった爪とおなじ赤い色に塗られている。テイラーは満ち足りたようにふうっと溜息をもらし、キャスに体をあずけた。女が暗がりから姿を現し、プールが深くなっているほうの縁に立って、爪先を水に浸しながらぶらぶらさせる。まるで釣り餌みたいに。キャスは手をどこに置いたらいいのか迷っていた。少年は女のほうに泳いでいって何か言う。だけどキャスには聞き取れない。テイラーのママに聞こえないように、音量をすごく小さくしてあるのだ。女は少年をもてあそびはじめる。彼をからかい、おびき寄せては押しのける。キャスは片手を床について、もう片方の手は足に置くことにした。少年は女の足をつかんでしがみつく。そして赤く塗られた爪先の片方ずつに、しっかりと唇を押しあてる。「ばかみたい」そこでリジーがふんと鼻を鳴らした。「ふつうさ、人の足にキスするなんて嫌じゃん」女は少年の裸の肩に片足をのせ、踏みつけ、彼を水中に沈める。キャスはそっと、優しく、テイラーの髪を撫でる。少年が水面に顔を出して苦しげにあえぐと、女はもういちど彼を沈める。少年は手脚をばたつかせながら、女のふくらはぎをつかむ。彼はどことなくリヴァー・フェニックスに似ている。それにレオナルド・ディカプリオにも。彼らとおなじ、淡い翳《かげ》りにかこまれた目をしている。キャスが指先をテイラーのこめかみまで這わせていくと、指の下で彼女の髪の付け根に鳥肌が立つのがわかった。女が少年を解放すると、彼は水中から姿を現す。水滴が睫毛に、黒い羽根のような髪にからみついている。少年は目をあけ、女を見つめる。テイラーがこの目つきに夢中になっていることをキャスは知っていた。〝あなたはぼくに何をしてもいいよ〟――そういう目つきだ。テイラーが体を硬くして悦びに震えると、キャスの背筋にも火花みたいな興奮がかけのぼってくる。女は笑って少年にキスをすると、彼の両肩に脚をのせて坐りこむ。少年は女の太腿のあいだに顔をうずめる。

その晩、「羽根のように軽く、板のように硬く」と唱えながらキャスとリジーがテイラーの体を頭の上まで持ち上げてみると、テイラーはふわりと宙に浮いた。魔法は一秒もしないうちに解けてしまい、テイラーはどすんと床に落ちた。そのあと三人はＭＡＳＨ（マンション、アパート、ストリート、ハウスの頭文字で、将来の暮らしを占う子供の遊び）をやって未来の夫の名前をつきとめた。リジーが眠ってしまうと、キャスとテイラーはおもらしをさせてやろうとして彼女の手をお湯をなみなみと注いだカップに浸してみたけれど、うまくいかなかった。

その映画は何週間かのあいだ三人のお泊まり会の定番になった。でもテイラーのママに見つかって取り上げられてしまったので、かわりに《キャンディマン》を観るようになった。テイラーはそれからも一カ月ほどその映画に熱を上げていたけれど、そのうちグレタ・ヨーゲンセンと遊ぶようになった。キャスもリジーもグレタと一緒にいるのは耐えられなかったから、三人はしばらく仲違《なかたが》いした。仲直りしたころには、お泊まり会なんてずいぶんむかしのことのように思えた。

だが高校一年生になってテイラーがジェイソン・マコーリフと付き合いだし、どうしてジェイソンを選んだのかをキャスに話してきかせたときも、彼女はあいかわらずこんなことを言った。「彼があたしを見る目つきが好きなのよね」――プールのなかの少年だ、とキャスは思った。プールのなかの少年。それはあなたの足にキスをして、それを喜ぶ男の子。虐げられる男の子。あなたに虐げられる男の子――キャスはそう定義した。そう考えれば、いろんなことに納得がいった。なぜテイラーは高校時代のあいだじゅう抜け殻みたいなやつとか、陰気なアル中みたいなやつとばかり付き合っているのか。なぜパーティに顔を出すたびお約束のように、ぜんぜん知らない人が「きみの美人で成績抜群で人気者の親友は、いったいあいつのどこがいいんだ」とキャスに訊ねてくるのか――「あいつ」というのは、みじめなぼんくらどものどれかだ。

高校三年生のとき、キャスはぶじにカミングアウトを済ませた。まもなく生まれて初めて現実のガールフレンドができて夢中になったので、テイラーに一途な片想いをしていたことなんてあっさり忘れてしまった。忘れはしないまでも、いくらか事実をねじまげて、あれは思春期の熱っぽい友情にすぎなかったんだと思うようになった。ある意味、それはそれで事実だった。テイラーへの恋の後遺症で、キャスは彼女をものすごくじっくり観察して、全神経を傾けて彼女の発するサインを読み解こうとするのが癖になっていた。

二人ともめちゃくちゃに酔っ払っていたある晩、テイラーが例によって新たな失恋のことでめそめそしはじめると、キャスは言った。「あんたって、ほんとどうしようもなく厄介な人よね。あんたにぞっこんだったなんて、自分でも信じらんない」

テイラーはぴたっと泣きやんだ。「あたしにぞっこんだった？」

「なんでもない。忘れて」とキャスは突き放すように言った。酔いがさめると、二人とも二度とそのことは持ち出さなかった。


幼なじみ三人組は、大学進学を機に各地にちりぢりになった。テイラーは新入生歓迎会でゲイブリエルという新たな男に出会い、それから四年間、キャスは彼女とすっかり疎遠になった。ゲイブリエルとテイラーの関係は――たいていリジーづてに聞くだけではあったが――どうやら身も心もすりへらすような恋らしかった。絶え間ない喧嘩と涙ながらの和解のくりかえし――つかみあってやりあい、そのあとでおたがいの傷を舐めあう。テイラーはその情熱のために、生まれて初めて道を踏み外しそうになった。四年生のときに二人は別れ、ゲイブリエルはカリフォルニアに逃げた。テイラーはあとを追い、彼が仲直りに応じると、大学を休学した。リジーがカリフォルニアまで会いにいって、テイラーがまずいことになっているとキャスに報告した。十キロ近く体重が減ったらしい。ＬＡではそれが標準なのかもしれないけれど、それにしてもほとんどひっきりなしにウォッカトニックを飲んでいるし、目の下には濃いくまができているし、二の腕には青痣が浮かんでいたと。

「ねえ、あたしたち、なんていうか、仲裁みたいなことしたほうがいいのかな？」リジーはキャスに言った。だけどキャスは巻き込まれるのはごめんだった。

「彼女、やりたいことをやってるんでしょ」とキャスは答えた。

誰だってそうじゃないの？


十年後、キャスとリジーはブルックリンに住んでいた。リジーは教育関係のＮＰＯに勤め、キャスは契約法専門の弁護士として働いていた。キャスは男性とも女性とも付き合った。リジーはこと恋愛となると妙に卑屈なところがあって、運に見放されていた。テイラーはまだカリフォルニアで暮らしていた。ゲイブリエルとはもう完全に切れていたけれど、そこにいたるまでには浮気、自殺未遂、そして警察沙汰があった。リジーはキャスよりも詳しいことを知っていた。ときおり三人でスカイプをすることがあって、そういうときはだいたいキャスとテイラーが堰《せき》を切ったように熱心に話し込んだ。まるでむかしと何も変わっていないみたいに――でも、ビデオチャットをセッティングするのはいつもリジーだったから、リジーが忙しくてそれどころではないときには、キャスとテイラーは何カ月もひとことも話さなかった。

ゲイブリエルと別れてからというもの、テイラーはずいぶん順調そうだった。職を替え、新しいセラピストにかかり、学位も取った。それにリジーの話では、新しい恋人もできたらしい。ライアンという名の相手の男はプロデューサーか何かをしているとかで、テイラーにとてもいい影響を与えているようだった。「きゃあ、すごい！」ある晩、三人でスカイプで話しているときにリジーが悲鳴をあげた。テイラーがライアンとの婚約を報告したのだ。「こんなすてきなニュース、これまで聞いたことない！」

リジーの隣でソファに腰かけていたキャスは一瞬、頭が混乱して自分がどこにいるのかわからなくなった。まるでどこか遠いところをさまよっていた魂が、いきなり自分の肉体に戻ってきたみたいな感覚だった。ライアン？　ライアンっていったいどこのどいつよ？——やっとわれに返ると、キャスもお祝いを言った。リジーの黄色い声をせいいっぱい真似して。

「もちろん、二人にはぜひ結婚式に参列してほしいんだ」とテイラーが言った。

キャスはただ頷き、リジーは「何があっても行くわよ！」と答えた。だが話題が会場や靴やドレスへと移るうちに、キャスはテイラーの態度になんとなくもやもやしたところがあるのを感じ取った。何か言いたいことがあるのに、なかなか言い出せないでいるような。その理由は翌朝になってわかった。キャスとリジーが一緒にブランチをとっていると、キャスのスマホにメッセージが届いた。

キャスがみるみる顔を歪めると、リジーがエッグ・ベネディクトを載せたフォークを口に入れる直前で手を止めた。「何よ？」リジーが訊いた。キャスが言いよどんでいると、ふたたび訊いた。

「なんなのよ？」

キャスはスマホをリジーのほうに向けてメッセージを読ませた。

リジーの眉間に皺が寄った。「そんな」

「本気かな？」キャスは言った。「あたし相手の男と会ったこともないんだよ。彼女、ＬＡに友達いないんじゃないの？」

「ちょっと、どうしてそういうことになるわけ？　なんてひどいこと言うのよ」

キャスは言った。「ずっとこまめに彼女のとこに足を運んでたのはあんたのほうじゃん。あたしたちのどっちかを花嫁の介添人代表《メイド・オブ・オナー》にするんなら、あんたに頼むのが筋なのに」

「さあね。でもそうしなかったわけだから」

「だから、あたしはやりたくない」

「そんなわけにいかないでしょ」とリジーが言った。でもそれは間違っていた。その晩、キャスはビールをたてつづけに三杯あおってからテイラーに電話をかけた。「あのね……」キャスは切り出すと、感傷的で身勝手な言い訳をとりとめもなく一方的に話しはじめた。「むかしから結婚式ってものにはすごく複雑な思いがあって……まるっきり向いてないんだよね……今は金銭的にもちょっとタイトだし……六月は仕事が超忙しい時期だし……リジーは表には出さないだろうけど、でもすごく傷つくんじゃないかって心配だし……」

テイラーはときどき「うん」とか「そうね」と相槌をはさむだけで、しっかりと耳を傾けてくれた。二十分にわたる通話の最後に、メイド・オブ・オナーはリジーに任せて、キャスは名誉《オノラリー》ブライズメイドをやる。その役目は後日打ち合わせ、ということで話がついた。

「結婚産業複合体ってのは本質的には資本主義とアンチ・フェミニズムの産物だもの。そんなもの支持できないわ」キャスは次にリジーと一緒に飲んだときに言った。

「べつの見方をすればこういうことね——あんたは血も涙もないビッチ」

「詩かなんか朗読しようっと」とキャスは言った。でもそうかんたんには逃れられなかった。数日後、キャスはオノラリー・ブライズメイドとして、独身お別れパーティ《バチェロレッテ》の幹事に任命されたとリジーに告げられた。

「って、その、ティアラとかペニス型のストローを用意すればいいわけ？」

「いいえ」とリジー。「ティアラもペニス型ストローもだめです。ねえ、お願いよ。一瞬でいいからまじめに向き合って。何かテイラーが気に入りそうなこと考え出すのよ」

というわけでキャスは考えた。自分でもびっくりするくらい熱心に取り組んだ。披露宴に出席する女性全員にメールを送り、ヴェジタリアンかどうか、宗教上の制約があるかどうか、妊娠中かどうかを聞き出すと、各人の好みや都合を表計算ソフトのスプレッドシートにまとめた。選択肢を三つに絞ると、全員にアンケートを送信した。結果が出るとリジーに電話をして、バチェロレッテの週末はハイシエラの山小屋で過ごすことに決定したと報告した。「やったじゃない！」リジーは山小屋のウェブサイトを見て叫んだ——大きな暖炉、豪華なホットタブ、壮大な眺望。

キャスはわれながらいい仕事をしたと鼻が高かった。彼女はテイラーと何度か二人だけで話し、ライアンのことをいくらか詳しく知るようになった。彼の出身地（コロラド）、彼とテイラーがどこで知り合ったか（〈eハーモニー〉で）、テイラーは彼のどこがいちばん好きか（安定しているところ、正直なところ、環境に対する配慮があるところ、彼と彼の母親との親しい、でも親しすぎない関係）。おそらくこれを機に、二人の友情は実り多い第二段階に入るのかもしれない。遠のいていた距離が縮まって、ようやく古傷が癒えるのかもしれない。

と思いはじめたとき、厄介ごとが持ち上がった。リジーがキャスの部屋のソファの上で膝を抱え、ワインを飲みながら言った。「でね、ちょっと困ったことがあって。テイラーはあんたに言うのをためらってるんだけど、じつは彼女、バチェロレッテのプランを見直したいんだって」

「は？　山小屋じゃ気に入らないって？」

「ううん、気に入ってたよ。気に入ってる。でもどうやら、ライアンが男友達とヴェガスに行くことにしたのが問題みたいなんだよね。それって、ギャンブルとか、べろんべろんに酔っぱらうとか、ストリッパーを呼ぶとか、そういうことでしょ。テイラーは女だけで山の上で過ごすんじゃだいぶ見劣りするって思ってるみたいで」

「ストリッパー？　ライアンって、なんていうかその、〝ミスター責任感〟みたいな人だと思ってたけど」

「そうよ。彼らしくないのよ。だからこそテイラーは動揺してるんじゃないかな」

キャスは身震いした。「で、今度はなんだって？」

「もうちょっとその……ワイルドなことがしたいって。男のバチェラー・パーティみたいに。腰を落ち着ける前の、エキサイティングなことをやる最後のチャンスってやつ」

「そいつと結婚したが最後、エキサイティングなことはいっさい経験できなくなるっていうんなら、結婚すべきじゃないでしょうね」とキャスは言った。

「大げさなこと言わないで。新しいプランを立ててくれる？　だめ？」

「彼女のお気に召しそうなことなんてなんにも思いつかないよ」

「でもやってみて、わかった？　テイラーが望んでるんだから。友達でしょ」

キャスは何百通りもアイデアを思い浮かべてみたけれど、どれにも満足がいかなかった。男が友達を引き連れてヴェガスに行くことの女性ヴァージョンって？　千鳥足の女が群がってきゃあきゃあ言いながら、全身にオイルを塗りたくったマッチョのぱつぱつのブリーフにドル札をつっこむとか？　そんなのワイルドでもセクシーでもスリリングでもない。ただのジョークだ。警官のコスプレをした男が部屋をノックして、パンツを脱ぎだすとか？　キャスは考えれば考えるほど腹が立ってきた。あのテイラーに、キャスがこれまで知り合った誰よりも情熱的なテイラーに、そんな欲望を茶化した見世物なんかふさわしくない。だけどいったい、テイラーは何が欲しいんだろう？


ねえリズ、テイラーの件だけど、予算に都合つけられるかな？

どうだろ？　なんで？

テイラーのサプライズのためにいくらか自腹を切るって言ったら、あんたも出してくれる？

うん、たぶん。どんなプラン？

あーーーっと、それはまだ言いたくない。超見込み薄なんだ。うまくいくまで待ってて。

まず乗り越えなければいけないハードルがあった――キャスは映画のタイトルすら覚えていなかったのだ。テイラーはほんとうはケーブルテレビのべつの番組を録画するつもりだったのだが、録れていたのはあの映画だった。予約時間を間違えたおかげで、三人とも聞いたこともないような、ちょっとエッチなB級ホラー映画を観ることになった。十二歳の目から見てもひどい映画だってことはわかった。そこに出てくる男の子にテイラーが燃え上がったりしなければ、とても観ていられなかっただろう。

あの少年。名前を覚えてるだろうか？　どこかの時点では知っていたような気もする。たしか一音節のファーストネームだった。チャドとかニックとかブラッドとか。それにたぶんミドルネームもあった。あの当時の俳優にはやたらそういう名前が多かった——チャド・マイケル・ニッカーソン。ニック・ブラッドリー・チャダーソン。ブラッド・チャド・デイダーソン。

だめだ。思い出せない。

まあいい。それじゃ、映画のなかでどんなことが起きるんだっけ？　そう、セックス・シーンがあった。プールで。十代の男の子、チャド・ブラッド・なんとかと、年上の女の。あとでその女が吸血鬼かなんかだったってことがわかるんだ。キャスはそのシーンをほとんど一コマごとに思い出すことができた。ところが意外にも、「映画　セックス・シーン　プール　吸血女」とググってみても、手がかりはつかめない。「九〇年代」とか「シネマックス」を付け足してみてもだめ。「オーラル・セックス」もだめだ。ほかになんかあったっけ？　キャスは神経を集中させて記憶をたどった。そういえばほら……墓掘り人みたいなものが出てこなかった？　死者の復活とか？　そこで少年と女が一緒に棺に横たわるイメージが浮かぶ。少年は女の胸に顔をうずめている。たしかナイフがどうとか、そうだ、秘密のナイフが出てきた。それともあれはべつの映画だったかな。八方塞がりのように思えたが、キャスはかならず道はあると確信していた。もう失うものはない。あともう一つだけディテールを思い出せれば。検索の手がかりになるような何か。一つでいいから。

時計が午前三時をまわったころ、キャスはふとあるシーンを思い出した。女と、もう一人の男、そしてあの少年。そのときには三人とも吸血鬼になっていて、そろってベッドに横たわって、おたがいの血を吸い合っていた。まったくなんつー映画よ。十二歳の子供たちがテレビをかこんでくすくす笑って、ポップコーンを頬ばりながらホラー・ポルノを観てたなんて。でもあの男、たしか女の夫だったか、吸血鬼の親玉だったか創造主だったか――あいつが少年に傷痕をつけて……タトゥーだったかな？　キャスは仰向けになった少年の姿を思い出した。男と女が彼を見下ろすように立って、少年の体に文字を刻みつける。その言葉は……なんだったたっけ。

でも、あともう少しで思い出せる。映画を観た翌週の授業中、テイラーがノートにその言葉を書きつけたのを覚えているから。ハートと、血がしたたるナイフの絵、そして愛がどうのこうのというセリフ。キャスがそれを覚えているのは、テイラーが彼女の家に忘れていったそのノートを、返さないでずっと隠し持っていたからだった。キャスは何度となくそのセリフを口にした。テイラーの夢想を、指先でそっとなぞりながら。

愛は――

愛は――

レコードの針がなんどもおなじ傷《スクラッチ》にはばまれて跳びはねるように、記憶がスキップする。

愛は、愛は

キャスは呼吸を整え、もういちどやりなおす――

愛――

愛は――

愛は……生む

愛は……育《はぐく》む

そこで記憶の針がついに傷を飛びこえた。

愛は怪物《モンスター》を育む

これだ。

これでもう大丈夫。

―IMDbより

ジャレド・ニコラス・トンプソンは俳優、脚本家、プロデューサー。デビュー作《ブラッド・シンズ》（1991）で演じた名前のない「プールのなかの少年」の役でもっとも知られている。オリジナルビデオ映画の同作は、九〇年代初期にケーブルテレビの深夜放送の定番だった。トンプソンはほかに《セイヴ・ミー》（1994）、《プッシング・ザ・リミット》（1995）、《フェイタル・エクスポージャー》（2000）、また映画専門ケーブル・チャンネル〈ライフタイム・ムービーズ〉オリジナル作品、《シスターズ・プロミス》（1993）に出演。十年ほど演技から遠ざかって、大工、プロ・ダンサー、家政夫として働いたのち業界に復帰し、今度は脚本家やプロデューサーといった制作側で活動。最新作はウェブ・シリーズ《ダッドゾーン》(現在撮影中)で、長年の友人にして共同制作者であるダグ・マッキンタイアとともにプロデューサーを務めている。現在、ロサンジェルスに妻と六歳の息子とともに暮らす。

プールのなかの少年は今や四十近い大人の男になり、目のまわりは細い網の目のような皺にとりかこまれていた。ツイッターのアカウントとYouTubeのチャンネルを持っており、さらに数こそ少ないが熱狂的な女性ファンがトンプソンのフェイスブック・ページを運営していて、彼をなれなれしくファーストネームで呼んでいた。たいていの女性は「プールのなかの少年」の演技でファンになったようだが、いかにも最新のプロジェクトに興味があるようなふりをして、彼の歓心を買おうとしていた――@jnthompsnの新シリーズ#ダッドゾーン　超楽しみ！　#プールのなかの少年　のときからファンだったの。ジャレドは#ダッドゾーン関連のメンションは律儀にリツイートしていたが、過去の出演作に絡んだもっと卑猥なツイートは無視していた(むかし#エロシネマックス で見て大好きになっちゃった@jnthompsnみっけ！　きゃあああ~いまでも超セクシ~~~~)。キャスはそのことを頭に入れて、慎重にメッセージの文面を練った。

九〇年代のソフトコア・ホラー映画の名もない役柄が名声のピークだったような俳優に、そうそうおいしい仕事があるはずもない――キャスが午後七時に彼にメッセージを送ると、十二時過ぎに返信がきて、二日後にスカイプで話し合うことになった。パソコンのスクリーンの向こうに見える彼の顔は記憶していたよりシャープで、かつての面影を鮮明に残していた。

ジャレドの声は落ち着いていてかすれぎみだった。笑い声は意外にも、フルートみたいに甲高かった。たしかに老けたけど、不思議なほど変わっていない。むかしとおなじ色白の肌、黒い髪、大きな不安げな目。キャスは最初の何分間か、具体的な用件を持ち出さずに遠まわしなおしゃべりをしながら、相手の人柄を見極めようとした。表情豊かな顔は俳優にとっては貴重な財産だろうが、交渉人としては致命的な欠点だ。彼はこちらが失望したようなそぶりを少しでも見せるとしゅんとなり、褒めちぎるとみるみる元気になって、水やりをしてもらった植物みたいにしゃんとなった。

彼女は詳しいことは伏せたまま依頼の内容を説明し、ことさら報酬の額を強調した——二時間出演してくれたら五百ドル。うまくいったらさらに五百ドルを上乗せ。ジャレドがなかなか承諾しようとしないので、キャスはもしかしたらこちらの企みがばれているのだろうかと思った。「バチェロレッテ・パーティ」という言葉を口にすれば、きっと断られるだろう——彼はあきらかに役者として真剣に扱ってほしいと願っている。老いゆくアイドルの見当はずれなプライドが邪魔をするのだろうか。だけど、そもそも「バチェロレッテ・パーティ」ってなんなの？　彼に会いたがってる女性が集まってる、それだけのことじゃない。お行儀よくおしゃべりをして。ちょっと媚びてみたりして。彼をその気にさせてシャツを脱がせたりできないかなって探りを入れて。ひょっとしたら、おだててあげてなんとかプールに入らせたりして。

名誉あるサプライズ・ゲストを確保すると、キャスは会場をハイシエラの山小屋からLAのダウンタウンにあるホテルに変更した。女だけのハイキング、キャンプファイア、地下室での寝袋ナイトは一転して、貸切スパ、アロマテラピー・マッサージ、カラオケ、ダンス、浴びるほどのワインになった。キャスは計画を立て、予約を取り、注文し、すべてを取りまとめ――そうしてロサンジェルス国際空港に降り立つと、テイラーが迎えてくれた。こうして実際に会うのはかれこれ……いったい何年ぶり？　二人はおたがいの名前を呼びあって、ハグをした。時間がたつのってほんとあっというまね。そんなにたったなんてほんと信じらんない。

　テイラーの指にはローズゴールドの婚約指輪が光っていた。中央についている大きなダイヤが、彼女の車の天井にきらきらと虹色のプリズムをちりばめていた。長い年月を経てもむかしの面影をとどめているのは、テイラーもおなじだった――キャスが気づいたのは、せいぜい指関節のまわりがいくらかふっくらしたことくらいだった。エコーパークにあるテイラーとライアンのバンガロー造りの家にはすばらしい設備が整っていて、すべすべした白い壁に鮮やかな色合いの幾何学図形のアートがよく映えていた。冷蔵庫にはホワイトボードがぶらさがっていて、テイラーの几帳面な丸文字で結婚式関係のやることが箇条書きされていた――リストには「ハニー・ドゥ」（配偶者に頼む雑用の一覧）とタイトルが冠されている。

　リジーは夜に到着し、キャスと違ってちゃんと手土産を持ってきた。高校以来、三人がおなじ屋根の下で寝るのは初めてだったけれど、みんな早めにベッドに入った。あくる朝、バチェロレッテ・パーティはブランチで幕を開け、さっそく大量の写真がインスタグラムにアップされた。

　参加者は時間が進むにつれブランチからスパへ、スパからサングリア・バーのハッピーアワーへと移動した。そのあいだじゅう、キャスはテイラーの表情をうかがっては、そこに何か未来を予言するようなサインが表れていないかどうか探るのをやめられなかった。十年もすれば、彼女は豊かさに囲まれた人生を送っているのだろうか？――健康な子供たち、生い茂る庭、幸せそうに散らかった家。ウェスト周りに肉がついて、髪には手に負えないごわごわした白髪がまじっているだろうか？　それとも、サラダとストレスを糧に生きる女になるだろうか？　ボトックスとブリーチとダイエットで肉体を屈服させ、贅肉との果てしない闘いに明け暮れるような女に？

まったくもう、キャス。しっかりしなさい。頭のなかで冷静な自分の声がした。大学のときにかかっていたセラピストそっくりの声が、キャスの胸に問いかけた――あなたが不安を覚えているのは、ほんとうにテイラーと彼女の下した決断についてなの？　これまで数えきれないほど元恋人たちに指摘されてきた。あなたは自分の問題を他人の問題にすりかえるエキスパートだと。ということは、今も何かほかに心にひっかかっていることがあるのかも？　だけどキャスは、何よりも明白な原因、自分はまだテイラーに恋をしているのだという解釈を受け入れようとしなかった。いったいこの感情はなんなのだろう――テイラーを見るたびに覚える、急降下していくみたいな感覚。必死で何かにつかまろうとするけれど、虚しく空を掻くだけ――だけど、それを愛と呼んでしまうほどわたしは愚かじゃない。

そうして夕方を迎えた一行は、電飾が連なるホテルのパティオに陣取った。テーブルの脇にインフィニティ・プールがあって、地平線に溶け込むようにあふれだす水が、そのままロサンジェルスのきらびやかな夜景のなかに流れ落ちていけるような錯覚を見せている。結婚式に参加する女性陣はかれこれ八時間をともに過ごしていた。バチェロレッテ・パーティはめでたく成功――グッジョブ、パーティ・プランナーさん！――したのはいいけれど、それにしても長丁場すぎた。笑みを作りすぎたせいでみんな顔をひきつらせていた。開始時間が早すぎたせいでみんなどんどんぐったりしていくのに、迫りくる二日酔いを寄せつけないように、たえまなく酒を飲みつづけなくてはならない。初対面同士は世間ばなしのネタに尽きたし、知り合い同士は話すことなんかひとつもなかった。テイラーは昼過ぎからライアンとメッセージのやりとりを始めていた。くりかえしスマホをひっつかんでは遠くに放り出すのを見て、キャスはどうやら二人は喧嘩をしているらしいと察知した。

ジャレドは八時に到着する予定なのに、もう一時間も過ぎていた。渋滞につかまっているらしく、フリーウェイのあの出口を過ぎたとかこの出口を過ぎたとか、LAっ子にしか通じないような言い訳がましい実況メールがつぎつぎ送られてきた。ゲストは食事を終えかけ、何人かはそれとなく家に帰りたいと不平をもらしはじめている（あーもう、信じらんないくらい疲れちゃった。早朝ブートキャンプからずっとだもんね。あたしって、ふだん九時とかに寝ちゃう人なんだよね）。キャスはつぎなるお楽しみのヒントを小出しにしながらみんなを引き止めたが、どのヒントもサプライズにストリッパーが登場するみたいにしか聞こえなかった。やっとジャレドから駐車スペースを見つけてそっちに向かっているとメッセージが入ると、キャスは目の上に手をかざして人混みに目を凝らした。ところがジャレドは想定外の入り口から姿を現したので、まっさきに彼に気づいたのはリジーだった。

リジーはおしゃべりの最中に急に口をつぐみ、目を細めた。「あの人……」と彼女が言った。「どこかで見たことある」そして一心不乱にスマホにメッセージを打ちこんでいるテイラーを肘でつついた。「知ってる人かな？　有名人？」でもテイラーはなかなか顔をあげない。結局、キャスが名前も知らない参加者の一人が大きな声をあげ、ジャレドがこっちをふりむいた。「うそでしょ！ ちょっとみんな、あの人だよ！ ほらあのテレビ映画の！ なんてったっけ――ねえ、ほら覚えてない？ 『プールのなかの少年』だ！」

テーブルがいっせいにざわついた。その場の女性たちのじつに三分の一がジャレドを知っていた。彼が何者なのかを知っていたのだ。

あの映画に夢中だったの！

ほかに覚えてる人がいるなんて思わなかった！

彼ったらあいかわらずキュート！

めちゃくちゃ大好きだったのよ！

ジャレドはびっくりした馬みたいに頭をのけぞらせて、今にも逃げ出していきそうだった。キャスは立ち上がると頭の上で手を振って彼に合図を送った。「ジャレド」と彼女は言った。「来てくれてとってても嬉しいわ。こっちよ」女性たちが興奮ぎみにざわざわしはじめた。ジャレドはあきらめたように、おとなしくこちらにやってきた。

リジーがキャスに訊いた。「これがあんたのプラン？ 彼、あたしたちのために来たの？」

「彼はテイラーのために来たの」とキャスは答えた。ああ、大人になるってなんてすばらしいことなんだろう。ソーシャルメディアと千ドルのパワーを使って、あたしはテイラーのまぼろしの恋の相手を、古いビデオテープのなかから現実に呼び出してみせたんだから。

キャスはびくびくしているジャレドの腕をつかんでテイラーのほうを向かせ、プレゼントを進呈した――「ジャレド、テイラーを紹介するわ。あなたの長年のファンよ」

テイラーはそれほど感激したそぶりを見せなかった。少女時代の夢を叶えてあげたのだから、きっともっと興奮すると思ったのに。テイラーはジャレドに手を差し出して握手を求めた。だがジャレドはキャスの鋭い視線に気づくと、腕を広げてテイラーをハグした。二人が抱きあっているあいだ、キャスはほんのわずかな身動きにも目を光らせて、テイラーの慎みぶかい態度にほころびがないかどうか観察した。彼の背中に手をおいたまま、ちょっと離れるタイミングを遅らせたんじゃない？　わざと頭の向きを変えて、彼の匂いを嗅いだんじゃない？　きっとそう。いやどうかな。

テイラーがうしろに下がって言った。「来てくれてほんとにありがとう」大人の挨拶だ。胸がいっぱいになっている女の子じゃない。「ごめんなさい――あなたが誰かってことはもちろんわかってるんだけど、でも、なんてお名前だったかしら？」

ジャレドはぴょこっとお辞儀をしながら自己紹介をして、テーブルから忍び笑いを誘った。「それじゃ」と彼は言った。「きみが花嫁さん？」

テイラーは慣れた手つきで指輪を見せ「そうよ」と言った。「キャスから聞いたと思うけど、あなたはあたしたちのお泊まり会のスターだったの。子供のころのね」

「いいや」とジャレドが言い、キャスに向かって歯をむきだして見せた。「それは聞いてなかった。おかしいな」三人がこわばった笑みを浮かべているところにリジーが飛び込んできた。

「ジャレド！　これまでずっと何してたの？　まだ俳優やってるの？　それとも……」

するとジャレドは《ダッドゾーン》についてながながと説明しはじめた。テイラーはキャスに向かって眉をあげ、〝信じらんない〟と口のかたちだけで言った。キャスはこれみよがしに肩をすくめてみせた。

「ねえ、ジャレド」キャスは場を盛り上げようとして言った。「カクテルでもいかが？」

「ありがとう、でも結構！」ジャレドは朗らかに答えた。「酒はやらないんだ」

「ジャレド！」参加者の一人が割って入ってきた。「《ブラッド・シンズ》のこと聞かせて。どうしてあの役を演じることになったの？」

「それはさ、おかしな話なんだけどね……」ジャレドが話しはじめると、テーブルを囲んでいる女たちは太陽を追う花のように、いっせいに彼のほうに身を乗り出した。ふざけた扱いを受けたくないと思ってるわりに、どうやら二十年越しの欲望をおもてなしするのはこれが初めてではないようだ。まるで手慣れた高級男娼だ――熱心に耳を傾け、愛想をふりまき、性的な誘いを受けると、柔術のような目にも留まらぬ早技でかわしてみせる。女たちは懲りもせず彼の気を引こうとし、そのたび彼は巧みに話題をそらして《ダッドゾーン》の話に戻った。キャスはまるで戦いに臨んでいるような気分になってきた――彼女の目的はどうにかしてこの夜をセクシーで、リスキーで、エキサイティングな方向に持っていくこと――一方のジャレドは、どこまでもお行儀のいいおしゃべりをつづけ、女たちに白旗を上げさせようとしている。

三十分が過ぎ、一時間が過ぎ、やがて一時間二十五分が過ぎた。女たちはゲストにときどき質問を浴びせながら、それなりに楽しそうにしている。でもキャスはワイングラスにかじりついて粉々にして、ガラスの破片をばりばり嚙み砕いてやりたい気分だった。あたしはこんな〝交流会〟のために千ドルもはたいたっていうの？

「ジャレド」と彼女は言った。急にどすのきいた声になっているのは、酔っている証拠だ。「いいこと思いついたの。ねえ、泳ぎたくない？」

「ハハ！」と彼は声をあげた。「泳ぐにはちょっと寒すぎないかい？」

「そうかしら」とキャスは言う。「リジーとテイラーとあたしはマサチューセッツ育ちなの。もっと寒い日でも泳ぎにいったけどな」

　キャスはほかの二人のほうを向いて同意を求めた。テイラーはしらんぷりをきめこんだが、リジーは意地悪そうな笑みを浮かべて機転をきかせてくれた。「泳ぐなんて楽しそう」と言いながら、彼女はテイラーの手首をつかんだ。「覚えてる？　高三のときフランス語の授業をサボって池に泳ぎにいったこと」

　テイラーはメッセージを打つ手を止めて顔をあげた。「びしょ濡れのままこっそり学校に戻ったのよね」

「そしたらスワン先生が『いったいなぜ二人ともずぶ濡れなんだ？』って。あたしたち、『体育のあとでシャワーを浴びなきゃいけなくて』って言い訳して！」

　キャスはその場にはいなかったが、話だけはリジーから耳にたこができるくらい聞かされていた——リジーがテイラーと二人だけで共有している数少ない思い出の一つなのだ——しかしキャスは膠着《こうちゃく》状態を打開するためならいかなるチャンスも逃すつもりはなかったので、リジーを援護するように笑いかけた。

「お願いよ。泳ぎましょう」とリジーが言うと、ほかの女たちも調子に乗って、彼女に加勢しはじめた。テイラーが「どうかな……」と言うと、みんなは拳でテーブルを叩きながら、声をそろえて詰め寄った。「テイラー！　テイラー！」そしてついにテイラーは同意した。

一行は千鳥足でふらふらとプールに向かいながら、靴やハンドバッグを放り投げた。ところがジャレドは坐ったまま胸の前で腕組みをして動こうとしない。

キャスは彼の隣に立った。「来ないの？」

「ああ」と彼が答える。「こいつはパスするよ」

こんなことに巻き込んだキャスにムカついているのがありありとわかる。でも、だからなんだっての？　キャスだって彼にムカついていた。あんたはただの避雷針なの。ワイルドに暴走するエネルギーを吸い取って放電してくれればそれでいいの――欲望の標的であって、源じゃないんだから。

「お願い、プールに入ってよ」とキャスが言う。

「いいや、遠慮しとく。水着を持ってこなかったんでね」

「ちょっと」と彼女は身をかがめて彼に近づいた。「結構な額をお支払いしたんだから、ここはひとつ、お気持ちをこらえてあたしの友達と一緒に泳いでくれてもいいんじゃないの？」

ジャレドは眉をひそめ、まっすぐ前を見つめたまま、キャスと目を合わせようともしない。この頑固さと鈍感さと傲慢さ、もしかして屈辱感の裏返しなんだろうか？「お願いだから」と彼女は言った。「テイラーはきっとすっごく感激すると思うんだ……」それでも彼が応えようとしないので、彼女は付け加えた。「追加で百ドル払う」

「二百だ」彼はにこりともしないで言った。

「いいわ。そのかわりこれからの三十分間できっちり成果をあげてもらいましょう」

するとジャレドはやたらものなれた身のこなしで事にかかった。彼は結局はこうなることがわかっていたんじゃないだろうか、キャスはそう思わずにはいられなかった。彼は靴を脱ぎ捨て、プールに向かって歩きながらシャツを脱いだ。「お嬢さんがたぁ！」と、彼はねっとりしたわざとらしい声で呼びかけた。参加者はまだプールの縁に群がって、水に飛び込むのをためらっている。ジャレドはシャツを丸めて脇に放ると、テイラーの正面に仁王立ちになった。「みんなぼくの新しいウェブ・シリーズの話に興味津々なんだって信じたかったんだけど、きみの友達がご親切に思い出させてくれたところによると、ぼくがここに呼び出されたのには理由があるらしいね」とジャレドは言った。「ぼくと一緒に泳ぎたい人？」彼は腰をくねくねさせながらバックルをはずしてベルトを抜き取ると、それを頭に巻きつけた。

参加者たちはうっとりするような溜息をもらしたが、キャスはぎょっとして、猛烈に腹が立ってきた。ジャレドがやっているのは、彼女が何よりも怖れていたことだった。それだけは避けたかったから、苦労して彼を捜し出したっていうのに。ジャレドはわざと自分を物笑いの種にして、テイラーを道連れにしようとしているのだ。体をもぞもぞさせてジーンズを脱ぐと、流れてもいない音楽にあわせて踊りながら、ふとももに手を這わせていく。テイラーはそんな姿を見つめながら、彼のかわりに恥ずかしさを味わっている。テーマ・レストランでスタッフたちに声をあわせて〈ハッピー・バースデー〉を歌われて、最悪のお祝いをされるみたいに。ファック・ユー、ジャレド・ニコラス・トンプソン、キャスは心のなかで毒づいた。あんたなんか地獄に落ちろ。

ジャレドはジーンズを足首に絡ませたまま、下着一枚でばかみたいに踊りつづけている。だけど少なくとも、見た目だけは期待を裏切らなかった——しなやかでつるつるした、柔らかそうな肌。どんなに必死でおどけてみせても、やっぱり彼は美しかった。キャスは彼の体を眺めながら、テイラーもおなじように感じていることに気づいた——表情は変わらなかったけれど、顔の輪郭がなんとなく和らいでいる。

ジャレドは背骨を鳴らしてストレッチをすると、両腕を上げてもじゃもじゃの黒いわき毛をあらわにした。テイラーは髪に手をやってポニーテールをほどいた。とそのとき、なんの前触れもなくジャレドが身をかがめ、素人っぽいフォームで水に飛び込んで、プールにいちばん近いところにいた女をずぶ濡れにした。誰かがスマホを取り出して写真を撮りはじめた。「結婚式のハッシュタグ、なんだったたっけ？」その女が訊いても、誰も答えようとしなかった。


プールのなかの少年は、バタフライで泳いでいく。二十年前に映画のなかでやったのと、まるでおなじように。両腕が完璧にシンクロしながら、ドラマチックに水しぶきをあげては沈んでいく。胴体と脚がリズミカルに躍動して小刻みな波を生み、その波がお腹を、お尻を、そしてふとももをなでていく。一往復泳ぎ終えるたび、彼は派手なキックをしてターンし、シャンパンの泡のような引き波を描いていく。なんだか真夜中にいかがわしいモーテルにでもいるような気分だった。なぜなら、女たちの耳に響くのは、プールのなかの少年が水を掻く音だけだったから。三往復目が終わりかけると、彼は残りを潜水で前進した。体が輝くリボンのように、静かな水のなかをゆらゆらと進んでいった。彼はプールの縁に脚を折りまげて坐り込んでいるテイラーのほうに近づいていくと、水のなかで足踏みをしながら、辛抱強く彼女が立ち上がるのを待った。テイラーは夢でも見ているみたいに、とろんとした目をしている。サンダルを脱ぎ捨てると、彼に片足を差し出した。彼はその足をつかみ、抱きかかえると、ちらっとキャスのほうを見てから、テイラーの爪先をくわえた。見守っていた女たちがいっせいに大きな溜息をついた。着信音をオフにされテーブルに置き去りにされたスマホが三回光って、暗くなった。テイラーは彼の口から爪先を引き抜くと、裸の肩に足をそっとのせ、それから力いっぱい踏みつけて、彼を水のなかに沈めた。彼は手のひらを彼女のふくらはぎに這わせながら、するりと水に沈んでいった。何秒かたった。これはただのお遊びだ、お金を払って演技してもらっているだけなんだとわかっているのに、キャスは彼が水のなかに囚われたまま、もがきながら、テイラーが息をしていいと許可を下すのを待っているような気がしてならなかった。とうとう、息をはあはあいわせながら彼が水面に顔を出した。ダイヤモンドのような雫が髪の上で輝いている。彼は上目遣いでテイラーを見つめ、テイラーは彼を見下ろした。

うわ、キャスは思った。やった、あたし、彼女に望むものをあげることができた。これからどうなるの?

テイラーが笑った。「今夜はここまで」そう言って足を水から引き揚げたそのとき、キャスはテイラーのうしろに歩いていって背後から彼女の両肩をつかみ、そして突き落とした。

マッチ箱徴候

The Matchbox Sign

これが、ことの起こりだったんだ——

ローラは日が高いうちからレッドフックにあるバーで勉強している。肘の脇に図書館の本を山積みにして、ねじって丸めた黒髪のおだんごに鉛筆をつきさして。うすよごれたジーンズを穿き、ぼろぼろのセーターを着ている。唇には深紅の口紅をひいていて、これがフロアの向こう側から彼女を眺めているデイヴィッドには、すごくそそるようにも、ひどく場違いな感じにも見える。彼女はアンダーラインを引くために鉛筆をひっこ抜こうとして、その拍子にビールのグラスに肘をぶつけてしまう。とっさに図書館の本をかばおうとして、膝から太股までびしょ濡れになる。その晩、デイヴィッドが顎についた口紅の跡を拭っていると、ローラは彼に赤い口紅は作戦なのだと打ち明ける。朝起きたらまっさきに赤い口紅を塗るの、と彼女は言う。そのほかはどんなに手を抜いても——シミがついた服を着てようが、昨日のアイライナーの跡が残ってようが、髪がベタついていようが——みんな色っぽいって思ってくれる、だらしないやつって思うかわりにね。だけどほんとうのところは、ローラは色っぽくてだらしがない。だらしのないところが色っぽいのだ。矛盾することなんてない。そしてデイヴィッドは思う——汚点を口紅で制するなんてファッション哲学、実践して悲惨なことにならないで済むのは、若くて美しい人間だけだ。なんの努力もしなくても輝くように人目を惹きつける女の子、そういう子にとったら、よごれもみすぼらしい服すらも自慢の種になるんじゃないだろうか――ほら、こんなものでさえもわたしをかすませることはできないの。

半年がたつころ、二人は愛してると口にしあうようになり、ごくふつうのカップルがするように、おたがいの友達をけなしたり、何時にブランチに行くかで口喧嘩をしたりするようになる。それでも、心配するのはあいかわらずデイヴィッドの役目だ。いつかローラは自分を見上げ、ぎょっとして言うかもしれない――ちょっと待って、冗談でしょ？　あんたいったいどこの誰よ？

そしてある晩、ローラがディナーの約束に一時間遅れてくる。デイヴィッドが今か今かとつねに怖れているように別れを切り出すかわりに、大学院を辞めることにしたと彼に告げる。デイヴィッドが返事を迷っている仕事のオファーを受けてほしいという。そうすれば、二人で大陸を横断して心機一転、「カリフォルニアを試してみる」ことができると。

ぼくは今の仕事を辞めてカリフォルニアに引っ越したいのだろうか？　ローラが突如として二人の空想の新生活に情熱を燃やしはじめたことに眩惑されて、デイヴィッドには自分の本心がすっかりわからなくなる。だがその晩、どんなことでもがむしゃらにやるローラが、例によって威勢よく歯を磨いているとき、流しに歯磨き粉を吐き出すと、白い泡のなかにどろっとした赤い痰《たん》が混じっているのに気づく。彼女は身を乗り出して鏡に近づくと、いぶかしそうにそこに映った自分を見つめ、そして目を奪われる。剝き出した歯が、真っ赤な血に染まっている。デイヴィッドはのちのち、その記憶をよみがえらせることになる。まるで予兆か何かのように――ローラは、鏡の前でうっとりしながら、自分の血に見とれていた。

一年後、デイヴィッドが部屋に入るなりローラが言う。

「見てよこれ」デイヴィッドがブリーフケースを置く間もなく、彼女は訴える。「あたしの腕、ちょっと見て。なんかに咬まれたみたい」

デイヴィッドがおそるおそる片手でローラの手首をつかむと、彼女は腕をひねって内側のやわらかい皮膚に浮かんだ斑点を見せる。「うわ」とデイヴィッドは言う。「なんだよこれ？　南京虫か？」サンフランシスコの二人が住んでいる界隈で南京虫が大発生しているという噂は聞いている。でも、あんな人見知りで夜が大好きないきものが、このスチールとガラスでできたぴかぴかの部屋をそう長く生き延びられるものだろうか。

「ううん」とローラが言う。「南京虫ってのは、ちっちゃくて赤くて群れで行動するの。これは南京虫のしわざじゃない」

咬み傷ができたと言い張られたら、彼女の腕を調べてみないわけにはいかない。いくぶん耐えがたいところまで近づいて、じっくりと——デイヴィッドは痒《かゆ》いのを想像しただけでも体を掻きたくなるというのに——だがローラの肘の内側には、たしかに五センチほどあるぷっくりした白いみみず腫れが浮かんでいる。何本も交差しているピンク色の細い線は、彼女が掻いた跡だ。蚊に刺されたにしてはずいぶんと腫れている。「蜘蛛に咬まれたのかも？」とデイヴィッドは言ってみる。

「かもね……」

「なんにしても、触っちゃだめだよ」ローラのためを思ってそう忠告したけれど、それは彼自身のためでもある。デイヴィッドは爪が肌を引っ掻くぼりぼりという音が苦手だ。チューインガムをくちゃくちゃ嚙む音とか、痰を切る音を聞いているような気分になる。

ローラはソファに体を投げ出し、誘惑を遠ざけようとするみたいにできるだけ腕を伸ばす。デイヴィッドには彼女の決意はせいぜい五分くらいしか持たないことがわかっている。自分が手助けしてやらないかぎりは。

ローラの腕にカラミンローションを塗り、マッサージして肌にすりこみながら、彼は訊く。「今日のオフはどうだった?」

ローラは答える。「痒くって。そのほかはとくに何も」

「探してみたかい、その……」

二人はもうだいぶ長いことその問題をうやむやにしている。ローラはカリフォルニアに移ってきたときにやっとのことで地元のギャラリーに職を得たのだが、今ではその横暴なオーナーのアシスタントの仕事が不満で仕方ない――とはいいながら、ギャラリーのめくるめくドラマや、とめどない愚痴に夢中になっている(あるいは、デイヴィッドの目にはそんなふうに見える)。デイヴィッドがどこかべつの環境ならもっと楽しくやれるかもよとほのめかすと、嫌な顔をする。新しい職を探したらと勧めると、小言なんてうんざりだと彼を責める。

例によって、ローラはデイヴィッドの言葉をさえぎる。いきおいよく彼の手をはねのけ、その拍子にピンク色のローションが弧を描いてソファの上に飛び散る。

「あなたって、あたしにガミガミ言わずにはいられないんだね」とローラは言う。「どうしても口を挟まなきゃ気が済まないんだ」

三日がたつ。咬み傷が三つ増える。ローラはますますぴりぴりして、どんなつまらないことにも突っかかるようになる。三つめの咬み傷は、彼女の高い頰骨の斜面にあらわれる。ローラが激しく掻きむしるものだから、瞼《まぶた》が腫れて目がふさがってしまう。

「医者に診てもらったほうがいい」金曜日の朝食の席で、デイヴィッドが言う。ローラの顔をまともに見ることができない。腫れ上がった目が、まるでウィンクを送っているみたいだ。

「無理」と彼女は答える。「自己負担額《ディダクタブル》だから」

「ロー。そんなこと言うなよ」

「ラングフォード通りに無料診療所があるの。月曜に予約を取ったから」

無料診療所だなんて。このあいだ二人でディナーに出かけたときには、ワインだけで二百ドルかけたっていうのに。ローラがそうやって苛烈なほどみずからを罰する姿を見ていると、こっちまで痛めつけられているような気がしてくる。わざと指を挟んだままドアを力いっぱい閉めるのを見せつけられているみたいに。しかしデイヴィッドは彼女の挑発にはのらないで、かわりに提案してみる。「午後に半休が取れたら、一緒に行こうか?」

ローラはぱっと顔を輝かせる。「デイヴィッド。なんて優しいの。もちろん」

四十八時間ぶっとおしでローラと一緒に家で過ごしてみて初めて、デイヴィッドは彼女が肌との格闘に全精力を注いでいることを知る。咬み傷の数は夜が明けるごとに三倍になる。日中はほとんど、容赦なく襲ってくる痒みを抑え、掻くのを我慢するために手をつくして終わる。朝に重曹入りのお風呂に浸かり、それからバジルとアロエをすりこむ。とりつかれたように爪を切り、シーツをなんども洗い直し、念入りに包帯を巻いてはすぐに解く。残りの時間はインターネットでのリサーチに充てられる。必死になって言いまわしを変えながらキーワードを打ちこむ——「肌　腫れ　かゆい」「かゆみ　咬まれた　肌　対処法」「咬み傷　腕　おなか　顔」そして、画面にあらわれるぞっとするような画像の数々をじっくり分析し、おなじような症状に苦しむひとびとが集う掲示板を訪れる。手がかりを求めて、果てしなくつづく嘆きにみちた実りのないスレッドの数々を延々とたどっていく。

デイヴィッドはよつんばいになってアパートを這いずりまわり、犯人をつきとめようとしてみる——蝿《はえ》か蛆虫か、ノミかダニか——だが何も見つからない。十分ほどインターネットで調べてみるが、つぎからつぎに可能性が浮かびあがってくるばかりだったので、こんなリサーチは無駄骨どころか、かえって悪影響だと思うにいたる。痒みはごく一般的な症状なので、どうとも診断の下しようがないのだ。「やっぱりいちどちゃんと診てもらったほうがいいと思うな。〈ウェブＭＤ〉よりもまともな資格をもってる専門家に」と彼はローラに言う。

ローラは腕のみみず腫れに爪を食いこませる。それはつやつやしたクレーターのようになっていて、煙草を押しつけた痕みたいに、まわりが黄色く変色している。「お願い」と彼女は掻きながら言う。「あたしを助けようとしなくていいから、わかった？　そんなことされてもかえって悪くなるだけなんだってば」

日曜日の夜、デイヴィッドが目を覚ますと、ベッドの隣がからっぽになっている。リビングに行くとソファにローラの姿がある。まわりに丸めたティッシュが散らばっていて、ひとつひとつに小さな花のように血が滲んでいる。「眠れないの」と彼女はかぼそい声で言う。「何かが這ってるみたいなんだ、皮膚の下で」

ローラがこんなに取り乱しているのを見るのは初めてだ。デイヴィッドは彼女の髪の分け目に唇をおしあてると、ブランケットで体を包んでやり、お茶を淹《い》れる。デイヴィッドは太陽が顔を出すまで一緒に起きていて、それから、デイヴィッドはローラが風呂に入って着がえるのを手伝う。


診療所の待合室には病人がひしめきあっている。空気からしていやにねっとりとしていて、病気のもとをたっぷり含んでいるようだ。二人は予約した時間から一時間以上待たされ、やっと看護師に名前を呼ばれると、ローラは気丈そうに顎を上げて、一人で診察室に入ると言い張る。

十五分もしないうちに診察室から出てくる。黄色の薄い紙切れを手に、呆然としている。「あの女医さん、処方箋不要の抗ヒスタミン薬を飲めって」そう言いながら、歩みを緩めようともしないですたすたとデイヴィッドの前を通り過ぎ、出口に向かう。「掻くなってさ」

「考えられる痒みの原因とか、教えてくれなかった?」

「手がかり一つくれなかったわよ」

ほんの一瞬、二人は怒りを共有して心を一つにするが、つかのまの同盟はすぐに解消される。ローラは新しく頭のてっぺんにできた傷を掻いて、二十五セント硬貨大のつるりとしたかさぶたをむしりとる。かさぶたはぶあつい鱗《うろこ》のようで、フケに縁取られている。「ほんとにあなたはどこも咬まれてない？」彼女はデイヴィッドに訊く。「すごく小さいのもなし？　それっておかしいよね。あたしたち、なんでもシェアしてるのに。なんであたしだけが狙われてあなたは狙われないのかな？」

この一週間のあいだ、デイヴィッドは何度となく、むず痒いような感じが皮膚を伝っていく錯覚をおぼえていた。でもそこを掻かないで指のはらでそっと押さえていると、痒みはまぼろしの世界へと引き返していって、何も感じなくなった。

「さあ」と彼は言う。「ごめんよ、ハニー」

「なぜ謝るの？」彼女がはねつけるように言う。「どうしてあなたが悪いのよ？」

「ただその――ぼくもちゃんと一緒に戦ってるってこと、知っててほしくて」

「あら、もちろん」と彼女は言い、血の滲んだティッシュで洟をかむ。「わかってます」

火曜日、デイヴィッドはいつものように仕事に出かけ、二日前に時間の無駄と切り捨てたはずのグーグルでのリサーチに数時間を費やす。帰宅すると、ローラが拡大鏡を使って腕を見つめながら、綿棒を小さな傷口につっこんでいる。彼のほうを見ようともしないで、血眼になって何かを探っている。「何かいるのよ、ここに。何か……ちっちゃい……白い……ぼんやりしたものが」

デイヴィッドは彼女のそばまでいって、おそるおそる見下ろす。「何してるんだ？」

ローラが綿棒をみみず腫れに押しこむと、周辺からぶくぶくと血が噴き出る。やがて彼女は勝ちほこったように綿棒を掲げてみせる。「ほら！」と叫ぶ。「見える？」

血まみれの綿棒の頭の先のほうに、白っぽくて光沢のある、ごく小さな点のようなものが見えるような気がする。デイヴィッドは目を細めて、形を見分けようとする――虫？　卵？　繊維？

ローラは綿棒をじっと見つめる。「やだうそ、まだ動いてる。なんだかわかる？　あたし、記事で読んだことあるんだ。ウマバエってやつよ。人の体のなかに卵を産みつけるの。ちょっとした切り傷とか火傷《やけど》とかにね。その卵が孵《かえ》って、蛆になって、皮膚の下に潜りこむんだって。あるいは、幼虫が入ってくることもある。汚い水で泳いだりすると体内に潜りこんできちゃうのね……とにかく、寄生虫みたいなもの。あなただけなんともなかったのも、どこを探してもなんにも見つけられなかったのも、これで説明がついた。こいつ、アパートのなかに隠れてたんじゃないの。ずっとあたしのなかに隠れてたのよ」

「ぞっとするな」

「ほんと！」ローラは言うが、ぞっとしているようには聞こえない。むしろ、ほっとしているようだ。彼女の気持ちはわかる――とうとう答えらしきものを見つけたのだ――でもデイヴィッドは、その安心を共有することができない。拡大鏡を使って見ても、彼にはそれが小さな白い点にしか見えないから。

ローラはミステリアスないきものをさらに四匹ほじくりだし、小ぶりのジップロックに入れて冷蔵庫のオレンジジュースの隣に保管する。あいかわらず医者にかかる金がないと言い張りながら、食料品店で妙なにおいのする民間療法の薬の材料をどっさり買いこんでくる——ココナッツオイル、にんにく、アップルサイダー・ヴィネガー。調合した薬を慎重にティースプーンで量って飲み、そのほかには飲み物も食べ物もいっさい口にしようとしない。寄生虫は糖分を餌にするの、ローラはデイヴィッドに説明する。こうやって摂生することで、やつらを飢え死にさせるってわけ。

デイヴィッドにはローラが下した診断も治療法も信じることができない——だが少なくとも、彼女の目は前より明るくなったし、いくらか潑剌としてもきたし、いちばん新しい搔き傷は消えかかってきた。何回か、皮膚とは関係のない話題についてちょっとした会話をすることだってできた。もしかしたらこの事件は、自分には理解できないまま過去のことになっていくのかもしれない。荒波のまっただなかで、不幸が小さな渦を巻いただけなのかもしれない。

ところがある晩、デイヴィッドは肌を搔きむしる音で目を覚ます。ローラの顔から彼女の手を払いのけようと腕を伸ばして触れると、指先からぬるりとしたものが垂れ落ちる。灯りをつけた瞬間、デイヴィッドはぎょっとしてのけぞる——ローラが眠っているあいだに目の下のかさぶたをむしりとって、彼女の顔の左半分が、つややかな赤い血のマスクに覆われていた。

喧嘩は何時間も続く。途中で夜が明け、デイヴィッドは体調が悪いから休むと職場に電話を入れる。ローラは叫びどおしで、しまいには声が出なくなる。デイヴィッドが壁にパンチを食らわせる。発端は、表計算ソフトのスプレッドシートだ。二人でサンフランシスコに越してきたときにデイヴィッドが作ったものだ。「デイヴィッドとローラの共同生活」というタイトルのスプレッドシートには、二人の共同の出費がすべて記録されている——家賃、車、食べ物、旅行。二人はそれらの出費をそれぞれの収入に見あった割合で月ごとに分けることになっている。エンジニアのデイヴィッドは、まだ厳密には契約社員のままのローラよりも稼ぎがいい。だからローラの負担分は十八パーセントで、残りの八十二パーセントはデイヴィッドが引き受ける。

血まみれの顔を拭ってやりながら、デイヴィッドはローラに言う。「医者にいかなきゃだめだ」

「そんなお金ないもん」

「まあ、スプレッドシートにつけておけばいいさ」とデイヴィッドは答える。

ローラは目をぐるっとまわす。

「なんだよ？」

「なんでも。ときどきそれにすっごくうんざりするってだけ」

「ごめん、力になろうとしたつもりなんだけど。何がいけなかったか教えてくれる？」

「訊いてもいいかな」とローラが言う。「あたしが死んだら、あなたは葬儀代の八十二パーセントをあのスプレッドシートにつけて、請求書をあたしの相続人に送りつけるわけ？」

デイヴィッドは答える。「こうして血まみれになってるのに、助けを求めるどころかまだ食ってかかろうってのかよ！」

するとローラが言う。「あのねえ、デイヴィッド？」——こうして、火蓋は切られた。

「愛しあってるなら、おたがいに面倒を見あうものなの」口論がピークに達すると、ローラが叫ぶ。

「ふつうはおたがいのために使ったお金を一ドル残らずスプレッドシートなんかに記録したりしないの。そんなものじゃないの！」

「だったらなんなんだよ？」デイヴィッドがどなり返す。「ぼくになんでもかんでも払わせたいってのか、そうすればきみはあのクソみたいな仕事を嫌いだ嫌いだって言いながら続けられるってわけか？」

「あなたにはそんなふうに見えてたの？　そんなふうに感じてるんなら、そりゃああたしに腹を立てるはずだわ！」

「どんなふうにも感じてなんかないよ！　ぼくはただ、きみにいくらか貢献してほしいって頼むのがそんなに行き過ぎたことだとは――」

「あっそう。どんなふうにも感じてないんだ。それはそれは公平ね、デイヴィッド、ありがとう」

「もちろん感じてるよ。ただ――」

「あなたの問題はね」とローラが言う。「ほんとの意味で、あたしたちの関係に投資してないってこと。あなたはいつだって及び腰、あなたは――」

「おい冗談だろ。ぼくは投資――」

「そう、あなたは投資してる！　きっかり八十二パーセント分の投資をね。気にしないでいられるって思う？　あなたが支払いをして、一セントも漏らさず記録してるんだってこと」

「自分の金の出入りを記録しちゃいけないのか？」

ローラは怒りにまかせ、言葉を投げつけてやろうとするみたいに頭をぶんぶん振る。「そういう問題じゃないの。そうじゃなくて――人の愛し方がわかってるかどうかってこと！」

しばらく沈黙があって、やがてデイヴィッドがローラの言葉をくりかえす。「ぼくには人の愛し方がわかってない、そういうことか？」

「そうよ」ローラはそう言って、子供みたいに口をへの字にする。「あなたはわかってない」

そのときふと、天の恵みのような一瞬が訪れて、喧嘩の終わりを知らせる。ローラのしかめっつらがわずかに揺らぐ。彼女はなんてばかみたいなことをしてるんだろうと気づく。そしてデイヴィッドは、彼女がそう思っていることに気づく。

「おかしいな」デイヴィッドは落ち着いた声で言う。「ぼくはずっときみのことを愛していたって、てっきりそう思いこんでたんだけど」

「さあね」とローラは言う。さりげなく、演技モードに入っていく。「うまくやれてなかったわよ」

「ほんとに？」

「だいたいはね。そう」

「きみの誕生日のときも？」

「誕生日は、まずまずだったかな」

「じゃあぼくは何をしたらいい？　教えて。本気で頼んでるんだよ」

「あなたは何もしなくていいの。ただこう言えばいいの、『ローラ。愛してる。大丈夫だから』」

「ローラ」デイヴィッドはそう言って、彼女の手を取る。「愛してる。大丈夫だから」

ローラがソファでうとうとしているあいだに、デイヴィッドは自分のかかりつけ医に連絡をしてアポを取る。受付に緊急事態だと告げ、なんとかその日の午後に予約を入れてもらう。ローラが起きると、予約を取ったことを告げる。彼女に文句を言う間も与えずに説きふせる。「お願いだからそうさせてくれ、いいね？」

医師は年配の男性で、両耳から煙みたいにもやもやした毛が飛び出している。デイヴィッドが腕をローラの体にまわし、診療室に一緒に入ってもいいかと訊ねても、医師は反対しない。

ドクター・ランシングはローラの頬の皮膚がめくれているのを見て、喉の奥から心配そうな声をもらし、順番にみみず腫れを見せるように言う。ローラはひとつひとつ腫れを見せて、ドクターに優しく質問されるたび、一生懸命に答える。話しおえると、彼女はハンドバッグのなかに手を伸ばして小さなジップロックを取り出し、ドクターにウマバエの寄生についての持論と、自分が発見した証拠のことを話しはじめる。

すると奇妙なことが起こる。ドクターはまるですっかり関心を失ったかのように、急にしらけた表情になる。ドクターはジップロックを受け取ると、ろくに調べもせず一瞥しただけで、すぐ袋をくちゃくちゃにしてテーブルの上に置く。

「痒みはさておき、最近気分はどうですか？」ドクター・ランシングはローラに訊く。

ローラは肩をすくめて答える。「いいですけど」

そんなの嘘だ——でもデイヴィッドは黙っている。ドクター・ランシングはさらに訊く。「ここ数カ月、どんな調子でしたか？　精神面で」

ローラはふたたび肩をすくめる。「問題なかったと思います」

「睡眠はどうです？」

「よく眠れません。ひっきりなしに掻いちゃうから」ローラが答えると同時に、デイヴィッドが口を開く。「ロー！　いい加減にしろって！」

ローラとドクター・ランシングは驚いて、いっせいにデイヴィッドのほうを向く。ローラの警告するような目つきに気づいても、デイヴィッドは続ける。「その、べつにぼくは――痒みはひどかったさ、わかってる。だけど、なあ、それより前からよく眠れてなかったろ？　仕事のストレスのせいだって言ってたよな――それに、引っ越して以来、いろいろきついことばっかりだったんじゃないか？」

ローラが話を引き継いで先を続けてくれるのを待つが、彼女は何も言わない。だからデイヴィッドはドクターに洗いざらいぶちまける。まるで自分のことのようにむきになって。心のどこかでは、たしかにこの問題を自分のことのように感じている。話しおえると、ローラが完全に裏切られたような表情を浮かべているのに気づく。

そこでようやく、自分が取り返しのつかないことをしてしまったことを悟る――手を差しのべようとして、なんの断りもなくローラの弱さをさらけだしてしまった。彼女の秘密を勝手に暴露して、赤の他人に彼女の症状は思いすごしだと判断する材料を与えてしまった。

ドクターが言う。「ローラ、どうかな、もしよければ、きみの苦痛の根本にある原因を和らげる薬を処方したいと思うんだが。どうやら何カ月も、かなりのプレッシャーにさらされてきたようだね。気分が改善されれば、驚くほどすんなりと皮膚のトラブルも解決するよ」

デイヴィッドはあわてて過ちを埋め合わせようとする。「でも、実際の痒みはどうなんですか？　何か治療法は？　もし先生のほうで思いつかなければ、皮膚科医へ紹介状を書いてくれるのが筋じゃないかと思うんですけど」彼はローラのほうを向いて同意を求める。「そうだよな？」

だがローラはすっかり疲れはてた様子で、戦う意欲はもう湧いてこないようだ。傷のある顔は失望に曇り、うつろな表情が浮かんでいる。彼女は言う。「安定剤でよくなるっていうなら、試します。なんでもおっしゃるとおりにします」

ドクターは処方箋を書き、デイヴィッドは言葉を失ったまま、ローラのあとについて診察室を出る。罪悪感がこみあげてくる。「ハニー、ちょっとここで待っててくれる？」そう言うと急いで診察室に戻る。ドクター・ランシングはカルテを仕上げている。

「デイヴィッドか？」

「すみません――ちょっとその。聞いてください。なんだか先生を誤解させてしまったみたいで。ローラは頭がどうかしてるわけじゃないんです。ここのところストレスで参ってた、それはほんとです。でもそれにはちゃんとした理由があるんです。仕事とか引っ越しとか、もしかしたらぼくがちゃんと支えてやれてなかったのかもしれない。それに――彼女がほんとうに痒みを感じてるんだって言うんなら、彼女を信用してやるべきなんじゃないでしょうか。何が言いたいかというと、そういうことです。それだけ」

ドクター・ランシングは深い皺が刻まれた額をさする。「きみが心配なのはわかる」と口を開く。

「わかってるよ。だが、ひとつ訊いてもいいか」診察台からローラのジップロックを取り上げ、デイヴィッドに手渡す。「これをどう思う？」

デイヴィッドはくしゃくしゃになった袋を見下ろす。「これ……は彼女が……見つけたものです。掻きむしったところから」

「きみはそのなかに何があると思う？」

「卵とか？　幼虫？　あんまり小さいんでぼくには見えないけど。でもこいつが見つかったから彼女は検査を受けにきたんですよ！」

「小さすぎてきみには見えない」ドクターがくりかえす。「でもローラには見える。ローラは何かが見えると思っている。きみは確信が持てないが、ローラのほうはちゃんと見えていると思っている」

デイヴィッドは何も言わない。ドクターがどこに話をもっていこうとしているかはわかっている。そこに連れていかれたくない。ドクター・ランシングは続ける。「ただのストレスじゃない。だが寄生虫でもない。いわゆる〝マッチ箱徴候〟の典型的な例だ。患者がマッチの空き箱を使っていた時代の名残で、今でもそう呼ばれているんだ。彼らは何も入っていないマッチ箱をもってきて、皮膚の下に何かが寄生している証拠を見つけたと訴える。今じゃビニール袋とか、タッパーに入れてな。携帯で写真を撮ってくることもある。でも中身はおなじだ。かさぶたのかけら。埃や糸くず。どれも小さくてほとんど目に見えない。それが見えているのは患者だけだ。患者は全神経を自分の肉体に向け、皮膚を裂き、そこにはあるはずのない証拠を探しあててくる」

デイヴィッドは拳に力を入れて袋を握りつぶす。こんなふうに唐突に、だまし討ちみたいに種明かしをするなんてフェアじゃない。ローラはあんなに必死になって自分の体に何が起こっているのかを探りあてたというのに、その努力そのものが、彼女が正気を失っている証拠だったっていうのか。「先生」デイヴィッドは言う。「もしぼくだったら。もしぼくが先生に痒みを訴えたとしたら。それでもやっぱり取り合ってくれないんですか?」

ドクターは口の端を下げ、しぶい顔つきになる。「いいか、わたしが言おうとしてるのはそこなんだよ。取り合ってないんじゃない。寄生虫はローラの妄想かもしれないが、彼女の感じている苦痛は現実のものだ。寄生虫妄想症は鬱状態の症状の一つだが、精神疾患の初期徴候の場合もある――そういう場合、治療するのは易しいことじゃない。患者がすんなり同意してくれることはまずないからな。今なら、ローラは必要な治療を受け入れようとしている。彼女を愛しているなら、それを邪魔するんじゃない。お願いだ」

そういうわけで、ローラは投薬治療を始める。抗鬱剤と、紹介された精神科医が「軽い」向精神薬と言ったものを併せて飲みはじめる。断食療法とおなじで、いくらか効果は上がる。やっと睡眠が取れるようになる。しかし、最初は八時間の睡眠が、九時間、十時間になり、さらに午後に長い昼寝をするようになる。デイヴィッドが仕事から帰ってくると、ローションがしみついたソファで寝入っていることも珍しくない。体重が増え、美しい黒髪は薄くなっていく。だけどもう前みたいに肌を掻きむしることはなくなり、顔の傷もふさがってくる。まだときどき蕁麻疹《じんましん》は出る――デイヴィッドはいまだについそれを〝咬み傷〟と思ってしまう――しかしローラは掻きたい衝動をこらえ、そのうち一日か二日もすれば、発疹は萎《しぼ》んで薄くなっていく。もう十分だ、彼女は治った、デイヴィッドは思う。だけどときおり、ソファにうつろな目をした動きのとろい女が坐っているのを見ると、自分が愛した相手を奪ったそいつを、憎んでしまいそうになる。

二人は波風の一つも立たない静かな日々を過ごすようになる。これが新しい日常なのかもしれない。すべてはこのまま続いていくのかもしれない。デイヴィッドはそんな可能性を突きつけられる。夜更けに、ローラが眠っている傍らで、彼はついつい寄生虫がいるという発想を蒸し返してしまう。不幸よりも、ずっと実体のあるもの。考えてみればたしかに、ローラはただ塞ぎがちだというだけでなく、何か根本的なものを失ってしまったみたいに見える。もしも彼女がほんとうに珍しい寄生虫に侵されているのだとしたら？　自分が最悪のタイミングで暴走したせいで、ドクターが誤って彼女を心の病の範疇《はんちゅう》に放りこんで、薬漬けにして痛みに黙って耐えさせているのだとしたら？

そんなふうに仮定してみても救いなど見つからないのだが、とらわれたが最後、その考えを頭から追い払うことができなくなる。ぼくはローラを愛している。ほんとうのローラを。初めてバーで見かけたとき、ビールをひっかぶってずぶ濡れになっていた、ぞくぞくするようなじゃじゃ馬を。でも今のローラは――デイヴィッドは最後に彼女が赤い口紅をつけていたのがいつだったかもう思い出せない――今のローラは、いつでも注意深く身なりを整えている。内面の混乱が透けて見えてしまわないようにと。

ある朝、デイヴィッドは彼女と一緒にソファに坐る。彼女のお気に入りのブランケットをもってきて、お茶を淹れてやる。具合はどうかと訊ねると、彼女はいつもとおなじ返事をする――「いいわ」けれど、白目は黄色く濁っているし、小鼻には灼《や》かれたみたいな赤い縁どりができている。

「考えてたんだけど」デイヴィッドは彼女の隣に腰を落ち着けてから言う。「きみのことが心配なんだ。もしかしたら、もう少し時間をかけて調べてみてもよかったんじゃないかって。きみの体に何か異常があるってことを。その、きみの皮膚に」

「かもね」

ローラはカップの底を見つめて思いに沈み、ゆっくりと口を開く。「あたしもときどき考える」

「デパコートが効いてることはわかってる。でも、ほかにも何か原因があるのかもしれない」

「べつに害はないだろ、セカンド・オピニオンを聞いてみたって?」

「ほかの精神科医にってこと?」

「皮膚科医に診てもらうのはどうかなって。優秀な皮膚科医に」彼は書類入れを開き、几帳面に整理した書類の束を見せる――査読付き論文を掲載している医学専門誌の記事を、職場でプリントアウトしてきたものだ。「実例がたくさんあるんだ。ほんものの、つまり身体的な意味でほんものの皮膚疾患が、ずっと心因性の問題だって誤診されてきたって証拠が。とくに女性患者に多い。ドクター・ランシングはじいさんだ。あの年代はなんでもかんでも心の問題で片付けちゃうから。線維筋痛症とか、慢性疲労症候群なんかがいい例だ。もしほんとうの答えを知りたいなら、いい医者にかからなきゃだめだ。ただいいってだけじゃない。最高の医者にだ」

「お金がかかりそう」とローラが言う。

「ローラ。かまうもんか」

ふいに彼女の目が輝き、口もとに懐かしい笑みが浮かぶ。「スプレッドシートにつけておけばいっか」

「スプレッドシートなんてクソくらえだ」と彼は言う。「ローラ。愛してる。ぼくがちゃんと面倒を見るから。大丈夫だ」


二人はウィンドウを下ろしてドライヴし、デイヴィッドが見つけた新しい医者に会いに出かける。冷たい風が吹き抜けていくなか、一緒に計画をおさらいする。今度は証拠の入った袋を持ちこまないと決めていた（それはまだ冷蔵庫のなかに生きたまま放置されている）。それから彼女が飲んでいる薬のことも、直接訊ねられないかぎりは言わないでおくことにした。今回は白紙の状態で診てもらいたい。どんな疑いも持たれたくない。前回はローラがジップロックを取り出し、デイヴィッドが彼女のストレスを持ち出して、うっかり隙をみせてしまった。彼女は初めからやり直すのだ――ほかはいたって健康です。ただ痒いだけなんです。

新しい皮膚科医のオフィスは広々としていて、パステルカラーの内装で、ほっとするような清潔なにおいがする。デイヴィッドは診察室に一緒に入ると申し出るが、ドクター・ランシングよりもずっとプロフェッショナルな女性医師は、ローラと二人で話させてほしいと断る。二十分、三十分、四十五分が過ぎ、とうとうローラが診察室から出てくると、デイヴィッドは椅子から飛び上がるようにして駆け寄る。

「なんて言ってた？」

「蕁麻疹とかストレスとかいろいろ。薬のことしつこく訊かれたから、デパコートを飲んでるって言ったの。話すんじゃなかった。あなたのいうとおり、それを聞いて心変わりするのがありありとわかった。手のひらを返すみたいに。傷痕に使うケミカル・ピーリング剤をくれたわ」

デイヴィッドはがっかりして頭を振る。だけど、今度はローラが彼を慰める役だ。「険しい道のりだってわかってたでしょ。まだまだほんのスタートじゃない」

そのとおりだ。二人は診断が難しい病気の患者や支援者たちのオンライン・ネットワークに加わって、十二ページにわたる理解のある医師のリストを手に入れていた。きっと答えを見つける。たとえ一生かかろうとも。デイヴィッドはそう信じている。ローラの目を見て、口紅を塗ったまぶしい笑顔を見て、彼女も信じていることがわかる。

これまで何度となくこの場面を想像してきたけれど、まさかこんな場所で実現するとは思っていなかった——診療所のくすんだ駐車場、雲が駆け抜ける曇り空の下なんかで。でもいったんその言葉が喉元にこみあげてくると、もう押しとどめることはできない。とどめておきたくもない——

「ローラ」とデイヴィッドは言う。「結婚しよう」

一週間後、二人は裁判所で結婚する。誰にも報《しら》せずに——おたがいの両親にも、サンフランシスコの知り合いにも、ニューヨークの友達にも。ローラは新しいドレスを買う。むかしのものはどれもサイズが合わなくなっていたから。ヴィンテージのきれいな帽子を見つけて、小さなヴェールを縫いつける。裁判所に居合わせたもう一組の駆け落ちカップルに証人になってもらい、通りがかりの人にシャッターを頼んでポーズを取り、何枚か写真を撮ってもらう。写真を見て、ローラは少し悲しそうな顔をする。デイヴィッドにはその理由がわかっている――この写真はマントルピースの上に飾られ、孫たちに褒めそやされることはないだろう。そこに写ったローラはぎくっとするほど青白く、ヴェール越しにも頬の上の生々しい傷痕がはっきりと見える。でも、またやり直せばいい。つぎはもっとうまくいく。それが重要なポイントだ。今の二人には果てしなくチャンスがある。おたがいを愛する方法を解き明かすチャンスが。答えを見つけるまで、一生ぶんの時間がある。

結婚の誓いをかわした夜、ローラの隣に横たわっているとき、デイヴィッドの目の前で一条の月明かりが彼女の腕を照らし出す。最初の咬み傷、すべての始まりだった傷はとっくのむかしに癒え、つやつやと膨らんだ筋になっている。目に見えないくらい小さいものが、こんなにも大きなダメージをひきおこすなんて信じられない――銃弾だって、これほどの痛みをもたらすことはないだろう。傷痕の三センチほど上に新しいみみず腫れができかけ、柔らかな肉が盛り上がっている。デイヴィッドは指先でなぞってみる。ローラの肌は冷たいのに、腫れた部分だけ温かく、ほとんど熱いくらいだ。さすってみた瞬間、指の下で何かが脈打つ。ひくつく瞼のような、時計の秒針のような、小刻みな震え。

デイヴィッドはすばやく手を引っこめる。二本の指先をこすりあわせて、妙に生々しい、不穏な感触を拭い去ろうとする。ただの錯覚であってくれ。しかし、視線は証拠を捉えつづける。腫れを覆うぴんと張った皮膚が形を変え、動く。その下に何かが潜んでいて、内側から皮膚に体当たりして、外に脱出しようとしているみたいに。

「ローラ」デイヴィッドはささやく。「ローラ、起きろ」だけど、彼女は深い眠りの底で薬が見せる夢に浸ったまま、目を覚まさない。彼が暗闇のなかで目を凝らすと、彼女の腕の皮膚が荒れる海面のように波打ちはじめる。やがて肉が円形に腫れ上がり、まんなかに針先で突いたほどの小さな黒い穴があく。透明な泡がじわじわ滲み出てきたかと思うと、突然真っ赤な血が噴き出す。何カ月もローラを食いものにしていた寄生虫が、とうとう肉を突き破ってにじり出てくる。

デイヴィッドはすかさずそれをつかまえる。しっかり握ってひっぱると、それは生きた紐のようにいきおいよく体をくねらせる。彼はローラの皮膚からそれを引き抜くと、ぴくぴくとひきつる湿ったものを、二人のあいだのシーツの上に放り投げる——ありえない、信じられないようなもの。

寄生虫はぴちゃっと音を立ててベッドの上で跳ね上がる。十五センチほどもある、瘤《こぶ》だらけのチューブ状の生白いいきもの。体を縁取るように生えている無数の脚が、慣れない大気にさらされた海藻みたいに、ぞわぞわ動きつづけている。これじゃマッチ箱には入りきらない。ジップロックだって突き破りそうだ。明日、ローラと二人でもういちど医者を訪れて、たしかな証拠を見せにいこう。ぶあついガラス瓶に入れて。ローラはずっと正しかった。そして、彼女を信じた自分も正しかった。もう少しで、あとほんの少しで、何もかも失うところだった。

もう安全だ。デイヴィッドは彼女のたった一人の理解者じゃなくなる。ローラの体内にはまだ孵化したての幼虫がうようよいるかもしれないけれど、やつらの母親は明日には息絶える。この先は医学がローラの味方について、寄生虫との戦いをサポートしてくれる。いずれローラは、自分の血を自分だけのものにできるだろう。きっと、むかしみたいにまぶしい、自由な、まっさらなローラに戻る日がくるだろう。

寄生虫がふいに身をよじり、ぴくぴくと痙攣しつづける。デイヴィッドがのぞきこむと、うしろあしで立つように頭をもたげ、その拍子に、視力のない腹を空かせた虫の脚が一本、彼の顔に触れる。取り押さえようとするが、すでに手遅れだ。そいつは彼の顔をまたたくまに這い上がると、眼球と骨のあいだの柔らかな肉に飛びついて潜りこみ、その瞬間、デイヴィッドの視界いっぱいに真っ白な痛みが炸裂する。

そいつの何千本もの脚が頬骨の内側でもぞもぞと動くのがわかる。頭蓋骨を引っ掻き、脳の端っこを撫でたり逆撫でたりする。やがてその感覚が遠のき、消えていく。するとそいつが入ってきたところが猛烈に痒くなってきて、目の下に蚊に刺されたほどの小さなみみず腫れがぷくっと浮き上がる。隣でローラが寝返りを打ち、うめき声をもらし、眠ったまま皮膚をぼりぼり掻く。デイヴィッドは彼女の隣に倒れこむ。そして愛する人の皮膚の下で生まれたモンスターは、血流に乗って身をくねらせながら、たしかな直感にしたがって、彼の心臓へと泳いでいく。

死の願望

Death Wish

まあ、ちょっと前の話になるけど。ボルティモアに住んでた頃だ。そんときの俺はめちゃくちゃ孤独だった。それがたった一つの理由だ。理由なんてもんがあったらの話だけど——無職で、知り合いの誰もかれもから逃れて大陸の向こう側に移って、週ぎめでモーテルの一室を借りて住んで、生活費はクレジットカードで賄って、「自分探し」をやろうとしてたんだ。それでもってまあ、ハイになったり四六時中飲んだり、一日十八時間寝るみたいな生活を送ってたってわけだ。

口をきく相手といえば〈ティンダー〉で出会った女の子たちくらいだった。それまでずっと部屋に引きこもって、飲んだりポルノを観たりテレビゲームをしてたんだけど、ある日ふと気づいたんだ。そういや、ここ一、二週間ばかり生身の人間と話してねえなって。一歩も外に出てないとか、ずっとおなじ服を着っぱなしだとか、宅配物以外のものを食ってないとかはもちろんだけどさ。で、〈ティンダー〉のプロフィールをスワイプしはじめた。ちょっとのあいだまともな人間らしい気分にさせてくれる女の子がいないかなって。相手が見つかると、バーで落ち合って一時間くらい話をしてから、部屋に呼んでファックした。おなじ女の子とまた会うってことはまずなかった。わざとじゃなくってさ。その手の出会いってのはそういうもんなんだよ。

そのできごとってのは、そういう女の子たちの一人と会ったときに起こったんだ。可愛い子だったよ——小柄で、ブロンドで、たぶん中西部かどっかの出だろうな。プロフィールを読んだら、俺とは何一つ共通点がなかった。べつにその子が悪いわけじゃない――そんときの俺は、誰とも共通点なんてなかったから。まだ離婚問題にもけりがついてなかったし、身内とはいっさい連絡を取ってなかった。二週間にいっぺんくらい兄貴と話すくらいで……てな具合だ。女の子といい仲になってる場合じゃなかったし、とにかく誰とも深くかかわらないようにしてたんだ。少なくともそのくらいの分別はあった。

で、その子とメッセージのやりとりをしながら、自分のことや、どんな暮らしをしてるかってことを教えた。突っ込んだことはなしでね。むこうがそこそこ乗り気っぽかったから、どっかで落ち合って一杯やんないかって誘った。彼女が酒は飲まないっていうんで、オーケイ、そんじゃ、甘いもんでもなんでもかまわないよ、って答えた。そしたら返事がきた。もしよければ、外で会うんじゃなくて部屋に行ってもいいかって。

〈ティンダー〉ではそんくらいド直球でくる奴がたまにいたね。しょっちゅうってわけじゃないが、でもいた。俺はそういうんでもべつに拒否んなかったけど、いつも心んなかではなんていうか、すげえ度胸だなおい、みたいな気がしたもんだ。だってさ、こっちは相手をレイプしたり殺したりするつもりなんてさらさらなかったけど、相手にどうしてそれがわかるってんだ？　もちろんそんなこと実際訊いてみるわけにもいかない。ただいつも不思議だったな。

そんなこんなで、その女の子が訪ねてくることになった。焦って片付けまわったよ。なんせ部屋はブタ小屋も同然、俺はそこに棲んでるブタ野郎ってありさまだったから。シャワーを浴びて髭を剃《そ》って、ごたごたしたものをクローゼットに押し込んで、とにかく毎日下着を取り替えてるちゃんとした奴って感じに見せないとって。いやほんと、〈ティンダー〉がなけりゃ、たぶんヤバい感染症にかかるまでうんこのこびりついたボクサーパンツを穿きつづけてただろうな。

ちょっとでもボロ隠しをしようってばたばたしてる最中、ドアにノックが響いた。のぞき穴から外を見たら、彼女だった。ほかに誰だって話だよな？　だけどそんときはちょっと偏執症《パラノイア》っぽい気《け》があってさ。たぶん薬《ヤク》をやりすぎてたせいだろうな。さてその女の子が来た。可愛らしい子だった。髪をチアリーダーみたいに頭のてっぺんにポニーテールにして、ぴちぴちのピンクのTシャツにジーンズを穿いてさ。やったぜ！って、見た瞬間に思った。だって、オンライン・マッチングにいるような女の子がいざ現実の世界に現れてみると、これがすげえ変身ぶりなんだ。近頃じゃフィルター加工なんかを使って、ほんものの魔法みたいなことができちゃうから。でも次の瞬間、彼女がスーツケースを持ってることに気づいた。そんなにでかいものじゃないけど――キャリーバッグっていうかな、ほら、飛行機に持ち込みできるような。へんだろ？

ドアを開けると、まっさきにスーツケースのことで冗談を言った。ワオ！　いったい何泊してくつもりだい？　彼女は笑った。いやマジで、何が入ってるんだ？　メイク道具かなんか？　彼女は秘密めかすみたいに微笑むと、ウィンクしながら言ったんだ。運が良ければ、あとでわかるかもね、って。

部屋に女の子を呼ぶと、いつもおなじような反応されたな。この人、ほんとにモーテルに住んでるんだ、ただ何日か滞在してるんじゃないんだ、ってびっくりされるんだ。いつだって前もって話してたのに――ちゃんと警告しといたのに――なかには自分の目で見るまで信じてなかったって子もいた。がんばって掃除しても、やっぱりどうしようもなく汚らしい部屋だってことは隠しようがなかった。相手がマジで引いてるみたいだったら、べつの場所に移動しようかって提案することにしてた。でも誰もそうしたいって言わなかったな。たぶん、ドン引きしたあとで可哀想になるんだろうな。

ところが例の女の子ときたらさ——部屋を見てなんか思ってたとしても、顔色ひとつ変えなかった。フライト・アテンダントみたいにスーツケースを後ろに転がしながら部屋に入ってくると、ベッドまですたすた歩いてって、ぴょんと飛び乗ったんだ——じゃ、やろっか！ってな感じで。しかも靴も脱がないで。俺の暮らしぶりがどんだけ最低かをならべたてといてこんなこと言うのは理不尽っちゃ理不尽なんだけど、土足でベッドにあがられたのがカチンときてさ。知り合ってたったの三十秒だぜ。そんでスーツケースを持ち込んでこぎたない靴を履いたままベッドにあがるって、いくらなんでもちょっと前のめりすぎないか？　靴そのものはまあ悪くはなかった——ケッズ、だったかな？——だけどずいぶんすり減ってて、片方の底には願わくば泥であってほしいけど、とにかくなんか茶色いもんがくっついてた。

たぶん俺の精神状態がまた違ってたら、なあ、ベッドにあがる前に靴を脱いでもらってもいいかな、とか言ってただろう。それでどうなるってわけじゃないんだ。だけど、そんときの俺にとっては、それこそが問題だった。つまり、ふつうの人間がやるような意思疎通ができないってことが。過剰反応だってことはわかってた——そもそもベッドカバーのほうがよっぽど不潔だったろう。寝つけないときはよく考えたもんだ。ブラックライトでこいつを照らしてみたら、クソだの血だの膿だの精液だのの筋が一面に走ってて、俺の肌にまで這い上がってるのが見えるんだろうなって。今思えば、そんなに気にしてたんなら、ドライクリーニングに出せばよかったのにって思うけど。でも出さなかった。俺はそういう暮らしを送ってたんだ。

まあいい、話を彼女に戻そう。彼女はベッドの上にいた。何か飲むかって訊ねてから、そういえば酒は飲まないんだって思い出した。彼女は水が欲しいって言った。氷は入れるかって訊いてから、そんなものないってことに気づいて、結局紙コップに注いだ生ぬるい水道水でがまんしてもらうことになった。まったく、やっちまったよな。でもあいかわらず彼女は涼しい顔をしてた。映画でも観るかって訊ねると、そうね、って答えた。だけどいかにもこんな感じの言い方だった――映画なんて観るわけないってわかってるでしょ。ごもっともだ。女の子だって、ちゃんと自分の欲しいものは心得てるさ。ネットで知り合ったまずまずの男とモーテルの部屋で行きずりのセックスをする、そういうのを求める子だっている。男と女がセックスに望むものがいかに違うかってぎゃあぎゃあ言い立てる奴がいるけど、そいつらは自分がなんの話をしてるかがわかってないんだと思うね。そりゃあ平均的な女は平均的な男よりちょっとばかし控えめなのかもしれない。だけど、平均値の山のずっと裾のほうでは、いつだってマジでめちゃくちゃクレイジーなことが起こってる。それが統計学ってもんだ、そうだろ？

そのうち俺たちはいちゃつきはじめて、だんだん燃えてきた。俺がコンドームに手を伸ばそうとすると、彼女が言った。「待って」

オーケイ、俺は思った。セックスはお望みじゃないのか。ただエッチの真似事がしたいだけなんだな。よくあることだった。正直、ぜんぜんかまわなかった。なまぬるいセックスごっこの最中に、かならず熱いフェラチオをしてくれるならさ。

ところが彼女はこう言った。「あたしのことで、知っておいてほしいことがあるの」

「なんだ？」

「つまり、あたし、すごく特殊な趣味があって。セックスについて。あたしがセックスを楽しめるのは、あなたがあたしの言うとおりのことを、ちゃんとあたしの気に入るようにやってくれた場合だけなんだ」

思い出してくれ。初めて会ってからそれまで、彼女はろくに話らしい話もしなかった。やっとまともに口をきいたと思ったらそれだ。ちょっと面食らったね。でも俺は言った。「そうか。いいよ。話してくれ」

彼女は言った。「あたしの願いを聞き入れて、言ったとおりのことをしてくれるって約束してほしい。あたしにとってすごく大切なことだから」

「だから、いいよ。もちろん尊重する。ただし具体的になんなのか教えてくれるまでは、約束はできないな」

まっとうな条件だよな？　ところが彼女はどうも気に食わなかったらしい。ごちゃごちゃ質問したりしないでとにかく言われたとおりにしますって約束しろ、とまあ、あきらかにそんな顔をするんだ。いくら可愛いって言ってもさ、勘弁してくれよ。

彼女は話しはじめた。テレフォン・セックスでもしてるみたいな、吐息まじりの低い声で、最高にホットでダーティなことでも提案するように。「一緒にシャワーを浴びたいの。そして、キスしたり抱き合ったり愛撫したりする。フツーのこと。で、しばらくしたら――ここがすごく大事なんだけど――出し抜けに、あたしの顔を全力で思いっきりパンチしてほしいの。あたしが倒れこんだら、お腹に蹴りを入れて。それからセックスする」

そんなこと言われたら、いったいどうする？　マジで教えてほしい。だって俺は、俺は笑っちゃったから。正面から彼女を笑い飛ばしたんだ。おかしかったからじゃなくて、ただ――なんでかもわかんないな。げらげら笑って相手が真顔のままでいるのに気づくと、目をぱちくりさせて彼女を見つめた。やがて彼女がゆっくりと口を開いた。「それが、あたしがしてほしいこと。あなたがあたしをパンチして、蹴りを入れて、そのあとでセックスする」

思ったね――ああこいつ、イッちゃってる奴だ。

あるいは、俺をからかってるんだ。

それとも、これはリアリティ番組かなんかの収録で、どう反応するか試されてるのかも。

だけど事を荒立てないでおこうと思って、こう言った。「悪いな、きみの願いは尊重するけど、そういうのはあんま好みじゃないな」

すると彼女が言った。「あなたの好みはどうでもいいんだって。これはあ̀た̀し̀の好みなんだから。セックスしたいんならそれをやってもらう必要があるの」

いや、最っ高に気まずかったね。彼女はじっとこっちを見て、俺が首を縦にふるのを待ってた。そんなことするわけないだろってていうんだ。なんて返せばいいのやら見当もつかなかったけど、彼女はヒントもくれない。けど、たとえばここで、そっか、そういうことならこれまでだな、そんじゃ、みたいなことを言うのはとんでもなく愚かなことのような気がした。で、とうとう言った。

「しばらくいちゃつきながら考えてみてもいいか？」

彼女がかまわないって言うんで、そうした。そのあいだずっと、脳みそは超高速で空回りしてた――だめだ、ぜったい無理だ。俺は行きずりの女の子にパンチを食らわすためにここにいるわけじゃない。いやいやいや、ありえない。この子はほんとは自分が何を頼んでんのかわかってないんだ。わかってるはずない。こんなちっちゃい体、たぶん五十キロもないだろう。こっちは見かけより力がある。もしも力いっぱい殴ったら、かなりの確率でこの子は死んじまうかもしれないんだ。もしこれが罠かなんかだとしても、たとえばサツに突き出してやるって脅迫する腹づもりだとか、あるいはこの子の彼氏が現れて恋人を救ってから俺をぶちのめすとか、つまり彼氏を興奮させるためのプレイをやらされてるんだとしても、それでもこの子は自分がしてることの意味もわからないまま、思いっきりパンチしろだなんて頼んでるんだ。

ところが、彼女が可愛くて、現にいちゃいちゃ絡みあってて、それがまんざらでもなかったもんだから、そのうち脳みそは、このばかげたリクエストがそこまでぶっ飛んだ考えじゃないって思えるような説明を探しはじめた。たぶんこの子は俺に注文した力加減が現実にどれだけのものかがわかってないだけで、基本的には自分の欲しいものがわかってるんだろう。ほら、パンチって言ってもいろいろ程度があるしな。彼女がしてほしいのは、マジに命を危険にさらしはしない程度のパンチなんだ。「全力で」なんて言っちゃったのは、たんなる言葉のあやってやつなんだ。この子は殴ってもらいたがってる。なぜならそれで興奮するから。考えてみれば、平手打ちされたり、ケツを叩かれたり、首を絞められるのが好きな女の子たちとそんなに変わらないかもな。その手のことならこれまでもやったことがある。大なり小なり、楽しめたしうまくいった。

たしかにこの子は倒錯してる。しかもぎょっとするような倒錯っぷりだ。いったいどこで覚えたんだか——まあ、想像がつかないことはない。ダークな可能性がいくらでもある。俺はそういう深みにはまるのはごめんだ。でもどんな理由があれ、彼女はそれにはまってしまったし、もうどうすることもできないんだ——足フェチとか、もっと言えば小児性愛みたいなものだ——人はかならずしも自分の欲望をコントロールできるわけじゃないんだ。コントロールできるのは、欲望にどう対応するかってことだけだ。彼女はじつにしっかりと自分の欲望に対処してる——相手にはっきりとそのことを告げ、三回デートしておたがいぞっこんになるのを待つなんてことはしないで、ずばっと直球を投げて、相手に選択させる。あえて自分を弱い立場に置いているとも言える。多くの人に色眼鏡で見られるかもしれないようなことを、自分の口から頼むんだから。まあ、妙に態度がでかいし頑固だけど、でもほんとは、この子は正直でオープンでストレートなんだ。ある意味、それは見上げたことなのかもしれない。

というわけで、俺は自分の胸に問うことになった——この子をパンチできるのか？　全力でじゃなく、ただこう……象徴的に？　そうすれば彼女はめちゃくちゃ興奮して、最高のセックスになるかもしれない。いいんじゃないか？　だけどまだどこか引っかかってた——どうかしてるだろ？　死に知らない男に会って思いっきりパンチしてくれって頼むなんて、いったいどういう人間だ？

たいと願ってる奴だ。パンチで欲情するなんて生理的に受けつけられないってことは置いといたとしても、死にたいって願ってる女の子とヤるなんて正気か？　そんなことしたら、俺はどうなっちまうんだ？

問題は、俺にもそんな願望があったってことだ。そうじゃないって言えればよかったんだけど。鬱っぽいもやもやしたもので頭がいっぱいで、そんな願望すら抱かなかったって。だけど、実際抱いてた。そういう願いを抱くたびただ……放置してた。俺の意識はすり減ったブレーキみたいになってて、彼女にパンチなんかしたくないのに、状況が勝手にどんどん加速してった。そう、彼女はめちゃくちゃだった。でもじつを言えば、〈ティンダー〉で出会った俺とこのモーテルの部屋でヤッちゃうような女の子はみんな、多少なりともめちゃくちゃだったんだ。いくらかでも自己防衛本能みたいなもんが働いてる女の子なら、一マイル離れたところからでも俺のにおいに気づいただろう。女の子だったらいずれにしたって、みんな嗅ぎつけられるんだろうよ。なかにはそのにおいに引き寄せられる子がいるってことだ。だってさ、ぶっちゃけ、彼女だって相手が不動産エージェントとか大学生の坊やとかだったら、パンチしてくれとは頼まないだろ。彼女は俺が自分の欲望を叶えてくれる奴だって嗅ぎつけたわけだよ。ドアを開けた瞬間に思ったんだろう。よし、こいつなら喜んであたしの顔面にパンチを食らわしてくれそうって。そんなふうに考えると――落ち着かなかった。でももっと落ち着かなかったのは、ことによると彼女が正しいってことだった。自覚してなくても、俺にもそういう願望があるのかもしれない。彼女に頼まれたことを実行してみれば、その願望を消し去るか、そんなものないってことを証明できるのかもしれない。

だからもういっぺん念押しで訊いてみた。「ほんとにそうしてほしいのか？」

彼女は答えた。「ほんとよ」

「抱き合って映画を観るだけじゃやなんだな？」

彼女はふふっと笑って、からかうみたいに言った。「何よ、怖がってるとか？」

まさか、と喉まで出かかったけれど、思い直した。なんでほんとのこと言っちゃいけない？　だからこう答えた。「ああ、そうだ。じつを言うと」

慰めるつもりか知らないけど、彼女は手のひらで俺の手を包んだ。「おかしなことだってわかってる」と彼女は言った。「怖がらせるつもりはないの」

「いきなりよしわかったよ、とは言えそうにないな」と俺は言った。「なんせ女の子の顔面にパンチを食らわすなんて、これまでやったことないから」

いや、女の子にかぎらず誰かの顔面にパンチを食らわしたことなんて一度だってない。でもそうは言わなかった。甘っちょろい奴と思われたくなかったんだ。

彼女は笑って、「経験不問よ！」と言った。「あなたの最初の相手になれて光栄だな」

そんなふうに笑いかけてくる彼女を見てると、思わずいろんな質問を浴びせかけたくなってきてさ。たとえば、いったいなんでこんなことするようになっちゃったんだいとか、出身はどこだとか、きょうだいはいるのかとか、仕事は何をしてるんだとか、人生でいちばん最初の記憶ってなんだいとか、好きな色はとか、おい、なあそういえば、あのスーツケースには何が入ってるんだとか。

だが何か言う前に、彼女は手をぎゅっと握ってきた。「なんにも心配しなくていいよ」と彼女は言った。「あなたならうまくやれるから。約束する」

「どういう意味だかわかんないけど」

「つまり、あなたを信頼してるってこと」と彼女は言って、俺の頬にキスをした。

本心か知らないけど、俺はそれを聞きたかったんだ。「わかった。ほんとにそれがきみの望みだって言うんなら、やるよ」

彼女はぱあっと顔を輝かせた。ったく、クリスマスツリーみたいにさ。もういちど俺にキスをすると、さっそくベッドから飛び降りてシャワールームをチェックしにいった。まあ、もう説明する必要もないと思うけど、ブランドもんの石鹸やらレインシャワーやらがあるリゾートホテルのバスルームなんかじゃない。こぎたないモーテルの一室についてるちゃちいシャワールームだ。壁にはカビが生えてて、天井にはどうやってそんなとこにって思うような怪しげな染みが広がってるんだ。心のどこかで、彼女がそれを見て心変わりしてくれないかなって思ってた。けど、ざんねん――彼女は蛇口をひねってすぐシャワーを浴びはじめた。

彼女の裸はみごとだったね。バスルームの安っぽい蛍光灯の下で見てもな――小柄で引き締まってて、モロ好みだ――なんてほれぼれしつつ、俺は彼女の体のどこかに青痣がないかどうか探ってた。ひょっとしたら彼女がパンチしてくれって頼んだのはこれで今週三人目だったりするんじゃないか？　でもどこにも痣はなかった。切り傷もない。いたってノーマルな女の子だった。

俺はシャワールームに入ると彼女にキスをした。彼女は跪いてちょっとだけ口でやってくれた。でも、これからやんなきゃいけないことのプレッシャーで、うまく反応しなかった。すぐにオーラルじゃだめそうだってわかったから、俺は言った。な、いちゃつくだけにしとこうぜ。で、そうしはじめたんだが、何分かすると彼女は俺から離れて体を洗いはじめた。俺の肩の向こうをじっと見つめて、まるでそこでなんかすんごいおもしろいことが起こってるみたいにさ。きっとこれが彼女のサインなんだろうな、と俺は思った。彼女は上の空。殴るんなら今よ、って。

だからパンチを放った。でもほんもののパンチじゃない。ごく軽い、きわめてお手柔らかなやつだ。拳で彼女の鼻をピンポーンってやるみたいにね。

どうかこれで勘弁してくれ、と俺は願った。

もちろんそうはいかない。彼女は一瞬、ばっかじゃないの、って顔をした。「真剣にやってくれないと困るの、ライアン。これのどこが『思いっきり』よ。本気のパンチをして。わかった？」

彼女はシャンプーをしはじめた。これで多少は時間が稼げる。でもなんだか、時計の針がチクタクいう音が聞こえてくるようだった。心はちぢみあがってたし、腕には力が入んなかったし、胸はしめつけられてるみたいに苦しかった。おふざけと現実のあいだに境界地帯があって、彼女を傷つけない地点じゃなく、彼女を満足させられる地点に着地しなきゃいけないわけだよ。あぶなっかしいくらい狭い着地点だ。計算が狂う可能性がめっちゃ高い。当然、頭のどっかからこんな声が聞こえてきた。おいおいやめとけって。こんなことに付き合うことないじゃんか。だけどまたべつのどっかでは、彼女が怖がらせてごめんって詫びたことを思い出してた。そんなことを頼んだからって、きみのことをおかしな奴だとは思わないって請けあってやったことを思い出してた。その約束を裏切りたくなかった。彼女がしてほしいと望むことをしてやれたらいいのにと思った、マジにさ。

なんともおかしなシチュエーションだった。彼女はこっちをを見つめ、ほとんど睨みつけるみたいになってく。ねえお願いだからさっさとやってよ、あたしの顔をぶん殴ればいいだけなの、ってな目つきだ。シャワーのお湯がだんだん冷たくなってきて、彼女は本気でムカつきはじめてるみたいだった。だけど、成功させるためには知らんぷりしてなきゃいけない。だから彼女は延々とシャンプーをしながら、何回も溜息をつくんだ。俺は拳を握りしめて、自分に檄《げき》を飛ばした。やれ、やれ、やるんだ――

そしてついにやった。腕をぐっとうしろに引いてから、彼女にパンチを放った、本気のやつだ。彼女は倒れた。倒れこみながら、芝居がかった長い悲鳴をあげた。「オウゥゥゥゥフ」鼻から血が出て、床にかぼそい線を描いた。ほんのちょっとだ。でもやっぱり血は血だ。

俺は彼女のそばにしゃがみこんだ。「うそだろおい、大丈夫か!?」

みるみる気分が悪くなった。焦って思ったね、やばい、この子が死んじまったらどうする？　逮捕、裁判、鎖に繋がれてよたよたムショに連れてかれる俺を見てお袋が泣く顔、いろんな想像が頭をよぎった。死体を始末しなきゃ、てなことまで考えた。だって、ほんとうのことを話したって、ぜったいに誰も信じてくれないだろ。

俺は脈をたしかめようと跪いた。すると彼女は目を開いた。まるで高校の演劇部の舞台で、台詞《せりふ》をド忘れしたろくでもない相手役でも睨むみたいな目つきさ。そしてひそひそ声で言った。「大丈夫だから。わかってるでしょうね、今度は蹴りよ」

んでまた目を閉じたんだけど、それがさ、俺はその瞬間、その女が憎らしくてたまらなくなったんだよな。彼女も俺のことが憎らしかったはずだ。彼女の考えてることが手に取るようにわかったね——彼女はずっと探してた。自分がはまりこんでるダークな世界についてきてくれるゲス男を。やっと見つけたと思ったら、こんなどうしようもない臆病者に行き当たっちゃったんだ。わけがわかんなくなってて彼女をきっぱり追い出すこともできないし、おまけにいざとなるとびびっちゃって、やるって言ったこともまともにできないような男に。

蹴りのことまでは考えてなかった。パンチのことでいっぱいいっぱいだったから。だけどいざその段になると、そっちのほうがよっぽど厄介だった。彼女が無防備に目をつぶって横たわって、身を守るように、腹んなかの赤ん坊みたいに丸くなってるところに蹴りを入れるんだ。すでにダウンしてる奴に追い討ちで蹴りを入れるのは卑怯だって、そんな諺《ことわざ》さえあるくらいなのにさ。モーテルのカビ臭い冷たいシャワーの下で彼女を見下ろしながら、どうにか足を動かそうとしたけど、だめだった。どうしてもできなかった。だけどやらなきゃ終わりにできない。どこかにべつの世界があって、べつヴァージョンの俺がいるとしたら、彼女を助け起こしてタオルでくるんでやって声をかけてやったかもしれない。「ハニー、望みは尊重したいけど、きみはもっと価値のある人間なんだ、俺もきみも」とかなんとか空々しいことを。だけどもしその世界に生きてたら、彼女はここにいないはずだし、そもそも俺はこんなモーテルに棲みついてなんていないだろう。少なくとも、その世界の俺はベッドカバーをドライクリーニングに出しただろうし、彼女にベッドに靴を履いたままあがらないでくれってはっきり言っただろう。そこはちゃんと筋道の通った世界なんだ。でも今この世界にいる俺は、その女の子を見下ろしながら思ってた——ワーオ、やってくれるじゃないか、お嬢さん。自分の人生がクソみたいなもんだってことはわかってたけど、きみが現れてはじめて、正真正銘のクソだってことを思い知ったよ。

回復プログラムでは、みんなが人生のどん底で経験したことを話し合うんだけど、そんときがどん底だったって言えたらなと思う。素っ裸で倒れてる女の子を見下ろして、その腹に蹴りを入れようとしてたとき。責任感と無力感がないまぜになったあのとき――あの子を見下ろしながら、はっきりと悟ったんだ。俺は誰のことも責められない。この人生をコントロールできないところまで追いやったのはこの自分なんだ。これまで自分がやってきたことが原因で、ここに至った。自分のしてきたすべての選択が、俺をこの場所に、こんなことに導いたんだ。

だけど、それがほんとにどん底だったんなら、変えることもできたはずだよな？　悟りを得たんなら、何かが変わったはずだ。俺はどうにかして救われたはずだ。でもそうはならなかった。むしろいっそうみじめな気持ちになっただけだった。

というわけでついに、俺はやった。彼女の腹に蹴りを入れたんだ、言われたとおりにね。そんときはじめて、なんでシャワーを浴びながらじゃなきゃいけないのかがわかった。彼女は吐いた。オートミールみたいな薄茶色のゲロが口から流れ出して、水とまじりあって、俺の足首に絡みついた。その瞬間の記憶はぶっ壊れたテレビの画面みたいにぷつぷつ途切れてるんだけど、とにかく想像してたよりずっとひどかった。すげえ、すげえ、すんげえ最悪だった。

彼女はそのあと、ろくに汚れを洗い流そうともしなかった。石鹸なんて見向きもしないで、ベッドに行って手招きをした。俺の頭んなかで聞こえてた小さな声は、ほとんど絶叫みたいになってた

――ライアン、やめろ、だめだ、やめるんだ、お願いだ。でもやめなかった。俺は彼女とファックした、例のモーテルの備え付けのベッドカバーの上で。ゲロのにおいを嗅がないように、息を止めたまま。彼女の鼻のなかから上唇にかけて、血が固まってこびりついてた。そんな最悪の光景、見たことなかったよ。

どうかな。

自分が置かれてた状況を思い出そうとすると、人生のあの時点に立ち返って、どうして自分がそこに至ったのか、あのパンチ、あのベッド、あの女の子に至ったのかを紐解こうとすると――わかんなくなるんだ。どっかでまずい決断をして、それがべつのまずい決断につながったってことはわかる。でも、あそこに至るまで何があったのか、すべて思い出すことはできないんだ。想像するに、曲線をたどっていくようなもんで、少しずつ下へ下へ降りていって、そのうち世間の視界から外れて、見えない存在になって、しばらくたって曲線が上向いて陽の当たるとこに戻ってきたときには、そのあいだに起こったことがすっぽり抜け落ちてる、みたいなことなのかもしれない。だってさ、最悪だったのはあの子をパンチしたことでもなければ、そのあとでファックしたことでもないし、終わったあとでトイレで膝をついて便器に吐いたことでもないんだ。何よりも最悪だったのは、そのあとだった。ことが終わって、彼女が出てって、ひとりになったとき味わった、あの気分だった。

結局、あのスーツケースの中身はわからずじまいさ。大人のオモチャとかランジェリーだったのかもな。フェティッシュな拘束具だったのかもしれないし、ボクシングのグローブだったのかもしれない。それとも、爆弾だったのかもしれない。イカれた野郎がいて、あの部屋に行って男にパンチしてくれって頼んでこい、言うとおりにしないとおまえも男も吹っ飛ばしてあの世ゆきにしてやる、なんて脅されてたとか。あるいは空っぽだったのかもしれない。それとも彼女はホームレスで、あんなかには持ち物が一切合切入ってたのかもしれない。彼女はそのあとすぐに〈ティンダー〉のマッチングから俺を外した――それが超速攻だったから、モーテルの駐車場で外したに違いないって思ったね――というわけだから、死ぬまで知ることはないんだ。

彼女はどう考えてもいろんな問題を抱えてる女の子だった。俺たちはどっちも問題を抱えてた。でも正直言って、それまで会ったなかで俺と張り合えるぐらいヤバかった奴は、間違いなくあの子だけだったね。ってことは、俺たちには少なくとも一つは共通点があったのかもな。

そんなことがあってからまもなく、兄貴がボルティモアにやってきていろいろ世話を焼いてくれた。離婚が成立して、そのうち仕事にも就いて街から出て、ときどき回復プログラムのミーティングに顔を出すようになった。まあ、いちどだって身を入れたことはなかったけどな。人生がやっと上向きになりはじめたのは、また自分のことを筋道立てて考えられるようになってからだ。自分の決断をグラフに書き表すことができるようになった。まずい選択をしたとしても、その理由をちゃんと説明できるようになった――俺がxをしたのは、yが原因だ、って。

もう何年にもなるけど、いまだにあの子のことを思い出すよ。ジャクリーン、それが彼女の名前だ。彼女のことを思い出しては、彼女はいったいなんであんなことになったんだろう、あのスーツケースのなかには何が入ってたんだろう、今なにしてんだろうって考えるんだ。そして結局、いつもおなじとこにたどりつく。つまり、彼女は死んでるにちがいないって。彼女の話しぶり、自分がしてほしいことをじつに丁寧に説明してた様子からして、ああやって殴ってくれって頼んだのは俺が初めてじゃないはずだ。間違いないね。とすれば、そういう決断の行き着く先はおのずと知れてくる。xを入れれば、yになるんだ。モーテルで行きずりの男に会ってパンチしてくれって頼むようなこと続けてたら、遅かれ早かれ死んじまうんじゃないのか？

でもどうだろう。

そうでもないのかな。

いいやつ

The Good Guy

三十五歳になる頃には、テッドは彼のペニスがナイフで、相手の女がそのナイフで彼女自身をめった刺しにしている、というシチュエーションを演じながらでなければ、勃起することも、それを維持してセックスをやりとげることもできなくなっていた。

シリアルキラー的な気があるとかそういうことではない。妄想であれ現実であれ、テッドは血に関してエロティックな興奮を覚えたことはない。それにそのシナリオで重要なのは、相手の女がすすんで刺されている、という点だ。女は彼をどうしようもなく欲しがっている。取りつかれたように彼のペニスを求めるあまり、みずからをそれで刺しつらぬかないではいられなくなる。たとえそれがどんな苦痛をもたらそうとも。積極的に動くのは、あくまで女のほうだ。女が自分に馬乗りになってのたうちまわっているあいだ、テッドはただ横たわって、相手がうめき声をもらしたり顔をひきつらせたりするのは、悦びと痛みの板挟みになって悶絶しているしるしなのだと思い込もうとする。

褒められたことでないのはわかっている。彼が脳内でくりひろげる妄想は、表面的には相手に何かを強要するようなものではないけれど、それでも根本にある攻撃的なテーマを看過することはできないだろう。それに、相手の女性との関係が冷えていくにつれ、彼がますますその妄想なしではいられなくなるというのも穏やかでない。二十代のあいだは、女と手を切るのはそう骨の折れることではなかった。誰と付き合ってももって数カ月だったし、彼が真剣な付き合いは求めていないと告げれば、相手はそれを額面通りに受け取ってくれた——少なくとも、事前にそうはっきり告げていたわけだから、最終的にそれが本心だとわかっても、彼を不実なやつだと責めることはできないと考えたようだ。ところが三十代になると、この戦略が功を奏さなくなった。たいていの場合、最後の別ればなしのつもりで女性たちと話し合いをしても、しばらくすると彼女たちからメッセージが送られてきた——あなたが恋しい、わたしたちの関係がどうなっちゃったのかいまだにうまくのみこめない、話がしたい。

というわけで、三十六歳の誕生日を二週間後に控えた十一月のある晩、テッドはテーブルで泣きじゃくる女性と向き合っていた。彼女の名前はアンジェラ。仕事は不動産エージェントで、美人で垢抜けている。きらきらしたシャンデリアのようなイヤリングをつけ、髪には高そうなカラーリングが施してある。過去数年間に付き合ってきた女たちとおなじくアンジェラも、客観的に見ればどう考えてもテッドにはもったいないような相手だ。彼よりも五センチ背が高いし、持ち家もある。最高においしいクラムソースのフェットチーネが作れるし、エッセンシャル・オイルを使った背中のマッサージだって得意だ（きっと人生が一変しちゃうわよ、と彼女は言ったが、ほんとにそのとおりだった）。テッドが彼女に別れを告げたのは二カ月前だったが、それからもしつこくメールや電話がきたので、とうとうもういちど面と向かって話をすることを承諾した。それで隠便に決着がついてくれればいいと願いながら。

アンジェラは朗らかなおしゃべりでその夜をスタートさせた。やれ休暇はこんなふうに過ごすつもりだ、やれ職場でこんなことが起こった、やれ〝女子会〟でこんな大それたことをした、などなど、幸せいっぱいの自分を演じてはいたが、逃した魚がいかに大きかったかを思い知らせてやるという魂胆がみえみえだったので、聞いているこちらのほうが恥ずかしくなってきた。そして二十分たったところで、彼女は涙をこぼしはじめた。

「とにかく理解できないのよ」とアンジェラは泣き声で訴えた。

そのあと、むなしくばかばかしいやりとりがくりひろげられた――アンジェラはテッドが彼女のことを想っているのにその気持ちを隠しているんだと言い張り、テッドはできるだけ隠やかに、いやそんなことはないと反論する。アンジェラはしゃくりあげながら、彼の愛情の証をならべたてる――ベッドに朝食を運んでくれた。「きっときみはうちの姉貴のことを気に入ると思うな」って言った。彼女の飼い犬のマシュマロが病気になったとき、すごく優しく面倒を見てくれた。たぶん問題はそこなのだ。彼は最初にアンジェラに真剣な付き合いは求めていないと断っておきながら、まぎらわしいことに、彼女に優しく接してきた。ほんとうなら、自分の朝食くらい自分で作れと言い放ち、きみがぼくの姉に会うことはまずないだろうなと突き放し、マシュマロが吐いていても足蹴にしてやるべきだったのに。そうすれば、彼女もマシュマロも自分たちがどういう立場に置かれているか理解できただろうに。

「ごめん」とテッドは言った、なんどもなんどもくりかえし。まあいいさ。本心ではきみのことを愛しているんだと認めなければ、やがてアンジェラはキレはじめるだろう。彼のことをナルシシストだ、感情的に未成熟なおこちゃまだと責めたてるだろう。「ほんとに傷ついた」とか「正直なところ、あなたってほんと可哀想な人」とか言うだろう。あるいは「あなたのことを愛してるのに」なんて打ち明けてきて、彼は罵声でも浴びせられたみたいにいたたまれない気持ちでその場に凍りつくかもしれない。もっとも、アンジェラが彼を愛してなんかいないことは明らかだ――彼女は彼のことを感情的に未成熟なおこちゃまだと思っているし、そもそも彼のことをそれほど好きでもない。もちろん、何もかもわかりきったように偉そうにかまえているのは気が引ける。なにしろ彼につぎの展開が読めているその理由は、女性とこの手のやりとりをするのはこれが初めてではないからなのだ。三回目でもない。五回目でもない。十回目でもない。

アンジェラは泣きつづけた。不幸のどん底に突き落とされた人間を絵に描いたようだ――目は真っ赤に血走り、胸は波打つように上下し、溶けたマスカラが顔に滲んでいる。そんな彼女を見ながら、テッドはもう自分ができることはないと悟った。もう彼女に謝ることはできない。もうこんな自己卑下の儀式を続けることはできない。彼女に真実を告げよう。

つぎにアンジェラが息継ぎのために話しやんだとき、テッドは言った。「ぼくにはなんにも非がないってこと、きみはわかってるはずだ」

そこで一瞬、間があいた。

「いま、なんて?」とアンジェラ。

「ぼくはいつだってきみに正直に接してきた」とテッド。「いつだってだ。最初からこの関係に求めるものをはっきりさせといただろ。きみはそれを信じることだってできたはずなのに、そうしないで自分のほうがぼくの気持ちをよく知っているんだって決めつけた。ぼくが求めてるのはカジュアルな関係だって言ったとき、きみは嘘をついて、自分もそうだって言った。その舌の根も乾かないうちに、あらゆる手段を使ってそれをべつのものに作りかえようとした。結局、ぼくらの関係を真剣な付き合いに――きみが望んでいて、ぼくが望んでいないものに――仕立てられなかったってことがわかると、きみは傷ついた。わかってるんだ。だけどきみを傷つけたのはぼくじゃない。こうしたのはきみであって、ぼくじゃない。ぼくはただ――ただの――道具だ。きみが自分自身を傷つけるための道具なんだ！」

アンジェラはパンチでも食らったみたいに、軽く咳き込むような音をもらした。「テッド、このゲス野郎」と彼女は言った。椅子をうしろに押しやってレストランを飛び出す支度をし、去り際に氷水の入ったグラスをひっつかんで彼に投げつけた（水だけでなく、グラス丸ごと）。グラスは（というより、タンブラーに近い）テッドの額にあたってひび割れ、膝に落ちていった。

テッドは割れたタンブラーを見下ろした。やれやれ。こうなることを予想しておくべきだった。だって、いったい誰が真に受けるっていうんだ？　ああやって涙する女たちは間違っちゃいないんだ。たとえどんなに彼女たちの非難が理不尽に思えたとしても。テッドは手を伸ばして額に触れてみた。指先を見ると赤く染まっていた。出血してるんだ。ヤバいな。それに股間がものすごく冷たい。氷水がズボンにしみていって、ペニスがじんじんしてきた。頭なんかよりずっと痛む。マクドナルドのコーヒーの熱さみたいに、レストランで出される水の冷たさの限度もちゃんと法律で定められるべきだ。ひょっとしたらペニスが凍傷にかかって、しなびて、もげ落ちてしまうんじゃないだろうか。そしたら彼がこれまでデートしてきた女たちが全員集合して、アンジェラを讃えるパーティでも開くんじゃないだろうか。ニューヨークの独身女性を恐怖で支配してきた男を失脚させた、果敢なヒロインに敬意を表して。

うわ、思ったよりずっとひどい出血だ。額からどんどん血がしたたってくるせいで、ズボンの股の部分がピンク色になっている。人びとが駆けつけてくる。でも、テッドの耳には周囲のざわめきがスクランブルがかかった音みたいに聞こえるだけで、彼らが何を言っているのかは聞き取れない。たぶん、〝自業自得だ、このクズ野郎〟的なことだろう。アンジェラにグラスを投げつけられる直前、自分が何を言ったかは覚えていた――ぼくはただの道具だ。きみが自分自身を傷つけるための道具なんだ――これって、例の〝ペニスがナイフ妄想〟とどっかで繋がっているんだろうか――だが、なにしろ血が出てるし冷たいし、それになんだか気が遠くなっていって、その場で答えを見出すことはできなかった。

ずっとこんなふうだったわけじゃない。

幼い頃のテッドは、小柄な本好きの男の子で、女性教師に「可愛い《スウィート》」と言われるような子供だった。そして彼は親切《スウィート》だった。少なくとも、女性に関するかぎりは。幼少期から思春期にさしかかる頃まで、彼はつぎからつぎに自分より年上の、手の届かない女の子に恋をした。従姉《いとこ》にベビーシッター、それに姉さんの親友。そういう恋心に火がつくのは、相手が少しばかり注意を向けてくれたことがきっかけだった――ちょっとしたお世辞を言ってくれたとか、彼のジョークにマジ受けして笑ってくれたとか、名前を覚えていてくれたとか――そして相手の女の子たちは、あからさまにであれ遠まわしにであれ、攻撃的なところはいっさい見せなかった。むしろ正反対だ。思い返してみれば、みんなじつに慎み深い子たちだった。たとえば、テッドは従姉に思いを馳せては、自分が彼女の夫で、キッチンで優雅に朝食の支度をしているという場面を空想したものだ。エプロンをかけてハミングしながら、オレンジを搾ってピッチャーにジュースを作り、パンケーキの生地をかきまぜ、卵を焼き、小さな白い花瓶にスミレを一輪挿す。二階の寝室にトレイを運び、ベッドの脇におろす。ベッドには従姉が横たわって、手縫いのキルトの下でまどろんでいる。「おはよう、朝だよ！」彼が言うと、従姉はまぶたをふるわせて目を開ける。眠たげな顔で彼に笑いかけながら身を起こすと、キルトがはらりと落ち、裸の胸があらわになる。

それだけ！　たったそれだけの妄想を、彼はいつまでも心のなかで堪能した。しかもあまりに入念に思い描いたせいで（パンケーキにはチョコチップを入れたほうがいいかな？　キルトは何色がいい？　トレイはベッドから落ちないように置かなくちゃ）、伯父さんと伯母さんの家にはすっかりセクシャルなオーラが染みついてしまい、テッドが大人になってからもそれが完全に薄れることはなかった。従姉はとうのむかしにレズビアンになってオランダに移住し、もう何年も会っていないというのに。

どんなに妄想を暴走させても、テッド少年はけっして自分の恋心が報われるという結末を思い描こうとはしなかった。彼は愚か者ではない。それ以外の何者であろうとも、断じて愚か者ではない。彼が求めているのは、恋心を寄せることを許してもらうこと、あるいは喜んでもらうこと、ただそれだけだった。片想いの相手のそばに侍《はべ》り、蜜蜂がふと花をかすめるように、ときどき軽く接触する――そうさせてもらえたらどんなにいいだろう。

しかしそんな思いとは裏腹に、テッドは新たな恋の標的を定めるとすぐ夢中になって、でれでれした
アホ面を下げて相手に見惚《みと》れたり、言い訳をでっちあげては髪や手に触れた。当然、そのうち女の子たちは引きはじめる――何が原因なのか見当もつかないが、テッドの愛情はそのターゲットに強烈で本能的な嫌悪感をもよおさせるのだった。

彼女たちはテッドを冷たく突きはなすことはなかった。そもそも彼が惹かれるのはおっとりしたタイプの女の子だった。そういう子たちにとって、あからさまに残酷な態度を取るなんてことはタブーに等しい。そのかわり彼女たちは、自分がちょっとかまってやったばかりにテッドが図々しく敷居をまたいで入り込んできたのだということに気づいて、固く扉を閉ざした。全世界共通の女の子の緊急時プロトコルに従って、彼女たちはアイコンタクトを避け、どうしてものとき以外は彼と口をきかず、おなじ部屋にいてもできるかぎり彼から離れたところにいた。冷ややかな丁重さで要塞を築き、じっと身を屈めて彼が立ち去るのを待った。

ああもう、最悪だ――数十年後、テッドはそうした片想いを思い出し、恥ずかしくて死んでしまいたくなった。とりわけ救いがたいのは、彼女たちがテッドに好意を寄せられることを心底嫌がっていることが明らかになってもなお、彼女たちのそばにいて、彼女たちを喜ばせたくてたまらなかったということだ。テッドはこの難問について悩みぬき、容赦ない自己処罰というかたちで自分を抑え込もうとした（裸で鏡の前に立ち、ひょろひょろした脚や、貧弱な胸板や、小さなペニスを目に焼きつけながら自分に言い聞かせる――彼女はおまえなんて嫌いなんだ、テッド、現実と向き合

え、女の子はみんなおまえなんて嫌いだ、おまえはブサイク、おまえはキモい、おまえはゲロい）。そのうちわれを失い、気がつけば朝の三時に悔し涙を流しながら、ネットの検索窓に「どこ　州　法律　いとこ同士　結婚　できる」などと打ち込んで、もぐら叩きゲームのようにむなしく希望を叩き潰しているのだった。

　高校入学前の夏、キャンプ・カウンセラー相手の恋で決定的な恥辱を味わったあと、テッドはひとりで長い散歩に出かけ、自分の行く末をじっくり考えてみた。ファクト1．ぼくはチビでブサイクで髪はベタベタ、どんな女の子も絶対に好きになんてなってくれない。ファクト2．ぼくみたいなキモいやつに好きになられたら、女の子がドン引きするってことはわかってる。結論＝女の子に惨めな思いをさせながら生きていきたくなかったら、好きになった相手を自分から遠ざけておく方法を見つけださなきゃいけない。

　というわけで、テッドは見つけだした。

　高校一年生になると、彼は新しい人格を創りあげた——陽気で性とは無関係、どこまでも人畜無害で、欲のにおいをきれいさっぱり洗い落とした男。生まれ変わったテッドは、さながら十四歳の肉体をもった六十歳のひょうきんなおじいちゃんだった。おもしろくて自虐的で、ほんもののセックスをするにはあまりに神経質。問いつめられたら、シンシア・クラジュウスキのことが好きだと答える。チアリーダーのシンシアなんて、とても手の届くような相手じゃない。神様に恋をしていると言っているのも同然だ。

　そんなふうに正体を隠していれば、思う存分ほんとうに好きな女の子たちと親しくなれたし、彼女たちに親切にすることに全エネルギーを注ぐことができた。それ以上のことを望むようなそぶりをいっさい見せずにいるかぎりは。実際、テッドはそれ以上のことなんて望んでいなかった。愛が痛み以外のものをもたらしてくれるなんて、これっぽっちも信じていなかった。女の子たちと友達でいるほうが、ずっと気楽でずっと愉快だった。彼は彼女たちとおしゃべりをし、話を聞いてやり、車で送り届けてあげ、ジョークを言って笑わせる。そして家に帰ると一心不乱にマスターベーションをして、欲望を妄想の世界に押し込めた。そうしておけば、誰にも迷惑がかかることはないのだ。

三年生になる頃、テッドは恋のエネルギーを注ぐターゲットを一人に絞っていた。名前はアナ・トラヴィス。彼を邪険にしたりせず、しかも友達として扱ってくれる女の子だ。これこそが新しい人格が起こした奇跡だった。テッドが自分の気持ちを隠しておくかぎり、女の子たちは——少なくとも何人かは——彼に惜しみなく好意を返してくれた。

アナはテッドなんかとはくらべものにならないほどの人気者だったが、こと恋愛となると、テッドとおなじくらいダメダメだった。彼女は一年生のとき三週間ほどマーコというサッカー選手と付き合っていたのだが、彼が新入生チームから二軍に昇格すると同時に捨てられた。アナはまだそのことを引きずっていた。何年たっても、まだマーコの話を誰かに聞いてほしがっていた。ところがみんなその話題にはうんざりしていたので（それにたぶん、マーコのことになるとアナの目つきがちょっとヤバくなるのに引いていたのだろう）、この話ができる相手はテッドだけになっていた。

テッドにしてみれば、先週アナが廊下でマーコとすれちがったとき彼が「よう、ひさしぶり」と言って肩に優しくパンチしてきたのはいったいどういう意味なのか、何時間もかけて一緒に分析してあげるなんてことは本望ではなかった……でも、それを望んでいるところもあった。なぜなら、きみをふるなんてマーコは大馬鹿者だよ、とか、やつの「今週の新しいカノジョ」よりもきみのほうが何千倍も素敵だ、なんて言葉をかけるのは、自分の気持ちを告白する疑似体験のようなものだったから。それに、アナがマーコに思い焦がれる姿を見ていると、テッドのひそかな妄想がいっそう燃え上がった。アナがじつは自分に恋をしているという妄想だ――

　夜遅く、テッドの携帯が鳴る。アナだ。

「やあ、アナ」と彼は言う。「どうした？　大丈夫か？」

「外にいるの」とアナ。「降りてきてくれる？」

テッドはバスローブを羽織ってドアを開ける。アナがポーチに立っている。髪はぼさぼさでシャツはよじれ、見るも痛ましい姿だ。「アナ？」テッドが声をかける。

アナはテッドに身を投げ出して泣きはじめる。彼は彼女の背中に腕をまわして優しく叩く。押しつけられた彼女の胸が震えているのがわかる。「大丈夫だよ、アナ」と彼は言う。「何があったか知らないけど、大丈夫だから、絶対に。よしよし」

「大丈夫じゃない！」彼女は声をあげる。「あなたはわかってないの。あたしは――」そしてアナは彼にキスをしようとする。唇に彼女の唇の温かさを感じるが、すぐにテッドは顔をそむける。アナははっとして傷ついた表情を浮かべる。「お願い」と彼女は言う。「ちょっとだけ……」彼は身を硬くしたまま、彼女が口のなかに舌を入れてくるのに任せる。一瞬ためらったあと、優しくキスに応える。が、やっぱり顔を引き離す。

「ごめん、アナ」と彼は言う。「わからないな。ぼくたちはただの友達だと思ってたけど」

「わかってる――あたし、そういうふうにしてなきゃって努力してた。でももう隠しておけないよ。あたしが想ってるのはあなただったの、ずっと。あなたにはそういう気がないってことはわかってる。あなたが好きなのはシンシアだものね。ただ……一度でいいからチャンスをくれない？　お願い、お願いだから」

そしてアナはまたキスをしてきて、彼を寝室まで追いつめていく。彼は「ぼくらの友情を壊したくないんだ」とかなんとか言いながら抵抗しようとするが、彼女は聞く耳を持たない。すがりつくようにして彼のズボンのボタンを外し、彼の上にまたがり、彼の手を取って自分の胸に当てる。二人とも裸になってしまうと、アナは彼のことをまぶしそうに、そして不安そうに見つめながら言う。「何を考えてるか教えて」彼は大きく溜息をつきながら答える。「何も」そして視線を遠くに泳がせる。「シンシアのこと考えてるんでしょ？」と彼女が言う。「いいや」と彼は答えるが、二人ともそうだとわかっている。「約束する、テッド。一度だけチャンスをくれたら、シンシアのことを忘れさせてみせるから」アナはそう言うと、彼の脚のあいだに顔をうずめていく。

アナが自分のことを友達以上に考えている可能性はあるだろうか。テッドはときどき考えた。自分とおなじくらい彼女がこっちのことを好きだということはまずなさそうだ。突然家までやってきて、やり場のない熱情を抱えて泣きじゃくるなんてことは起こりそうにない。だけど……ひょっとしてひょっとすると？　一緒にソファに坐っているとき、アナはやけに身を寄せてくることがあるし、よく誰か女の子をデートに誘いなさいよと彼を焚きつけてくる。それ自体はいいサインとは言えないだろうけど、でもそんなとき彼女は言うのだ。「あなたは自分で思ってるよりもっとキュートなんだから、テッド」とか「あなたみたいな人を恋人にする女の子は運がいいよね」なんてことを。つまり、彼女は自分のことを好きではなかったとしても、彼が想いを打ち明けさえすれば、どこかに潜んでいる可能性のスイッチを入れることができるんじゃないか？　しかし、ハイゼンベルクの不確定性原理みたいなものが働いていて、本気で二人の関係性をはっきりさせようとすれば、必然的にそれを変化させることになるのかもしれない――変化は怖い。それに彼はアナが自分のことをそういう意味で好きではないことも、将来そうなる可能性もないこともほぼ確信していた。だから彼は現状を維持することを選んだ。気のおけない気さくな友、とんだ不正直者テッドだ。

アナはテッドより一学年上で、チューレーン大学に進学を希望していた。ニューオーリンズに発つ前の週、彼女は両親を説得して自宅で盛大なお別れパーティを開いた。パーティと言っても、それはたった一人の観客、マーコに向けた芝居のようなものだった。アナの魅力を最大限に見せつけるための、手の込んだセットだ――そしてアナはくらくらするくらい輝いていた。襟元が大きく開いたレース地のミニドレスにハイヒールを履き、アイメイクをばっちりして、黄褐色の髪を頭のてっぺんに結い上げていた。まわりをきれいな女の子の一団に取り囲ませて、彼女たちが泣いたり笑ったり叫んだりカメラに向けてポーズをとったり、何かにつけきゃあきゃあはしゃぎたてる光景があまりにキラキラしていたので、それ以外の世界は暗く霞《かす》んで見えた。

テッドは人混みの端っこをうろつきながら、自分を呪った。彼がアナと会うときは、たいてい一対一だった。彼女がマーコのことで落ち込んで、外に出る元気もないときだ。そういう場合、二人はソファに坐って、ピザを食べながらおしゃべりをした。アナが着ているのはきまってスウェットパンツ。今夜みたいにカリスマ・オーラ全開のアナなんて、テッドはほとんど見たことがない。彼はパーティで自分がどんな役目を担《にな》わされているかを痛感した――おべっか遣いの腰巾着――そんなのごめんだ。もしかしたら、ずっと自分の気持ちを隠しおおせていると思っていたのは勘違いだったのかもしれない。彼はファスナーからペニスを丸出しにしてうろつきまわっていたのかもしれない。もしかしたら、ここにいるみんなが思っているのかもしれない――見て、テッドよ。アナに首ったけの。やだ、恥ずかしい。カワイイじゃん――もしかしたら、アナも知っているのかもしれない。

もしかしたらじゃない。アナは知ってるんだ。

胸のなかでプライドが棘を立て、心を荒ませていった。彼は初めてアナに腹を立てた。彼女が身体的特徴なんていうあてずっぽうに分配されるものに――身長がどれだけ高いか、顔が左右対称かどうか、サッカーの能力があるか――二人の人生の行き先をゆだねていることに。自分はマーコよりも頭がいいし、マーコよりも優しいし、マーコよりもアナと共通点が多い。それに、マーコよりもずっとアナを大笑いさせることができる。だけど、そんなのどうでもいいことなんだ。なぜなら彼自身がどうでもいい存在だから。アナにとっても、ほかの誰にとっても。

夜も長びき、そろそろお開きの気配が漂いはじめた頃、残った客でビーチに繰り出すことになった。テッドはそこで家に帰ることもできたが、あえてとどまってふてくされていた。誰かがキャンプファイアに火をつけると、テッドは暗がりに腰を下ろして、アナの顔のうえでちらちらと火あかりが躍るのを眺めた。胸の奥底で何かが壊れてしまったような気分だった。彼は何も欲しがらなかった。手に入る最小限のもので自分を満足させようとしてきた。なのに結局、こうしてみじめでちっぽけな気分を味わっている。

　アナは炭の上でマシュマロを炙りながら、思いに耽るようにぐるぐるまわしている。ミニドレスの上に男物のスウェットシャツを羽織り、ヒールを脱いだ足は砂まみれになっている。風向きが変わって煙が渦巻きながら彼女のほうに流れていくと、咳き込みながら立ち上がり、炎の向こう側からテッドの隣に来て腰を下ろした。

「あっち、息ができなくって」とアナは言った。

「今日は楽しめた？」とテッドは訊ねた。

「まあね」と彼女は言い、溜息をついた。たぶん、マーコがさっさと帰ってしまったからだろう。彼は一時間ばかりいただけだった。テッドはアナを見つめ、そのさびしそうな表情に自分の姿を重ね合わせると、ついさっきまで彼女に腹を立てていたことが申し訳なく思えてきた。彼はアナに片想いしている。アナはマーコに片想いしている。もしかしたらマーコも、彼らが知らないどこかの誰かに片想いしている。この世は無情だ。誰も他人の心を支配することはできないんだ。

　テッドは言った。「アナ、すごくきれいだよ。マーコはあほんだらのクソッタレだ」

「ありがと」とアナは言った。もっと何か言いたげだったが、黙って彼の肩に頭をのせた。テッドは彼女の背中に腕をまわした。彼女は目をつぶって、彼にもたれかかった。アナが眠ってしまったことがわかると、彼はおでこにキスをした。彼女の肌は海と煙の味がした。ぼくは間違ってたのかもしれない、とテッドは思った。たぶん、ぼくはこれで満足できるのかもな。

残念ながら、そうはいかなかった。

テッドはアナが大学へ旅立ってしまえば、彼女への想いにさほど苦しめられなくなるのではないかと期待していたのだが、当ては外れた。もちろん、物理的なアナの存在感はぐっと薄まったが、頭のなかに彼女が占めるスペースは驚くほど大きく、そしてそのイメージはいっそう鮮明になった。朝起きると、アラームが鳴り終わるのを待ちながら、アナを腕に抱いて首筋に鼻をうずめるところを想像した。起き上がると真っ先にEメールをチェックして、夜中に彼女がメールをよこしていないかどうかたしかめた。昼間のあいだに見るもの聞くものはなんでも、アナに書き送ってやるおもしろいネタにできないかどうかふるいにかけた。退屈したり不安になったりすると脳が問題をすりかえ、アナがいつか自分のことを好きになってくれることはあるのだろうかと思い悩んだ。犬がしゃぶりつくした骨に未練がましく歯を立てるみたいに。夜の数時間、寝室は空想上のポルノ映画のセットと化した。主演はアナとテッドで、ときおり映画スターや同級生が端役として出演した。実際にはほとんどアナと連絡を取っていなかったから、彼は想像上の友達と遊んでいるようなものだった。

テッドだってそんな生活を送りたくはなかったが、かといってどうしたらいいのかよくわからなかった。たぶん、誰かほかの子に恋をするのが何よりの解決策なのだろう。誰か、向こうからも彼のことを好きになってくれる子に。一年前にくらべたら、そういう期待を抱くのはさほど無謀なことでもなくなっていた——チビでオタクっぽいのは相変わらずだけれど、歯列矯正器具は取れたし、髪型もまともになったし、それにあの子だっている。彼が生物の個別指導《チューター》をしている、レイチェルという名前の二年生の女の子だ。彼女がテッドに夢中になっていることは、彼の目にさえあきらかだった。

テッドのほうはこれっぽっちもレイチェルに惹かれていなかった。彼女はガリガリで髪はちりちりだし、人をいらつかせるところがある。そうはいっても、彼は十七歳なのにこれまで一度も女の子と手を繋いだことすらないのだ。基準を高く保つなんて、いったい何様だっていうんだ？　レイチェルと付き合いだしたら、それなりに情がわいてくるかもしれない。もっとおかしなことだって起こってきたじゃないか。それに、正直に言ってしまえば、レイチェルとデートしたってアナとのチャンスが損なわれるわけじゃない——これまでくさるほどそういう話を聞いてきたじゃないか。女の子が運命の人が自分のすぐそばにいたことに気づくのは、相手がほかの子に恋をしたときなんだって。

というわけで、チュータリングが終わったある日の午後、テッドはレイチェルにぼそっと、週末に予定がなければ一緒に出かけないかと訊ねた。口走ってすぐに後悔したものの、すでに手遅れだった。レイチェルはまたたくまに主導権を握り、彼の携帯の番号を聞き出して自分の番号を教えた。彼女はきっかり何時に電話が欲しいかを告げ、彼が律儀にその時間に電話をかけると、週末にどの映画を観るか、上映時間は何時か、その前にどこで夕食をとるか、そして彼がどの道順をたどって彼女の家まで迎えに行けばいいかを指示した。

映画館を出る頃には、彼女はすでにつぎつぎと予定を立てはじめていた。七番街にできたタイ料理屋に行ってみたくてたまらないのだとか、さっき予告編で観たロマンティック・コメディを見逃さないようにしないとねとか、ハロウィンの予定はあるのか、あたしは友達とグループ仮装をするから、参加したいなら大歓迎よ、とか。

テッドはめちゃくちゃ居心地が悪かった。いったいレイチェルは誰とデートしているのかよくわからなくなってきた。ともかくそれは自分ではないような気がした。こうして出かけてきたのだって、彼のほうからは指一本動かさないうちに実現してしまった。おそらく、彼女は膨らませたビニール製の人形と一緒に映画にきたっておなじくらいはしゃいだんじゃないだろうか。テッドは彼女を家まで送り届けながら、つぎのデートはないと、丁重にきっぱり断ろうと心を決めた。レイチェルはすげなく捨てられたことで彼を憎むだろうし、そうなったらチューター・プログラムの単位を落とすことになるだろうが、このまま成り行きに任せて気まずい思いをすることを考えれば惜しくはない。彼女とはほかに接点はないから、うまく立ちまわれば、二度と顔を合わせないで済むかもしれない。

彼はレイチェルの家の前に着くと車を停めて、ただしエンジンはかけたままにしておいた。

レイチェルはシートベルトを外して「おやすみ」と言ったものの、動こうとしない。

「おやすみ」テッドは答え、ハグに持っていこうとした。いったいここでぼくはどんな責任を果たさなきゃいけないっていうんだ？　たった一回デートしただけで、きちんと別ればなしをしなきゃいけないのか？　チューターを辞めて彼女が勘づいてくれるのを待つだけじゃだめなのか？　彼は合図を送るようにレイチェルの背中をぽんぽんと叩いた——ごめんよ、これからぼくがすること、悪く思わないで。するとレイチェルが彼の両頰を手のひらで包んで顔をしっかり固定し、口にキスをしてきた。

テッドのファーストキス！　あまりのショックに一瞬頭のなかが真っ白になった。彼がぽかんと口を半開きにして凍りついていると、レイチェルが舌を入れてきてもぞもぞ動かした。やっと思考が体に追いついて、ここはキスを返さなきゃいけないんだろうかと思ったとたん、彼女が体を離し、唇を尖らせて彼の口をなんどもつついてみせた。「こうするのよ」荒い息遣いのあいまに彼女が言ったとき、彼は気づいた。彼女はぼくにキスのコーチをしているんだ。ぼくがやり方を知らないことがばればれだから。恥ずかしさがテッドをぺしゃんこに叩きのめした。ダサい知ったかぶり屋のレイチェル様が、ぼくにキスのやり方を教えてくれてるっていうのか！

まあ、ここまできたら屈辱も何もないわけだから、いっそしっかり学んでおいたほうがいいのかもしれない。二、三分もすると、キスなんてそんなに難しいものじゃないという結論に至った。もっとも、期待していたほどいいものでもなかった。全体としては、そう悪い感覚じゃない。だけど、とくにエロティックかというとそうでもない。レイチェルの眼鏡がなんども鼻筋にぶつかってくるし、それに彼女の顔をこんな至近距離で見るのはおかしな感じだ。なんだかべつの人間を見てるみたいだ。もっと生白くて、もっと……ぼんやりしている。絵画みたいに。彼は目を閉じてみたが、そわそわして落ち着かない気分になった。まるでいまにも誰かがうしろから忍び寄ってきて、背中にナイフを突き立ててきそうな感じだ。

これがキスってやつか。あきらかにレイチェルは夢中になっているようだ。ずっと体をくねくねさせながらハアハアいっている。もし相手がアナだったら、もっと夢中になれるのだろうか？　正直なところ、この行為で興奮するなんて想像できない。骨のない二つの肉片がねとねと絡みあって、まるで口のなかでナメクジが交尾してるみたいだ。オエッ。ぼくがおかしいんだろうか？　レイチェルの息はポップコーンのバターのにおいがした。かすかに金属くさくて、なんとなくマシンの底にこびりついた焦げた油の味がする。それともこれはぼくの息のにおい？　判断がつかないや。

レイチェルはすでに彼に覆いかぶさるようにして、探し物でもするみたいに手をもぞもぞ動かしている。彼が勃起しているかどうかをたしかめているのかも。当然、彼は勃起なんかしていなかった。むしろペニスが縮こまって体の奥に身を隠しているみたいな気がした。勃起していないとわかって、レイチェルは傷つくだろうか？　アナのことを想像してペニスを硬くさせて、レイチェルに悲しい思いをさせないようにしてあげたほうがいいのかな？　いやいや、それは正しいおこないとは言えない。でも、いったいレイチェルはどうして欲しいんだろう？　彼女はもう完全に彼の上に跨って、彼の膝におしりをこすりつけながらウンウンいっていた。レイチェルはセックスがしたいのか？　まさか。二人がいるのは彼女の家のまん前だし、彼女はまだ二年生じゃないか。それに、ぼくはテッドだ。チューターリングをしているうちにほのかな恋心が芽生えるくらいならわかる。でも、ぼくなんかのペニスにそこまで燃え上がって、車のなかでヤッちゃってもかまわないと思うなんてありえない。

　それでも、彼女はやっぱり不思議なくらい興奮しているようだった。なんだか実存的な不安すら覚えそうだ。二人の人間が肉体的にごく近い距離にいながら、おなじ時間をまったく違ったふうに体験しているなんて。

　ただし……彼女が興奮しているふりをしているんだとしたら？　あるいはふりとまでいかなくとも、大げさにやってみせているとか。ものすごく大げさに。でもどうしてそんなことを？　こっちはぜんぜんその気になれないで舌をおろおろさせてるだけなのに、それに興奮させられているふりをする？

　あっ。

　思いついた瞬間、テッドは答えを確信した。レイチェルは彼が緊張していることを見透かして、彼を落ち着かせようとしているのだ。彼が不慣れでまごついていることがばれているのだ。彼女は自分が楽しんでいるふりをすることで、彼をリラックスさせ、キス下手を克服させようとしているのだ。彼女は興奮を演じてくれているんだ――憐れみの心から。

　さっきまでペニスが体の奥に縮こまっているような気がしていたけれど、今度はまるで天から二トンの鉛の塊が彼の股間めがけて落っこちてきて、永久に動けない体にされたような気分だった。

　自殺しちまえ、テッド、と頭のなかで声がした。マジでさ。

　一歩間違えばそうしていたかもしれない――道路に飛び出して、走ってくる車の正面に身を投じて――ところが、そこでレイチェルが彼の手をとって自分の胸に押しつけた。テッドはふたたび頭が真っ白になるくらいのショックに襲われた。彼女の胸は小さかったが、胸元のあいたシャツを着ているせいで、彼の手のひらはモロに柔らかな肌に触れていた。彼はおそるおそる手をシャツのなかにねじ入れて、乳首がありそうなところを撫でてみた。うそだろ、あったよおい。もういちど撫でると、それは彼の親指の下でツンと硬くなった。

わあっ。

テッドは飛び込み台からジャンプでもするみたいに目をぎゅっとつむると、彼女のシャツとブラジャーの下に手を突っ込んだ。するとまたたくまに「勃起しない」問題が解消された。生の乳首をつまむことほど淫らでエッチなことなんてなかったから。そしてなぜか、よく知りもしない相手にそんなことをしているということが、彼をいっそう淫らでエッチな気分にさせた。ポップコーンくさい息をもらしながら、感じてるふりなんて猿芝居をして、二人をそろって笑い者にした相手だ。テッドはもういちど乳首をつまんだ。こんどは少し力を込めて。レイチェルはキャッと悲鳴をあげたが、すぐに気を取り直し、「ああん、テッドったら」と、わざとらしいうめき声をもらした。

二人はそれから四カ月のあいだ付き合った。

思い返してみれば、レイチェルはテッドがほんとうにひどい扱いをしたと言える最初の女性だった。まあ、それまでも好きになった女の子を意図せず気味悪がらせてしまったことはあるが、そのときは子供だったし、自分をコントロールしようとがんばっていた。それに、アナに対して取っていた態度にも問題があったかもしれない——自分の気持ちに正直にふるまうべきだったのに、友達の領域にとどまってコソコソやっていたのだから――でも、たしかに臆病だったかもしれないけれど、アナには精一杯優しくした。その点、レイチェルに対しては……もし地獄が存在するなら、そして彼がそこに送られることになるなら、きっと悪魔は彼の目の前にレイチェルの写真を突きつけて揺らしながら言うだろう。「おい、おまえ、この女とはどうだったんだ？」

でも、わからないんだ！　ほんとうに、誓ってわからないんだ。

付き合って四カ月たっても、テッドは少しもレイチェルのことを好きにならなかった。彼女の何もかもが彼をいらつかせた――おかしな髪型、鼻にかかった声、彼を子分扱いするような態度。みんなが「あ、レイチェルだ。ほら、テッドの彼女の！」なんて言っているのかと思うと、いやでいやでたまらなかった。レイチェルにはテッドが必死で表に出すまいとしている彼自身の特徴のすべてが映し出されているようだった。たとえば、彼女のことをクズ扱いするような生徒にこびへつらったり、人気者を気取って校内のヒエラルキーで自分より下層にいる数少ない生徒を見下すようにふるまったり、自分とおなじ階層にいる負け組生徒とは違うのよと言わんばかりに、小馬鹿にするような悪口を言ったり。

身なりやしぐさにイタさがにじみ出てしまいがちなところも彼と似ていた――生理のシミ、口臭、うっかり下着を丸見せにしたまま坐る――ところが彼と違って、彼女はそういうイタい失敗をさほど恥じているようすはなかった。むしろ恥ずかしい思いをしたのは彼のほうだった。廊下の先にいた彼女が、デニムのスカートに茶色いシミをつけたままのんきに歩いているのを見たときや、ジェニファー・ロバーツが、すぐ横にいたレイチェルが立ち去っていった瞬間に、いかにもキモそうにパタパタと空気を手であおいだとき。そういうときテッドは、ただレイチェルのことが好きじゃないだけでなく、彼女のことを憎いと思った。これまで生きてきて、誰かをこんなにも憎むのは初めてだった。

じゃあ、どうして彼女と別れなかった？

家に一人でいるとき、テッドは自分はレイチェルのことを好きではないし、彼女とデートなんてしたくはないのだから、彼女と別れるのが当然だし、正しいおこないだと思った。でもいざ二人で落ち合って、彼がもじもじしていたり、よそよそしかったり、少しでもいつもと違うそぶりを見せると、彼女はたちまち顔を曇らせた。一瞬でも彼女の怒りの気配を感じ取ると、罪の意識と冷たい恐怖が胸に押し寄せてきて、彼をのみこんだ。自分はクズ同然のゲス野郎だ。ずっとアナのことを想っていたくせに、たったいちどでもレイチェルとのデートに行くことにしたあのときから、自分は罪に罪を重ねてきたんだ。罪悪感に胸を刺し貫かれると、テッドはレイチェルに正直に向き合って、これまで彼女に対して犯してきた数かぎりない過ちに過ちを塗り重ねるよりも、もっといいタイミング、たとえば彼女のほうから別れを切り出してくるとか、そういう機会を待つほうがはるかにましに違いないと思った。そもそも、彼と付き合うのは自慢できるようなことでもない。きっとただそばにいるだけで、彼女はそのうちこの人とデートするのもそう悪くないと思っていたのは錯覚だったと気づいて、向こうからふってくるだろう。テッドはそう考えると安心しきって、レイチェルに言われることをなんでもほいほい受け入れた——そして十分、十五分、あるいは一時間ほど過ぎると、はっとわれに返るのだった。ちょっと待てよ、ぼくは彼女と別れるんじゃなかったのか、なんでオリーヴ・ガーデンで一緒にランチなんて食べてるんだ？

レイチェルはぺちゃくちゃおしゃべりしていて、怒りの前兆の暗雲は影も形もない。そんな彼女を見ていると、ほんの数秒前まで別れるなんて不可能だと思っていたことが、ひどくばかばかしく思えてきた――だけど、何事もないようにふるまって、「わかった、日曜に一緒にきみのいとこの家に行こう」なんて言ったつぎの瞬間、やぶからぼうに別れを切り出すのだってばかげているのではないだろうか。もしもいま、レイチェルがグリッシーニを齧っている最中に別ればなしをはじめたら、きっと彼女は真っ先にこう言うだろう。「あたしと別れようとしてたなら、なんでいま日曜にいとこの家に行くって言ったのよ？」そうなったら彼は答えられない。

さーて、レイチェルがそう言ったらどうする、テッド？　彼女がそう出たら、どうするんだ？　肩をすくめて「知るかよ、きみのいとこなんてクソ食らえだ。気が変わったんだよ」って言う？　だめだめ。そんなことはできない。そんなのゲス野郎のやることだ。ぼくはゲス野郎じゃない。ぼくは……いいやつだ。

うん、たしかに、いい人こそが最悪の人だってのは周知の事実だ。でもこれは違うんだ。レイチェルが食事をしている最中になんの前触れもなく別れを告げることなどできないと思う――これは「いい人症候群」なんかじゃない。人間的であるかどうかの問題だ。そういう場面を想像すると、テッドはレイチェルにこれまでにないほどの同情を覚えた。誰かとランチを食べていたら、相手がさっきまでは自分のことが好きなようなそぶりをしていたのに、がまんならないことがあるなんて気配はぜんぜん見せていなかったのに、それが突然――バーン！――自分がまるっきり相手のことを誤解していて、相手の言葉は何もかも嘘だったとわかるだなんて。

テッドはそれまでずっと、自分は誤解されているんだという考えにしがみついてきた――彼を拒んだ女の子たちはあたかも彼がどうしようもなく気持ち悪いところのある人間のように接してきたけれど、彼女たちは誤解している。彼はとびきりのハンサムではないかもしれないが、悪人じゃない。それでも、夜中に寝つけないままベッドに横になって、彼をはねつけたすべての女の子を集めた法廷で、レイチェルが証言台に立って彼の欺瞞《ぎまん》を暴いている場面を想像することがあった。本心を隠して彼女を好きなふりをしたやり口、身勝手なクソ野郎という本性の上に彼がまとっていた「いい人」の仮面――女たちの中心に、アナが坐っている。ショックを受けつつ、やっぱりねというように、うなずきながら同意している。そうよ、もちろんよ、みんなずっとあの人には何かあるって思ってた。

空想のなかのアナはまたべつの役割も担ってる。有罪を宣告しようと待ちかまえている陪審員長だ。レイチェルとの付き合いが長くなればなるほど、テッドはなんとしてもこの空想上の法廷で彼女に自分の疑惑を晴らすような証言をしてもらわなくてはという思いを強めていった。人生初のガールフレンドに、口先だけじゃなく心の底から信じてもらわなければいけない。たしかに二人のあいだはうまくいかなかったけれど、彼はキモくも怖くも悪くもない、基本的には、いい人なのだと。

空想上のアナの心証をよくするために、テッドはレイチェルと付き合いつづけ、嘘をつきつづけた。オリーヴ・ガーデンでランチを済ませ、いとこに会いに行き、そうしながら密かに逃亡のための土台を築いた。レイチェルとできるだけ距離を置くよう努めた。彼女を怒らせないでいどに、だけど、二人の関係がいま以上に深刻なものにならないていどに。彼から電話はあまりかけなかったし、なるべく予定をつめこんで、ただしいつもそのことを申し訳なく思っているようにふるまった。求められたことはやっても、それ以外のことは何もしなかった。まるで死人を演じているような気分を味わいながら、気の抜けた言いなりの恋人でいつづけた。彼女がいつか自分に興味をなくして離れていってくれる日を心待ちにして。よし、これで法廷は最後に宣言してくれるだろう。彼は最高の男ではありません。聖人でもありません。でも彼はマーコではありません。これといった理由もなく女の子をもてあそぶような男では。そっちのほうがよっぽど罪深いではありませんか。彼にはもういちどチャンスを与えてもよいでしょう。わたしたちは被告人を……まずまずの男、と認めます。

でも待ってください、と、小槌がふりおろされる寸前に声があがる。

なんです?

一つだけ、聞きたいことがあるんです。

どうぞ。

セックスについては?

えっ……それがどうかしましたか?

テッドとレイチェルはセックスをしなかった。そのことは法廷ではっきりさせておきたかった。テッドはレイチェルの処女を奪わなかったのだ（そしてレイチェルもテッドの童貞を奪わなかった）。

二人でいちゃつくことはありました？

ええ、もちろん。四カ月間付き合っていましたから。

いちゃついている最中、テッドは「求められたことはやっても、それ以外のことは何もしなかった」？　彼はいわばレイチェル相手に「死人を演じて」いた？　それとも彼女とそうしているときの彼は礼儀正しく、少しよそよそしく、内向的な人間だったんですか？

ええと。まあ。違います。

彼はどんなふうでした？

……

あなたはどんなふうにふるまっていたんです、テッド？

ぼくは……

あなたは……？

ぼくはその……ちょっとこう……

はい？

……卑劣でした。

卑劣？

卑劣です。

大人になって性的経験を積み、〈ポルノハブ〉でさまざまのフェティッシュなキーワードを習得したり、〈キンク・ドットコム〉の有料版の年間契約をしたりするまで、テッドの心のなかで「卑劣」という言葉は、彼がレイチェルに対して（と一緒に？）やっていたこと、気後れするような、引き込まれるようなあの攻防を言い表すためのものだった。彼女に出会う以前からその言葉は使っていた。子供の頃に読んだり観たりした漫画やアニメや映画や本では、ときどき誰かが女の子たちに「卑劣」なことをしていた。ワンダーウーマンは線路に鎖で縛りつけられていたし、姉さんの『少女探偵ナンシー』シリーズの表紙では、ナンシーが猿ぐつわを嚙まされ鎖に繋がれていた。

テッド少年は女の子が「卑劣」なことをされているお話が好きだった。でもそれは、自分も女の子にひどいことをしたかったという意味ではない。その手のお話のなかに自分が登場することを想像するとき（もっとも、そういうことはまれで、彼はもっぱらそこでくりひろげられることを眺めているだけで満足した）、テッドはけっして女の子を縛り上げる役ではなかった。むしろ女の子を救い出す役だったのだ。ロープをほどき、彼女たちの手首をさすって血のめぐりをよくしてやり、そっと猿ぐつわを外して、自分の胸に顔をうずめて泣く彼女たちの髪を撫でてやった。このぼくが悪役？　縛り役、吊るし役、痛めつける役？　ないないない、ありえない。卑劣さはテッドの恋愛生活とも妄想世界とも無縁だった。レイチェルが現れるまでは。

テッドはできるかぎりレイチェルといやらしいことはしないようにしていた。彼女を愛撫するなんてめったになかったし、キスをするときは口をしっかり閉じていた。彼女がそれにいらだっていることはわかっていたが、そうしていると自分が誠実な人間のような気分になった。彼は彼女のことを好きじゃないのだから、性的なことを強要する権利はない。彼からけしかけていったりすれば、彼女と別れたあとで、彼女が例の法廷で彼が自分をセックスのために利用したと証言するかもしれないし、そうされても責められない。その論理でいくと、彼が無罪を主張するためには、レイチェルのほうから彼を誘い、そそのかし、強引に二人きりになり、二回でも三回でも五回でも、くりかえしせがませたうえで事に及ぶ必要があった。そうすれば、誰も彼のことを咎《とが》められない。

レイチェルは彼を寝室に誘ってドアを閉めてしまうと、キスをしはじめる。どうしてもわざとらしさが鼻につく。例のついばむようなキスに、芝居がかった溜息。うげぇ、レイチェル。必死で押し込めていたいらだちがこみあげてくるのを感じながら、テッドは心のなかで言う。どうしてきみはそんなに偉そうで強引で鈍感なんだ？　なんでぼくのことが好きなんだ？　どうしてこっちはきみに夢中になってないってことに気づかないんだよ？　だけどレイチェルはやっぱりぐいぐい体を押しつけてくる……そのうち彼は誘惑に屈し、いらだちを転化させ、つねったり噛んだり、そのうち軽く叩いたりしはじめる。

そういう「卑劣」なことをやられるのが好きだと彼女は言った。彼女がどれだけ濡れるか、熱くなってるか、身もだえするかが判断材料になるのなら、その言葉に嘘はないのかもしれない。それでもやっぱり心の奥底では、彼女のやることなすことすべてが偽りの皮をまとっているような気がしてならない。彼にそうされるのが好きだと言うことで、彼女は彼が聞きたいことを言ってやったつもりになっているのかもしれない。だからレイチェルに「卑劣」にふるまうのは、ある意味では彼女の偽りの皮を剝がし、その裏にあるものを掘り起こし、ほんとうの反応を引き出すためだった。

彼はレイチェルのリアルな部分を見てみたかった。だけどそれは水中のウナギみたいに彼の手をすりぬけていって、むきになって追っても、欲情まじりの怒りに駆られるのがオチだった。おまえなんか嫌いだ、おまえなんか嫌いだ、テッドはそう思いながらレイチェルの骨ばった手首をつかんで彼女の頭上に固定し、彼女の肩に噛みつき、彼女の脚にペニスをこすりつけて最後までイッた。「すっごくよかったわぁ」終わるとレイチェルは溜息をもらすように言いながら、ぴったりと寄り添ってくる。でも彼はその言葉を信じない。信じられない。

ときどき、レイチェルはセックスの真似ごとよりも、終わったあとが好きなんじゃないだろうかと思う。なぜって、つかのまテッドが彼女にいつもと違ったふうに接するから。そういうとき、いましがた犯したことへの罪の意識を彼女にやわらげてほしいあまり、彼は無力で、むきだしで、無防備になった。彼女にキスをして水を運んでやると、隣に横たわって、彼女の髪に顔をうずめた。そうしていれば、レイチェルの顔を見なくて済むし、彼女のことを醜いとか美しいとか優しいとか意地悪だとか愛しているとか憎んでいるとか思わずに、ただ隣に横たわる人間として感じていられた。彼が絶えず彼女に下している判断や、彼女のやることなすことに対する批判的な分析をすべて剝ぎ取った、ただの人間として。もし自分がレイチェルのことを好きになれたらどうなんだろう？彼女のことが好きだったら、彼女と付き合っていても悪い人間ということにはならない。彼は何も償うべきことなんてない。二人とも幸せになる。彼は自由になる。そう考えると夢のように気持ちが軽くなった。胸のなかにある毒気をたっぷり吸い込んだスポンジを、とうとう絞りきって乾かしたみたいに。

そんな気持ちは長続きしなかった。オーガズムのあとの平穏はやがて薄らいでいき、アナが亡霊みたいに彼のそばに現れる。あたしのこと考えてよ、あたしのこと考えてよ――アナが耳にささやきかけ、彼はそうする。脳がふたたびエンジンをふかし、思考し、模索し、判断しはじめる。彼はレイチェルとセックスごっこをしたことに、彼女に自分をあんなふうにさらけだしてしまったことに腹が立ってくる。これで彼女は自分は好かれているんだとさらに思い込んでしまった。彼が捨てたら彼女はもっと深く傷つくことになる。彼女に償わなければいけない罪がまた増えてしまった。逃げ出すことがまたずっと難しくなった。

テッドは起き上がって下着を身につける。

「どうしたのよ？」

「なんでも。もう行かないと」

「もう少しだけそばにいてよ？」

「課題をやらなきゃいけないんだ」

「今日は金曜よ」

「言ったろ、やることがいっぱいあるんだって」

「どうしていつもそんなふうになっちゃうわけ？」

「どんなふうだって言うんだよ？」

「それ。すっごく不機嫌になる。終わったあと」

「不機嫌なんかじゃないよ」

「いいえ、そうよ。ミスター不機嫌。不機嫌くーん」

「微分積分の中間テストもあるし、歴史の授業で提出しなきゃいけない課題もあるのにまだ手をつけてないんだ。大学進学適性試験《SAT》の勉強を手伝ってあげるって友達にも約束してる。それに月曜の進学カウンセラーとの面談までに出願用のエッセイの最終稿だって仕上げなきゃいけない。ぴりぴりしてるように見えたんなら謝るよ。でもさ、こっちはもう一時間もここで時間を無駄にしてるってのに、不機嫌くん呼ばわりして責めたててなんになるってんだよ」

「いいからこっちに来て横になって。マッサージしてあげる」

「レイチェル、マッサージなんてしてほしくないよ。やることをやってしまいたいんだ。だからこんなことよしたほうがいいってずっと言ってるのに」

「んもう、来てよ、不機嫌くん。ママはあと一時間は帰ってこないの。さあ、いいからあたしに……」

「おい、いいかげんにしろって！」

「あら、あれがだぁ～いすきなんじゃないの？　だって、だぁ～いすきそうだったのに。あーあ、ほんとそう見えたけどなぁ」

「やめろって言ってるだろ！」

「やめさせてごらんなさい、ぼくちゃん」

「くっそ、レイチェル――」

「んまあ、テッド！」

そんな二人の頭上に、天国のコーラス隊のごとく法廷の女の子たちが集い、ふたたびぺちゃくちゃと議論を始める——見てよ、ブサイクが二人そろっておかしなブサイク劇やってる。やだ、彼ってすっごい卑怯者。ねえ、見た？　そうかな、彼はただ……うんうん、卑怯だった卑怯だった。やだ、吐きそう。うわあ、キモい。こんな気持ち悪いもの見たことない。世の中にはこんな醜い人たちもいるのね。彼女、いったいどうして、どうやってがまんしてるのかしら。あたしだったら何があっても、ぜったい、ぜったいに彼にあんなことさせないのに……

空想上のアナはいつもテッドのそばにいて、彼とレイチェルの関係の発展についてや、彼の精神状態について、きめこまやかな意見をシェアしてくれた。ところがチューレーンにいる現実のアナからはずっと音沙汰がなかった。良き友テッドは二週間ごとにフレンドリーなEメールを送っていたが梨のつぶて——そうしたメールはレイチェルの存在をけっして具体的には明らかにしていなかった。

テッドは博物館の展示のごとく慎重にキュレーションしたうえで、アナに向けて自分をプレゼンした。レイチェルをどこにディスプレイするかにはいつも悩まされ、結局答えは見つけられずじまいだった。抽象的な「二年生の女の子」だったら、ことによるとアナのライバル心に火をつけて、彼女のなかのテッドのステータスを上げるかもしれない。しかしそれがレイチェルとなると、マイナスポイントでしかない。問題はそこだった。もしアナが突っ込んだ質問をしてきたら、彼は答えないわけにはいかない。彼があのレイチェル・ダーウィン＝フィンケルと恋人同士だとわかれば、レイチェルの負け組臭が彼にも染みついてしまうかもしれない。

一方のレイチェルは、アナのことをよく知っていた。なんとまあ、知っていたのだ。ときどきテッドは、レイチェルにはすごく低レベルな透視能力が備わっているのではないかと思うことがあった。彼女が超能力を発揮するのは、じつにつまらないどうでもいいレベルの物事に限られている。彼がちらっとでも不快な表情を浮かべると、すぐさまレイチェルは騒ぎ出す。「テッド？　ねえ、テッド？　どうしたの？　何を考えてるの？」そういうときはたいてい、レイチェルにムカついているか、アナのことを夢想しているか、あるいはその両方なので、必然的に嘘をつくことになる。かくして彼は日課のようにレイチェルに嘘をつくようになった。こんなに誰かに嘘をつくのは生まれて初めてだった。もっとも、彼女はときおりびくっとさせられるような探りを入れてくることがあって、そういうときはひた隠しにしていた真実の一端を明らかにするしかなかった。

　たとえば、彼はいちど――たったいちど――レイチェルの前でアナの名前を口にしたことがあった。だけどそれは、「アナ・トラヴィスへのぼくの想いについて訊いてください」とタトゥーを入れたも同然だった。

「ギルダ・ラドナー（《サタデー・ナイト・ライブ》に出演し人気を博したコメディエンヌ）って、いわば過小評価された天才だよな」ある晩、レイチェルと一緒にブロックバスターで《サタデー・ナイト・ライブ傑作選》の棚をながめながら歩いていたとき、彼は言った。「友達のアナが彼女の大ファンなんだ」

「友達のアナ？」レイチェルがくりかえした。

　テッドは体をこわばらせた。「うん」冬に凍った湖の上を歩いている途中、足もとの氷にひびが走りはじめたような気分だ。へたな動きはするな、彼は自分に言い聞かせた。まだ助かる可能性はある。

「アナって、あたしは知らないかも」とレイチェルが言った。あえてさりげない口ぶりで。

「そうかもね」とテッド。「この前卒業したから」

「どうやって知り合ったの？」

「どうだったかな。たしかいちどおなじ授業を取ったとかじゃなかったかな」

沈黙。二人は肩をならべ、まぶしい蛍光灯の明かりの下でビデオの棚を見つめた。レイチェルがスティーヴ・マーティンの《天国から落ちた男》のケースを手に取り、裏面をじっくりと眺めた。

終わりか？　ぼくは助かったのか？

「アナ・ザンのこと？」とレイチェルが言った。

ついに氷が割れ、テッドはまっさかさまに水中に落ちた。

「いや」

「アナ・ホーガン？」

「いいや」ああもう、アナ・ホーガンなら知り合いじゃないか！　なんでアナ・ホーガンだよって答えなかったんだ？　このくそったれの大馬鹿野郎め、テッド！　頭のなかに罵声が響いた。

「じゃあ、どのアナ？」

喉もとが絞めつけられていく。「アナ・トラヴィスだよ」テッドはなんとか声を出した。

「アナ・トラヴィス！」レイチェルはまだケースの裏を読んでいるふりをしているが、テッドがアナ・トラヴィスがいるようなヒエラルキーの上層に入り込めたなんて信じられないと、吊り上げた眉が物語っている。「あなたがアナ・トラヴィスと知り合いだったなんて初耳よ」

「ああ」

「ふーん」

しばらく間があく。

「なんでこれまでいちども彼女のことを話さなかったの？」

「さあね。たんに思いつかなかっただけだよ」

テッドはふと思った。もしレイチェルがキレてアナのことを問いつめてきたら、彼女と別れるしかないだろう。だって、レイチェルかアナのどちらかを選べと言われたら、彼はアナを選ぶから。そして実際のところ彼とアナのあいだには何もないのだから、理不尽なのはレイチェルのほうということになる。つまり、彼女と別れても彼の罪にはならないのだ。

しかしレイチェルのほうが一枚上手だった。彼女は《天国から落ちた男》を棚に戻し、二人は黙ったままレンタルビデオ店のなかをうろついた。

「彼女、きれいよね」しばらくするとレイチェルが口を開いた。

「誰が？」

レイチェルがふとせせら笑うような表情を浮かべた。「誰が？　ギルダ・ラドナー。なわけないでしょ、アナ・トラヴィスよ、ばか。彼女、イケてるわよね」

「そうかもね」

「かもね？」

「ぼくたちはただの友達なんだよ、レイチェル」テッドはいかにも辛抱強く答えているような口ぶりで言った。

「そりゃそうでしょ……どう考えたって」とレイチェルは言った。「アナ・トラヴィスだもの」

レイチェル、とテッドは思った。おまえはほんとにいけすかない女だ。焼かれて死ぬがいい。

「彼女のお別れパーティには行った？　夏に開かれたやつ？」レイチェルが訊いた。

「ああ。なんでだよ？」

「べつに」レイチェルはまた違う映画のケースを棚から抜き出し、裏面の解説をじっくり読みはじめた。顔を下に向けたまま、彼女は言った。「噂によると、あのパーティの最中に彼女、マーコ・ヘルナンデスと両親の寝室でヤッたんだって。彼女のママが下でケーキを準備しているすきに」

イメージが浮かぶ――テッドはストレッチャーに拘束されていて、その脇にレイチェルが立って、ずらっと並んだナイフを吟味して、どれを彼の柔らかい部分に突き刺してやろうか思案している。

「ばかばかしい」とテッドは鼻で笑った。「誰からそんなことを？　シェリーか？」シェリーはレイチェルの親友で、浅はかで嫌みな女だった。テッドは思った。ここでシェリーをめぐって喧嘩でもはじめれば、話題をそらすことができるかもしれない。それとも、目の前にあるビデオのディスプレイをなぎ倒して州外に逃亡したほうが手っ取り早いか。

レイチェルはその手には乗らなかった。「シェリーじゃない。でもアナがマーコにつきまとってるって話は有名よ。ヤバいくらいつきまとってるって」そこで初めてレイチェルは顔をあげ、まっすぐに彼の目を見た。眼鏡の奥の目にはなんの表情も浮かんでいない。「あたし聞いたんだ。彼女、大学に行ってもマーコにメールをしまくって、年がら年じゅう彼の寮に電話をかけてたんだって。それがあんまりひどかったんで、マーコはとうとう彼女の番号とアドレスをブロックしたんだって」

テッドは気分が悪くなった。いつからレイチェルはその情報を隠し持ってたんだ？　どうしてそれが切り札に使えるって知ってたんだ？

「おいおい、レイチェル」とテッドは言った。「正直見てて恥ずかしいよ。よく知りもしない人のゴシップを言うなんてさ。きみったら自分がイケてると思ったやつらのことをセレブか何かみたいに扱うんだから。アナはそこらへんにいるふつうの子だよ。それに彼女のことろくに知らないじゃないか。アホな二人組じゃあるまいし、きみもシェリーも彼女の恋愛生活なんかに執着するのはやめたほうがいいんじゃないか」

「あのね」とレイチェルは言ってきゅっと唇をすぼめた。「あたし彼女のこと実際に知ってるの。そういうこと」

「まさか」

「ほんとです」彼女は勝ちほこったように冷ややかな声で言った。「おなじ保育園に通ってたんだ。で、ママ同士が友達なの。マーコが彼女を着拒にしたって話は、うちのママが彼女のママから聞いたの。なんでもアナはそれで不安定になっちゃって、つぎの学期は休学するかもしれないんだって。あなた、お友達のアナから聞いてなかったみたいね」

レイチェルが腹にぶすりと突き刺したナイフの衝撃で、テッドの胃袋がひきつりはじめた。

レイチェルは冷たい手で、テッドの力ない手を包んだ。「やっぱ映画って気分じゃないな」と彼女は言った。「今日はパパとママが夜中まで帰ってこないし、弟はお泊まり会なんだ。行きましょ」

それから何日かたったある晩、テッドはパソコンの前に坐ってアナへのEメールの文面を考えていた。「順調に過ごしてる？」という質問を二十通りほどの言いまわしで書いては消し書いては消し、結局うまい言葉は浮かんでこなかった。すでに二通のメールを送っていたが、返事はきていなかったので、しばらく時間を置いたほうがいいとわかってはいた。彼はレイチェルの話がほんとうなのかどうかを知りたかっただけではなく、知る必要があった――真相をたしかめたいという欲求が、虫みたいに皮膚の下で這いまわっていた。

不安のあまり思いがけない大胆さを発揮し、気がつくとテッドは電話をかけていた。アナの番号は暗記していた。もっとも、これまで電話をかけたのはたったのいちどだけ――彼女の誕生日に、留守電に向かって〈ハッピーバースデー〉を最後まで歌ったのだ。折り返しの電話はなかったけれど、後日彼女からメールがきた（件名は「どうもありがとう!!」）。最後の署名の隣にいくつもx（キス）とo（ハグ）がならんでいて、そのときはとても意味ありげに思えた。

アナは呼び出し音一回で電話に出た。

「やあ、アナ。こちらテッド」彼はまるで留守電に話しかけるような調子で切り出した。

「テッド！」彼女が答えた。「どうしたの？」

「あーっと……ちょっときみのことを思い出してさ」と彼は言った。「順調にやってる？」

「うん、まあ」とアナ。「どうして？」

　どうしてって、じつはきみには秘密にしていたぼくのガールフレンドが、きみがぼくに隠している秘密を教えてくれたんだ。彼女はきみに嫉妬しててね。というのも、これもきみには秘密にしていたんだけれど、ぼくはきみに恋しているから。でも彼女にそのことを秘密にしておくことはできなかったんだけどね、とか？

「ええっと、どうしてだろうな。おかしな話だけど、なんとなく……感じたんだ……何かあったんじゃないかなって」

　こっそり手に入れた情報を利用して神秘的な心の繋がりをでっちあげるというのは、テッドにとっては新たなレベルの欺瞞だった。その手口が功を奏すかどうか半信半疑でいると、アナが泣きはじめた。

「大丈夫じゃない」と彼女は言う。「ぜんぜん大丈夫じゃないの」しゃくりあげながら、彼女は話しはじめた。マーコの話にとどまらず、学生社交クラブ《フラタニティ》の男にひどい扱いを受けたこと、父親の再婚相手と大喧嘩をしたこと、目下ルームメイトと険悪な状況だということ。そして――思いついたように付け足したのだが――単位を落としまくって、仮及第処分になる予定だということ。

「可想想に」とテッドはあまりのことにびっくりしていた。「ほんとうに気の毒だよ。それはすごくつらかったね」

「電話くれるなんて思わなかった」アナは言った。「地元の友達は誰も連絡なんてくれなかったもの。あたしのことすっかり忘れちゃったみたいに。どんなに仲がいいって思ってても、結局あっけなく忘れられちゃうのね」

「ぼくはきみのことを忘れなかったよ」とテッドは言った。

「ほんとね」とアナ。「あなたは忘れないでいてくれた。あなたはいつだってあたしの味方でいてくれたよね、いつだって。でもあたしは、ちゃんと感謝しなかった。あなたのことを当たり前のもののように思ってた。すごく自分勝手だったな。高校時代の自分、だいっきらいよ。あー、自分のことすっかり変えられたらいいのに。でももう——もう何もかも手遅れ。それが問題なんだ。めちゃくちゃすぎて、もう自分のことがさっぱりわかんない、っていうか？　こんなしっちゃかめっちゃかなことになるような選択をしてきたのは、いったい誰なの、みたいな。その人間のことを思い出すと憎らしくって。あたしをこんな目に遭わせたそいつが嫌いでたまらない。そいつこそ最悪の敵って感じ。でも何が問題って、その人間ってあたしなんだよね」

　アナが受話器越しに気持ちを吐き出すのに耳を傾けながら、テッドの心は太陽フレアのごとく輝いた。彼の目にはアナがどんなふうに映っているかを本人に伝えること、それこそテッドが何よりも望んでいたことだった——ぼくの目に映るきみは、美しく完璧なんだ。二人のあいだがどうなろうと、きみが自分自身をどんなに責めようと、ぼくはその記憶を——その事実を——いつまでも忘れない。そうすれば、ぼくは見返りを求めないで永遠にきみを愛していられる。どこまでも献身的に、純粋に、死ぬまで、愛しつづけられる。テッドはそのことを彼女に知らせておきたかった。

　一時間後、アナは鼻声で言った。「聞いてくれてありがと、テッド。ほんとにすっごく助かった」

　きみのためなら死んでもいい、テッドは思った。

「問題ナッシングさ」と彼は答えた。

それ以来、テッドとアナはほぼ毎晩電話で話をするようになった。この深夜の会話は、彼がそれまで経験してきたこととはくらべものにならないくらいスリリングだった。いつしか彼はその前後に周到な一連の儀式を執りおこなうようになっていた。原始部族が炎の明かりのまわりで儀式をおこない、パワーの暴走を防ぐような感じだ。

儀式の一つは、その会話を秘密にしておくことだった——レイチェルはもちろん、両親やほかの誰にも。彼は部屋の電話をパソコンのそばからベッドのところまで移動させた。ドアの外の換気扇を回し、ホワイトノイズを作って防音した。シャワーを浴び、歯を磨き、シーツのなかに潜った。アナが電話口に出る前から、肌が温かく、ほとんど熱っぽくなった。

「やあ」

「ハイ」

二人ともかすれた低い声で、ぼそぼそと話した。まるでベッドに一緒に寝そべって、枕ごしにささやきあってるみたいだ。彼は目を閉じて、その光景を思い浮かべた。

「今日はどんな一日だった?」彼は訊ねる。

「もう。わかってるでしょ」

「でもさ。話してみて。聞きたいんだ」

アナがその日のできごとを話しているあいだ(「えっとね、朝四時に目が覚めたの。チャリーズが超最悪なお仲間を連れ込んできたもんだから……」)、テッドは手をそろそろと胸に這わせ、肋骨のあたりをまさぐる。アナの手だと想像しているのだ。アナの指の下で鳥肌が立つ。

彼女が話しているあいだ、彼はほとんど何も言わず、同情するように「うんうん」とか「そりゃひどいね」と相槌を打つだけだった。いちど彼女がことさら取り乱しているとき、彼は「可哀想に」と言ったあとで、声を出さずに口の形だけで「……愛しい人《スウィートハート》」と付け加えた。

さて、彼の手はゆっくりぞわぞわするような円を描きながら胴体を下っていく。ボクサーパンツのゴムの部分まで下り、ゴムをくぐりぬけると、おずおずと陰毛の縁を撫でまわす。

「キャスリーンのことを聞かせて」アナが話題に尽きると彼は言う。キャスリーンはアナの継母だ。彼はペニスをもてあそびはじめる——指先で軽く叩いたり、竿《さお》を握ってひょいと動かしたり。「きみのパパは彼女に立ち向かってくれるかな。それとも彼女の肩を持つかな?」

「やだ、冗談でしょ?」アナはほとんど悲鳴みたいな声を上げる。

「シーッ、静かに」テッドは彼女をなだめる。「四時間もしたらチャリーズの出番だから」

「くたばれ、チャリーズ」とアナはつぶやく。テッドが笑う。アナも笑う。彼女の吐息がじかに顔に当たっているみたいだ。彼はペニスを握りしめ、快感のあまり背中を弓なりにして、声を洩らさないように歯を食いしばる。

「眠くなってきた?」とうとう彼は訊ねる。

「うん」

「このまま眠る?」

「うん……でも朝早いんでしょ……」

「平気だって」と彼は言う。「自習室で寝るから」

「優しいのね、テッド。そうね、そうしたい」

「ぼくもだよ。おやすみ、アナ」

「おやすみ、テッド」

「いい夢を、アナ」

「あなたも」

そして沈黙が訪れ、テッドはアナが目をそらしたいのにそらせないというように、じっと彼を見つめるところを想像する。彼女が彼に触れるところを想像する。受話器の向こう、ニューオーリンズの湿った夜、アナが欲望に苛まれ、彼のことを考えながら下腹部に手を伸ばすところを想像する。彼女の寝息に耳をそばだてながら、彼はシーツのなかでせっせと手を動かす。もちろんそんな自分を恥じはするけれど、股間のあいだに溜まった生あたたかい恥じらいが、いっそう快感を増大させる。そして絶頂に達する。ほとんど音をたてないで。何か聞こえたとしても、寝息だと言い逃れできるくらい静かに。体が元どおりに落ち着いて、脈も呼吸も穏やかになると、彼は思いきって受話器にささやきかける。「アナ、もう寝た?」

アナが目を覚ましたまま横たわり、目を開けて天井を見つめ、胸を焦がしているところを想像する。でも、返ってくるのは静けさだけだ。

「愛してるよ、アナ」彼はささやき、そして電話を切る。

やがて冬休みになって、アナが帰省することになった。テッドは彼女に会えるのだろうか？　もちろんだ。二人は親友も同然なんだから！　毎晩電話で話す仲だ。アナは言っていた。「あなたはいつだってあたしの味方でいてくれたよね、いつだって」もちろん彼女と会うさ。問題は、いつ会うかってことだ。

それから、どこで会うか。

それと、どうやって会うか。

アナが高校にいた頃、彼女と会うまでには外科手術のごとく繊細な、ときには手荒いプロセスを要した。面と向かって出かけようと誘うと、アナはいつでも笑って答えた。「いいよ！　楽しそう！　明日電話して。相談しましょ」テッドが無理強いしているということをほのめかすものは、口もとのわずかな引きつり、深い溜息のような息遣い、それだけだった。しかしかならず土壇場でアナにほかの用事が入った。あるいは、具体的な約束をとりつけようとして電話をかけても、彼女はつかまらなかった。そんな不誠実な対応を責めたり、ドタキャンのことを口にしようものなら、彼女はいっそう遠くに離れていった。そうなるとテッドは自分を恥じ、彼女を繋ぎとめたくてたまらなくなった。

一方で、アナは嬉々としてほかの友達との計画をテッドに報告した。間近に迫った遠出についてのあれこれや、いつも予定をほとんどぎっしり埋めつくしているデートやパーティの詳細をとめどなく話して聞かせた。彼が文句も言わず、自分抜きでおこなわれるさまざまなイヴェントについて耳を傾けているかぎり、少なくとも三十パーセントは可能性が残っていた——アナが直前に心変わりして、そういうイヴェントで背負わされる重荷に耐えられそうにないと言って、かわりに彼と過ごすことにする可能性が。そうして彼の家に着くと、大げさに安堵してみせながら倒れ込むのだった。「ここに来られてほんとよかった。またマリアの家でハウスパーティって、ぜんぜんそんな気分じゃなかったんだよね」まるで二人ともおなじくらい周囲にふりまわされていて、そしてどちらも二人の〝友情〟を左右する力関係なんてものには気づいてもいないというように。

だけど、きっと二人のあいだの何かが変わったはず！　きっと彼女は彼をもう以前のように扱うことはないだろう。だって、はっきり声に出して「あなたはいつだってあたしの味方でいてくれたよね、いつだって。でもあたしは、ちゃんと感謝しなかった。あなたのことを当たり前のもののように思ってた」とまで言ったんだから。あれが告白じゃなかったらなんなんだ？　それに告白ってのは変化を約束するもの、少なくとも目指すものじゃないのか？　彼は二度目の「いつだって」の前で彼女の声が少しつっかえ、もつれるところが気に入っていた。あなたはいつだってあたしの味方でいてくれたよね、いつだって——二人が結婚式を挙げるとき、彼女が誓いの言葉にこの一文を入れるのもありだ——あなたはいつだってわたしの味方でいてくれました、いつだって。あなたはいつだってわたしの味方でいてくれました、いつだって……

これほど美しい言葉を、彼はそれまで聞いたことがなかった。

アナがニュージャージー行きの飛行機に乗る前の晩、テッドはなるべくそっと彼女に揺さぶりをかけて、こちらが聞きたいことを言わせようとした。「きみに会えるのが楽しみだな」

「あたしだって！　もちろん」

「こっちの誰かと最近話した？　友達とかさ？　そういえば地元の友達は連絡もくれないって言ってたなって思って」

アナが答える前にかすかにためらったのは気のせいだろうか？　彼女はまだ彼にマーコの件を話してくれていなかった。なんでもマーコ・ヘルナンデスはアナにほんものの接近禁止命令を出したのだという。アナはつねに彼から一五〇メートル以上離れていないといけないのだそうだ。シェリーお得意のくだらない噂に違いないが、それでも彼はアナに何か安心できるような材料を与えてほしかった――できれば、突然泣き出して〝あなたはいつだってあたしの味方でいてくれたよね、いつだって〟を言って、長年彼をおろそかにしてきたことへの許しを乞うとか――まあそこまでいかなくても、自分に会うことを前向きに検討する意思があることを示してくれるだけでもいい。

ところが、会話は急に不穏な方向にむかいはじめた。

「じつはね」とアナは言った。「ミッシー・ヨハンソンと話したの。彼女のこと知ってるよね？　そしたら彼女が言ったのよ、あなたが誰かと付き合ってるって！　レイチェル・ダーウィン＝フィンケル？　それ聞いて、うそうそ、それはない、って感じだったんだけど、ミッシーはほんとだって言い張るの！」

「ハハハハハハハハ！」テッドは笑った。

だがアナは沈黙し、どうやら頭のイカれたやつみたいに笑ってごまかすだけでは通用しそうにないとわかると、彼は言った。「えっと。うん。一緒に出かけたりしてる」

「出かけるって、デートってこと?」

「っていうか、わかんないんだ。ぼくらの関係に名前はつけないことにしてるからさ」(ついていた)「いろいろ込み入ってて」(いたってシンプルだ)「ぼくの性格がどんなだか、きみも知ってるだろ」(ぜんぜん知らない)「でも……うん」

　会話を始めたときにはペニスがなんとなく硬くなっていたのだが、いまは吐きそうな気分だった。何かがひどく間違っている。冒瀆《ぼうとく》と言ってもいいほどだ。アナが彼にレイチェルの話をするなんて――まるでセックスしている最中に親が部屋に入ってくるみたいなもんだ。

「そっちに行ったら三人で出かけてもいいかもね! 久しぶりにレイチェルに会いたいな。ずっと会ってないもん」

「ああ、うん。そうしたいんなら」

「ママ同士が友達だって知ってた? しょっちゅう一緒に遊ばされたな。もうおたがいのことはほとんど知らないけど。ほら、学校では付き合いの範囲がぜんぜん違ったから。でもレイチェルはすごくいい子だったよ。いちばんよく覚えてるのは、彼女が小さい頃、ものすごく馬が好きだったこと。それと、〈マイ・リトル・ポニー〉のこととかね。覚えてる?」

　アナ、きみは頭がいい。じつに頭がいい。実際のところはこうだ。ある時期、学校じゅうにレイチェル・ダーウィン゠フィンケルが〈マイ・リトル・ポニー〉をおかずにオナニーしているという噂が広まったのだ。誰も本気で信じちゃいないけど、ものすごい勢いで広まっていくタイプの噂の一つだった。テッド自身もランチの席で男の子たちと、そもそもそんなことできるのかよ（ポニーをあそこに入れるのかな、それとも……？）などなど熱心に話し込んだものだ。噂が下火になりはじめると、彼はわざわざ復活させた。なぜなら、レイチェルのスキャンダルは三年生を騒がせていたもう一つのスキャンダルから目を逸らさせてくれたから。それというのは、彼、つまりテッドが、春のリサイタルの最中に楽器用倉庫のなかでうんちをしているところを音楽教師に見つかった、というものだった。もちろんそんなことはしていない。

そういう噂を広められるのがどんな気持ちか、アナにはわかるのだろうか？　圧倒的な、なすすべのない辱めを受けるのがどんなものか。アナは嫉妬しているのだと信じられたらどんなにいいだろう。でも、そんなふうには思えない。アナは自分のテリトリーをマーキングしているのだ。犬が草むらにおしっこをするみたいに。アナの心のなかに、ぼくは呼吸もすれば思考もする生身の人間として存在しているのだろうか？　ぼくはアナがどんなことを考えているのかを突き止めようと長い時間を費やしてきたけれど、アナはぼくのうわべの裏に、どんなものが宿っていると思っているんだろうか？

テッドは初めて、レイチェルとセックス（もどき）をするようなやり方でアナとやることを想像した――残酷に、彼女が心地いいかどうかなんて考えもせずに、彼女に愛とおなじくらい、憎しみを感じながら。妄想のなか、彼はアナを押さえつけて、彼女の首に手をまわしていた。クソッ、レイチェルまでいやがる。３Ｐか。レイチェルは裸でよつんばいになっている。テッドはアナの髪の毛をひっつかんで無理やり――

嫌がる彼女を――

二人とも――

「ねえ聞こえてる、テッド？」アナが言った。

「いや――ごめん――あのさ、その、もう切らないと！」

アナがニュージャージーに帰ってきて四日目。テッドがレイチェルと彼女の寝室でまた〝なんちゃってセックス〟を終えて服を着ているとき、レイチェルが大晦日《おおみそか》の予定を訊ねてきた。

「さあね」とテッドは靴下を穿きながら答えた。「家にいるかもな」

「だめだめ」とレイチェルが言った。「エレンがちょっとした計画を立ててるっていうから、あなたと行くって言っておいたもん」

「はあ？　なんでそんなことするんだよ？」

「そんなことって？」

「ぼくに訊ねもしないで勝手に予定を立てたりさ。まずぼくにたしかめるのが筋じゃないのか？知らない二年生ばっかりのパーティに引きずっていかれるよりほかにしたいことがないかどうか。ぼくにはぼくの人生があるんだ。きみの知らないところにだってね」

「あら。いま大晦日には予定がなくって家にいるつもりだって言ったじゃない」

「いるかもな、って言ったんだ」

「あっそ。ほかにどんな予定があるかもしれないの？」

「わかんないよ。シンシア・クラジュウスキんとこのパーティをのぞいてみてもいいかなって思ってるけど」

「シンシア・クラジュウスキですって」

「そうさ。なんだよ？」

「シンシア・クラジュウスキがあなたをパーティに招待した」

「だから？」

「テッド。あなたいま、シンシア・クラジュウスキにニューイヤー・パーティに招待されたんで、それをのぞいてみてもいいかなって思ってるって言ったんだけど」

「なんだよ、心臓発作でも起こしたか？」

「事実を整理しようとしてるだけ。シンシア・クラジュウスキがあなたに電話をかけてきて、『ハイ、テッド。あたしよ、シンシア。ねえ、パーティに来ない？』って言ったわけ？」

「違うよ。なわけない」

「じゃあ誰に招待されたの？」

「なんだよ？　何が言いたいんだ？　アナに誘われたんだよ。だからなんだっていうんだ？　かならず行くって言ったわけでもないんだ。考えてみるって言っただけなんだから」

「あー、そういうこと、はいはい。なーるほど。それですっかりわかったわ」

「なんにもわかっちゃないよ！　アナと電話してるときにあっちがシンシアのパーティのこと持ち

出して、一緒にいこうかって話になったんだよ。具体的な計画すら立ててないんだから」

　それは事実ではなかった。じつのところはこうだ。テッドは前の晩にアナからお義理でシンシア・クラジュウスキのパーティに行かなきゃいけなくて気が重い、ほんとはいちばんやりたくないことなのに、と愚痴を聞かされた。それで彼はふと思った。大晦日に家にいれば、土壇場になってアナから電話がかかってきて、二人で新年を迎えることになる可能性が大いにあるんじゃないだろうか。二人は何時間もテッドの家の地下室で《サタデー・ナイト・ライブ》のビデオを観て過ごすが、時計が十二時をまわる頃にテレビの生中継にチャンネルを替え、タイムズスクエアのカウントダウンの瞬間を見る。それから彼が冷蔵庫にシャンパンが冷えているのをたまたま見つけてくる。二人で乾杯をしたあと、彼はちょっと愉快そうに苦笑いを浮かべながら彼女に言う。「ばかげてるかもしれないけどさ、ぼくらも祝ったほうがいいのかも！」すると、彼女はくすくす笑いながら答える。「かもね！」そして彼は彼女にごくごくフレンドリーなキスをする。唇に唇を重ね、でも口はしっかり閉じたまま。顔を離して反応を見ながら動きを止めていると、彼女はしばらくじっとして、それからすすんでキスをしてくる。やがて二人は本気でいちゃいちゃしはじめ、ソファの上で、床の上で絡み合う。彼女のシャツを脱がせようとして首の上に引き上げると、途中でよじれて、彼女は両腕を頭の上で縛りあげられた体勢になってしまう。最近テッドがレイチェルを相手に編み出したトリックだ。アナはそれに性的興奮を覚えて、はっと驚いたような表情を浮かべ、彼の下で息をハアハアいわせる。二人はセックスに至り、彼はアナを思いっきりイかせ、そして二人は以後永遠に人生をともにすることになる。

これでばっちりだ。

いや、待てよ。違う違う。そんなのただのエッチな妄想だ。ぼくはとんだバカ野郎だ。と、彼が胸のなかで自覚した瞬間、レイチェルが——彼の恋人であり、彼を映す鏡であるレイチェルが、踊りはじめた。下着一枚で貧相なおっぱいを揺らしながら、みっともない踊り、〝テッド・ダンス〟をはじめたのだ。そのダンスは一瞬でレイチェルへの憎しみと自分自身への憎しみを融合させた。

「やあ、ぼくはテッドだよ!」レイチェルはあざけるように体を揺すった。「見て! ぼくはアナ・トラヴィスのまぬけな腰巾着! どんなときでもアナにくっついてるのさ。彼女の命令をなんでもほいほい聞いてたら、いつか振り向いてもらえるかもしれないナ。見て、見て、みんな、ぼくを見てえぇぇぇ!」

エゴが完膚《かんぷ》なきまでに打ちのめされて消滅し、もはや自我という重荷を背負って生きる必要がなくなる状態というものがあるのだろうか? そういう感情を言い表すドイツ語があるはずだ。複雑に歪んだ自分の思考が表面化してきて、突然、いたたまれないほど視覚化されたときに覚えるような感情を。たとえば、混みあったモールを歩いている最中、通りすがりのウィンドウに自分の姿を見るように——このみっともない男は何者だ? こいつはなんだっていまにも誰かに殴られるみたいにびくついてるんだ? いっそこの手でこいつを殴ってやりたいな——待て、これはぼくだ。

「彼女、あたしのことも誘ってくれた?」レイチェルが吐き捨てるように言った。「あたしもあなたと一緒にイケてる子たちのパーティに行っていいのかしら?」

テッドは答えなかった。

「じゃ、彼女はあなたのことを誘ったわけじゃないんだ？　彼女はただ自分がパーティに行く予定だってことをあなたに話して、あなたは彼女にコソコソついていこうとしてるだけなんだ？　やあアナじゃないか、きみが大学に行っちゃってからさみしくてたまらなかったよ。一緒に抜け出して二人きりで《サタデー・ナイト・ライブ》を二十時間ぶっ続けで観れたらなあ。ぼくがポップコーンを作ってきみの耳もとでハアハア言いながらさ、みたいな？」

「ああ」とテッドは答えた。「そんなところだよ」

「いいこと思いついた」とレイチェルが言った。「二人でシンシア・クラジュウスキのパーティに行くの。そうしよ！　いいでしょ？　あたしアナに電話してみる。ママ同士が友達だって話したよね？　あたしから彼女に二人でシンシアのとこに行ってもかまわないか訊いてみるから。きっといいって言ってくれるわ。彼女に会うのが楽しみ。そうしたいでしょ、テッド？」

「いや」と彼は答えた。「したくない」

だが二人はそのとおりにした。

二〇一八年のニューヨーク・シティ、テッドは病院のストレッチャーに仰向けに横たわった状態で、混みあったERの通路に押し込まれた。頭を右にも左にも動かすことができなかったので、目がくらむほど白々とした蛍光灯の明かりを直視したまま、このまま死ぬのだろうかと思った。ばか言うなって、彼は自分に言い聞かせた。死んだりするもんか。女性に水のグラスを投げつけられたくらいで。たいした怪我じゃない。そんなことで人が死ぬもんか、ばかばかしい。ふとレイチェルが頭のなかに現れて、小馬鹿にするように言った。「頭部の怪我で人が死ぬのは日常茶飯事よ、テッド」

テッドは思った。死にはしないだろうけど、怖くて心細い。こんなの嫌だ。

「すみません」からからに渇いた喉からしゃがれた声をあげてみた。「いったいどうなってるのか、どなたか教えてくれませんか?」

誰も彼の願いに応えてくれなかった。だがそのうち、ぼんやりした影のようないきものたちがこちらにすうっと近づいてきた。彼らは意味のわからない言葉で彼に質問し、彼もまた解読しがたい言葉を返した。ご褒美に腕にちくりと何かを刺してもらい、するとうっとりするような安らぎが押し寄せてきた。

薬がまわってくると、テッドの記憶は奇妙な、それでいて倒錯的なほど美しい幻覚と入り混じりはじめた。この幻覚のなかで、アンジェラが彼の額に投げつけたグラスは頭蓋骨にはねかえって膝に落ちていくかわりに、粉々に砕けた。ガラスの破片が額に突き刺さった。その破片は視界の中央に塔のようにそびえたち、彼を串刺しにして動きを封じ、照明のきらきらした虹色の円を屈折させていた。ガラスごしに、みじめな栄光に浴する自分の姿が見えた。

彼がいた。

彼はいる。

ニュージャージー州トレントン、一九九八年の大晦日だ。

テッドとレイチェルはシンシア・クラジュウスキの家のポーチに立っている。レイチェルはまるで戦いにでも臨むように万全の装備をしていた。体にぴったりと張りつくような黒いドレス、きらきらしたハイヒール、髪はヘアスプレーでがっちり固めてフレンチツイストに結い上げている。テッドが呼び鈴を押す。なんだか嫌みなくらい長い間があいたあと、シンシアがドアを開ける。

「やあ」とテッドが言う。「ぼくはテッド」

レイチェルが二人のあいだに割り込む。「アナがあたしたちを招待してくれたの」

シンシアが言う。「誰がって？」

「アナ・トラヴィスよ」とレイチェル。

シンシアはアナ・トラヴィスのことなんて聞いてないというふうに肩をすくめてみせる。もしかしたらほんとうに初耳なのかもしれない。「まあいいけど」とシンシアは言う。「ビールは冷蔵庫のなかよ」

家のなかに入るや、テッドはすぐにアナの姿を見つける。彼女は隅っこのほうでライアン・クレイトンと話している。もさっとしたスモック・ドレスを着て、その下にレギンスを穿いている。髪はぱっとしない赤みがかった色合いに染めている。レイチェルにくらべると、アナはちょっと……地味？　テッドは彼女が疲れはて、打ちひしがれ、悲しんでいることを知っていたが、見るからにそんな感じだ。彼は思った。レイチェルのほうがアナよりセクシーだなんて、そんなことありうるんだろうか？　それとも二人ともおなじくらいセクシーなのか？　彼の世界の根幹が揺らぎはじめたそのとき、テッドはアナがライアン・クレイトンの二の腕に手を添えて、思わせぶりに笑いかけるのを目撃する。またしてもアナは彼に大打撃を与えた。

ライアン・クレイトンを見つめているアナをテッドが見つめていることにレイチェルが気づく。レイチェルは体をこわばらせて、テッドの手を固く握りしめ、やがて彼の手がじんじんしてくる。

アナは見られていることに気づくと、ライアン・クレイトンの腕を引いてレイチェルとテッドのもとに連れてくる。形ばかりのハグや「わあ、すっごいひさしぶり」がひとしきり続く。アナとレイチェルはテッドのちょっとした恥ずかしい癖についてくすくす笑いあう——気づいた？　彼ってさ、いつもこう——そしてライアン・クレイトンはマジつまんねえんだけど、という顔をしている。

テッドは思う——このパーティにいるやつら全員、今夜じゅうに死んだりしないだろうか。ぼくも含めて。そうなってもぜんぜんかまわないや。彼はどんどん酔っていく。

そのうちにぎわいのなかに呼び鈴が響き、部屋にかすかな動揺が走る。アナが姿を消す。テッドはあとを追おうとするが、レイチェルが彼の手首をしっかり握りしめる。やがて周囲の会話から、マーコ・ヘルナンデスが顔を出したのだけれど、アナがいると知ると帰っていったということが明らかになる。さらに、接近禁止命令が出されたのは事実なのか、それってどういうものなんだ、なんていう会話が聞こえてくる。

時計が十二時をまわる。

テッドはレイチェルに舌を入れるキスをして、彼女のおしりをぎゅっとつかむ。そうしながら彼は発見する。何かを楽しみながら、それにまるで無関心でいられるものなのだということを。驚きだった——快楽を味わいつつ、意識をべつの場所に置く——それ自体がじつに快かった。もしかしたらぼくは奇跡的に仏教徒になったのだろうか。それとも正気を失いはじめているのか？

ようやくディープキスを終えたとき、テッドはアナがこっちを見ていることに気づく。動揺しているようだ。レイチェルはアナに見られているとわかると、勝ちほこったようにもういちどテッドにキスをする。テッドはまた犬におしっこをかけられた草むらのような気分になる。

アナはその場を離れるが、レイチェルが化粧室に消えていくと、テッドのもとに戻ってくる。

「テッド、話せるかな？」アナは言う。

「もちろん」とテッド。「どうしたの？」

「二人きりで話したいんだ」

彼女はテッドをポーチに連れ出す。外はひどく寒くて、ぽつぽつみぞれが降っている。でも彼は酒で体が火照っているせいであまり気にならない。アナが煙草に火をつける。灰色の煙を吐き出して、太ももをこする。彼女が煙草を吸うなんて知らなかった。

「信じらんない」とアナはとうとう切り出す。「あんなことするなんて、信じらんないよ」

「あんなこと？」

「あんなふうにガールフレンドといちゃいちゃしてみせるなんて。やらしい手つきで彼女を抱いたりだとか。あたしの目の前で」

「へ？」テッドは言う。「どういうこと？」

アナはうなだれる。「わかんないけど……」言葉がとぎれる。「たぶん……」あらためて話し出す。

「何週間もずっと、あたしがどんなにつらい思いをしてるかってこと話してたじゃない。あたしがこうやってみんなと顔を合わせるのがすごく不安だとか。そもそも来たくなかったってことだって、あなたは知ってたはずでしょ。それなのに新しいガールフレンドを連れてくるって決めちゃって。だからあたしは来るしかなかった。そしたらマーコが現れて。すっごいトラウマなのに。だからあなたに助けを求めにいったら、片隅でレイチェル・ダーウィン＝フィンケルとよろしくやってるなんて。そんなのって……なんだかあたしたちの関係が変わっちゃって、いつのまにかあなたのことを失ってたみたい。さみしいよ、テッド」

アナの目に涙が浮かんでいる。テッドは彼女がこんなに滅入っているのを見たことがない。それになんどもすごく悲しそうな表情を浮かべる。

「どうして何も言ってくれないの？」アナはぐすんと鼻をすする。

「その……」とテッドは答える。「なんて言ったらいいのか」テッドはおそるおそる腕を彼女の体にまわす。「ぼくはここにいるよ、アナ、きみのために。わかってるだろ」

「うん」と彼女は言い、彼の肩に頭をあずける。いつかの幸福な夜、キャンプファイアの夜のように、二つの心が釣り合い、つかのま円環から解放される——マーコがアナを傷つけ、アナがテッドを傷つけ、テッドがレイチェルを傷つける、嫉妬と悪意の連鎖から。

アナが泣き声で言う。「あたし、ゲスな男たちを追いかけるのにもう疲れた。信頼できる人と一緒にいたい。いい人と一緒にいたいよ」

そしてアナが、輝くアナ、美しいアナ、えくぼの浮かぶすべらかな肌、そばかすのある鼻、きれいな、きれいな髪の持ち主アナ、その匂いで彼をとりこにし、ほかの女への興味を失わせたアナ、彼が命すら捧げているアナ、この世でもっとも完璧な女の子アナが――

彼にキスをする。

アナ、ぼくはきみにふさわしい男になる、とテッドは心のなかで言い、彼女を抱きしめる。これから一生、きみのためにいい人でいる。

でもちょっとだけ待ってて。まずレイチェルと別れてこなくちゃ。

アナをポーチで待たせ、テッドは家のなかに戻ってレイチェルに別れを告げる。「アナのことが」と彼は言う。「彼女が……ぼくたちは……」

彼は最後まで言えない。言う必要もない。レイチェルのまなざしは、彼を深く、どこまでも深く貫き、彼の心の奥底で、何かがずたずたになっているのを見抜いてしまう。

もちろん、悲鳴があがる。

泣き声が響く。

ビールが投げつけられる（液体だけで、グラスはなし）。

だがそれが終わると、テッドはアナと一緒にパーティを抜け出す。レイチェル・ダーウィン＝フィンケルとともに訪れたパーティを、アナ・トラヴィスを連れてあとにするのだ。もしも楽園があるのなら、それはまさにいま感じているような幸せのなかで永遠に暮らすようなものだろう。彼の全人生のなかでもっともすばらしい、もっとも輝かしい、至福の瞬間だった。

二十年後、病院のストレッチャーで思い返してみれば、実際のところはその瞬間から何もかもが下り坂になっていったのだった。

一九九九年三月十三日、テッドはアナを相手に、彼女の寮の二段ベッドの上段で、初めてのセックスを経験した。二人が遠距離恋愛を始めて三カ月半がたったときだ。双方にとって意外だったのだが、テッドはなかなか勃起を保つことができなかった。彼はけっして打ち明けなかったけれど、アナの顔に浮かんだ表情が原因だった。彼女は義務的にやっているように見えた。薬でも飲むか、野菜でも食べているような感じに。いかにもこんなことを考えていそうだった——ああ、あたしもほんとに落ちたもんだわ。テッドとセックスする気になっちゃったなんてね。

いいや、それはフェアじゃない。アナはぼくを愛しているからセックスしたのだ。付き合いはじめてから、何度も彼に愛してると言ってきたじゃないか。アナはぼくを愛しているからこそセックスしたのであって、セックスというのはそういう釣り合いの取れた力関係が生み出すふつうのことだ。アナはぼくを愛している。なぜならぼくは〝いい人〟だから。でも彼女の言う〝いい人〟というのは、〝安全な人〟という意味だ。そして〝安全な人〟というのは、つまりこういうことだ。「あなたはあたしを愛してるんだから、絶対に傷つけたりしないよね、でしょ？」

アナはテッドを愛している。でも身をやつすほどに彼を求めてはいない。言葉でいうほど、必死で彼を求めてはいない。そして、テッドは悟る。彼はずっと、求められることを求めていたのだと。

自分が女性たちを求めるように、心から求められることを。アナがマーコを求めたように、テッドがアナを求めたように、そしてレイチェルが彼を求めたように（あるいは、いま思えば、そんなふうに見えていただけかもしれない）。

心からは求められていないことがわかると、テッドはうまく勃起できなかった。初めのうちは自分に檄を飛ばして克服しようとした――テッド、おまえはアナ・トラヴィスとセックスしてるんだぞ！　だけど効果はない。ついにペニスが硬くなったのは、レイチェルのことを考えたときだ。彼がアナ・トラヴィスとセックスしていることを知ったら、彼女はどんなに嫉妬して、どんなに怒り狂うだろう。レイチェル、ほらごらんよ、彼は心のなかで誇らしげに言いながらイッた。いけすかないクソ女、まぬけなビッチめ。

テッドはアナとの遠距離恋愛を一年半続けた。最初の一年は関係がうまくいくよう力を尽したが、最後の半年は浮気をするようになった。最初は大学の寮のおなじ階の女の子と、それから彼の次のガールフレンドになる女の子と。そしてそのあいだには、ちょうど感謝祭で帰省していたレイチェル・ダーウィン゠フィンケルとも浮気をした。レイチェルとセックスしているあいだじゅう、想像上のアナが彼のまわりをぱたぱた飛びまわり、顔の前で天使の羽を震わせた――あたしはこんなにきれいでパーフェクトなのに、とアナは溜息をつく。いったいどうしてレイチェル・ダーウィン゠フィンケルなんかとこんなことができるの？　あなたってそんな人だったの？

じつのところ、レイチェル・ダーウィン゠フィンケルとセックスしていると、彼は深い安心を覚えた。レイチェルの前では自分を取り繕う必要はない。レイチェルは彼がどういう人間なのかをちゃんと知っているんだから。

大人になるにつれ、テッドは思いがけずアナを落とすことになったテクニックに磨きをかけていった。彼の秘密の手口、それはこんな具合だ——女たちの前まで餌のように自分の心を引きずっていく。つかまえやすいように見せかけて、ぎりぎり手の届かないところにとどめておく。見て、これがぼくだ。オタクっぽいちんけなテッドさ。きみはぼくなんかよりずっとルックスがいいし、ずっとクールだ。きみは最高にすてきで最高に頭がいい、最高の女性だ。きみと一緒なら、きみのためなら、ぼくはこれまでの誰よりも最高のボーイフレンドになるよ。

憐れなテッド、チビでオタクなテッド、レディーキラーなテッドは、ちっちゃな釣り針を数限りなく女のエゴに引っかける。まるでズボンの裾にくっついて離れないトゲトゲみたいに。あとはただ笑って、自虐的なことを二、三言いえばいいだけ。そうすれば女たちは思いはじめる——この人ってすごく〝いいやつ〟だし〝冴えてる〟し〝おもしろい〟。彼女たちは自分を説き伏せて、彼で手を打つことにする。一度くらいデートしてやることにする。そうして彼にチャンスを与え、自惚れを強める。

年を取るごとに、テッドの株は上がっていく。女たちはつぎつぎとマーコ的な男を追いかけることに疲れはてて、そしてテッド的な男の胸に寄りかかりたいと願うようになる。

テッドはほかの男たちがこの力の逆転を、三十歳を過ぎてぐんとデートのチャンスが増えたことを喜んでいるのを知っている。たぶん世の中には、この取り引きに手放しで乗り気になれる男もいるんだろう。アナ的な女の目をのぞきこんでも、そこに宿る真実を気にかけないでいられる男たちが……でも、テッドはそうじゃない。アナの目のなかに見たものを、彼はセリーナの目にも、メリッサの目にも、ダニエルの目にも、ベスの目にも、アイェレットの目にも、マーガレットの目にも、フローラの目にも、ジェニファーの目にも、ジャクリーンの目にも、マリアの目にも、タナの目にも、リアーナの目にも、そしてアンジェラの目にも見つける――あの疲労の色、傲慢な諦めを。彼女たちがどれだけ驕《おご》った気持ちで〝いいやつ〟で妥協しているかが彼にはありありとわかる。〝いいやつ〟というのは、心のなかでは自分の相手じゃないと思っているような男だ。彼女たちがそういう男のことを〝安全〟と思っていることが、彼にはわかる。

やがて彼は悦びを見出すようになる。その手の女たちとセックスをすることに。でもそこには彼女たちへの憎しみと自分自身への憎しみが入り混じっている。彼が復讐を果たすのは妄想のなかだ。妄想世界はずっと豊かに、ずっと複雑になっていって、ついには鋭いナイフとか、自暴自棄なんてものが登場する。子供が取っ組み合ってやる悪ふざけみたいなものだ――なんで自分を叩くの？　よしなってば！　ただしこの場合は――ぼくのペニスで自分を突き刺すのはよせ！

付き合った女はみんな、やがて彼に夢中になる。自分は妥協して彼と一緒にいるんだと思えば思うほど、彼が引きぎみになりはじめると血相を変えてすがりついてくる。彼は純然たる自己処罰の道具になる――いったいあたしの何がいけないの？　こんなみじめな負け犬ですらあたしの求めに応えないってどういうこと？　彼女たちは彼のあらゆる問題を洗い出し、修復してやろうとする。

彼は「自分の感情に向き合おうとしない」とか、彼は「深い関わりを持つことを怖れている」とか。だけどけっして基本的な前提を疑問視しようとはしない。どこか深いところ、心の奥底では、彼が自分と一緒にいたがっているのだと信じて疑わない。あんたがあたしに好意を抱くのは当然じゃない——アンジェラはそう言っているようなものなのだ。彼にグラスを投げつける直前に。ちくしょう、ふざけんな！

　あたしはあたしなのよ。

　あんたはたかがテッドじゃない。


　二〇一八年、テッドはフェイスブックでアナともレイチェルとも繋がっていた。もっとも、もう何年も二人には会っていなかった。レイチェルは小児科医になっていて、結婚して四人の子供を産んでいた。アナはシアトルに住むシングルマザーだった。いまはまずまず元気そうだが、辛《つら》い時期もあったようだ。もしかしたら回復プログラムみたいなものを受けている最中なのかもしれない。彼女のイメージからは想像できないような、スピリチュアル系の投稿をよくしていた——〈風向きを変えることはできない。でも帆を操れれば、かならず目的地にたどりつける〉〈暗闇のなかにいるときこそ、光に目を凝らすべき〉。

　彼はストレッチャーに横たわって、アナのことを考えた。実際、彼女の姿が見えていた。虹の向こうから、コーラス隊の歌声とともに、羽をぱたぱたさせてこちらにやってくる。

　いま何時だ？　何日なんだ？　何年なんだ？　アナがいる。でもひとりじゃない。女たちとともに法廷にいる。女たちは彼の枕元で、彼についてささやきあったり、彼をまじまじと観察したり、おなじみの目つきで彼の品定めをしている。彼女たちは議論している。何かに異議を唱えている。そして彼は、核心に誤解があることを、根本の部分が取り違えられていることを感じ取る。誤解を正したいのに——おでこにガラスの破片が突き刺さっていなければ、口のなかに血が溜まってこなければ。

ぼくは誰のことも傷つけるつもりなんてなかったんだ、テッドは女たちに向かって言ってみる。ぼくはただ、ぼくって人間を見てほしかった、愛してほしかっただけなんだ。問題は、何もかも誤解だってこと。いいやつのふりをしていたら、やめられなくなっちゃったんだよ。

いや、待って。やり直させてくれ。いまのは正しくない。

ぼくが望んでいたのはただ愛されることだけ。そう、崇拝されることだけ。狂おしいほど、切ないほどに求められることだけ、ただそれだけだ。それがそんなにいけないいか？

いやいや、待て。こんなこと言おうとしたんじゃない。

聞いて、聞いてくれ。説明しよう。善いテッドの下に悪いテッドがいて、うん、でもまたその下に、ほんとうに善いテッドがいるんだ。だけど誰もぼくの姿を見ようとしない、一生、誰一人としてだ。うんと下のほうにいるぼくは、子供のテッドだ。ただ愛されたくてしかたない、でもどうしたらいいのかわからない。なんどもなんども、なんども試してきたのに。

おい、待ってくれ。下ろしてくれ。言いたいことがあるんだよ。おしゃべりをやめてぼくの話を聞いてくれ、頼むから。上の照明、やけにまぶしいな。目がちかちかしてきた。それにさ、エアコンもつけてくれないかな？　こんなに暑くなきゃ、もっとすらすら説明できるんだけど。足もとで業火でも焚かれてるのか？

大切なことを言おうとしてるんだよ。ぼくをどこに連れてく気だ？

聞いてくれ、どうか——

ぼくはいいやつだ、神に誓っていいやつなんだ。

謝辞

ラリーズ・メリロ。マーク・シェル。ビオドゥン・ジェイフォ。グレンダ・カーピオ。ブレット・アンソニー・ジョンストン。ジェフ・ヴァンダミア。アン・ヴァンダミア。クレア・ヴェイ・ワトキンス。ローラ・カジシュキー。ピーター・ホー・デイヴィス。アイリーン・ポラック。ダグ・トレヴァー。ペトラ・カッパーズ。ヘレン・ツェル。ホプウッド財団。クラリオン・ワークショップ二〇一四年卒業生。ミシガン大学ＭＦＡ二〇一七年卒業生。ジェニ・フェラーリ＝アドラー。テイラー・カーティン。サリー・ウォフォード＝ジランド。デボラ・トライズマン。アリソン・キャラハン。メガン・ハリス。ブリタ・ランドバーグ。ジェニファー・バーグストローム。ジェニファー・ロビンソン。キャロリン・リーディ。ジョン・カープ。ミハイル・シャヴィット。アナ・フレッチャー。エマ・パターソン。ジョー・ピッカリング。カーリー・レイ。ライラ・バイアック。ミシェル・クルース。ダリアン・ランゼッタ。オリヴィア・ブラウスティーン。マリオン・グライス。ジル・ケンリック。アリソン・グライス。キャロル・ルーペニアン。ゲイリー・ガッザニーガ。アルメン・ルーペニアン。アレックス・ルーペニアン。エリーサ・ルーペニアン・トーハ。マーティン・トーハ。ヴィヴィアン・トーハ。ジェン・リディアード。メリッサ・ウラン・ヒリー。リズ・メインズ＝エイミンゼイド。レズリー・グッドマン。アンドリュー・ジェイコブズ。ジェイムズ・ブラント。ニック・ドノフリオ。スカイラー・センフト＝グルップ。クリスティン・リー。ルーシー・エザー。アシュリー・ウィタカー。イングリッド・ハモンド。キャリー・コリンズ。

ありがとう。

以下の作品を初めて（いくつかは編集されたかたちで）世に送り出してくれた各誌に心から感謝します。「バッド・ボーイ」は《ボディ・パーツ・マガジン》。「キャット・パーソン」は《ニューヨーカー》。「キズ」（初出時タイトルは“Don’t Be Scarred”）は《ライターズ・ダイジェスト》。「ナイト・ランナー」は《コロラド・レヴュー》。

また、「ナイト・ランナー」および「マッチ箱徴候」の執筆を支援してくれたホプウッド財団にも感謝を。

訳者あとがき

二〇一七年十二月初旬のある日、電車のなかでツイッターのタイムラインをながめていると、なんどもおなじサムネイルが流れてくることに気がついた。男と女がくちびるを重ねあわせる一瞬をクローズアップした淡いピンクの写真につけられたキャプションは、“Cat Person”――リンク先はニューヨーカー誌オンライン版。タップすると、それは最新号に掲載されたばかりの短篇小説だった。作者はクリステン・ルーペニアン。初めて聞く名前だ。「キャット・パーソン」（猫派？　まさか、猫人間？）なんていったいどんな話だろうと思いながら、スマホの画面をスクロールした。

二十歳の女子大生マーゴが、バイト先の映画館に客としてやってきた三十代の男ロバートと知り合い、スマホでメッセージを交換するようになる。マーゴはおもしろいジョークを飛ばしてくるロバートとのやりとりに夢中になり、やがて彼とデートをすることになる。ところが実際のロバートは、どうも思っていたような気のきいた男ではないようだ。マーゴはちょっぴりがっかりする。この人はほんとうは殺人鬼だったりして、なんて想像をして怖くなったりもする。同時に、きっと年上のロバートの目には、若くてきれいな自分がたまらなく魅力的に映っているんだろうなと想像すると、彼を手のひらの上で転がしているような気がしてきて、それがまんざらでもない。生身のロバートに対する不安と、自己陶酔からくる優越感のあいだをいったりきたりしながら、マーゴは彼の住まいについていく。そして、望まないままセックスをする……

いつもならスマホで見つけた小説はあとでゆっくり読もうとブックマークをつけておくのだけれど、そのときは電車のなかでいっき読みしてしまった。軽やかな語り口。身をのりだしてうなずきたくなるような心理や行動の描写。ラストのフレーズを目にしたときは、思わずのけぞった。いろんな意味でイタい！　けど、最高におもしろい！

「キャット・パーソン」はアメリカではツイッターでトレンド入りするほどバズっていた。続々とこの短篇小説の大反響を報じる記事が書かれ、その多くが「#ＭｅＴｏｏに共鳴した作品」という見方をしていた。ちょうど#ＭｅＴｏｏムーヴメントが加速しはじめていた時期、毎日のように被害者（女性）が加害者（男性）を糾弾する報道が聞こえてはくるけれど、なぜフェミニズム運動が第三の波《サード・ウェイヴ》を迎えた今もその力関係がテンプレートなのか、なぜ女性たちが声をあげるのに時間を要したのか、そうしたことをふつうの人々が議論する場を目にすることはあまりなかった。そんなとき、ＳＮＳで多くの女性たちが「キャット・パーソン」を引き合いに出しながら、マーゴが覚えた恐怖、罪悪感、無力感を自分も感じたことがある、と口々に言いあっていた――恐怖を「おとなげ」で抑えつける。少しでも好意をみせた以上、自分にも責任があると感じる。圧倒的な力を前に、諦めることが最善の方策だと考えてしまう。「キャット・パーソン」は、被害者／加害者という白黒のコントラストのあいだに横たわるグレーゾーンを、あざやかに描き出していた。この作品についてのツイートや投稿を追ううち、#ＭｅＴｏｏはけっして犯人捜しの号令ではなく、言葉にしづらく、答えを出しにくい体験や感情を共有しようという呼びかけなのだと実感したものだ。

もちろん、すべて好意的な反応だったわけではない。否定的な意見のなかで目立ったのは、男性からの批判だった。「マーゴは自意識過剰」「ロバートのほうが犠牲者」「男の感情より女の安全が大切なご時世か」、あるいは「こんなのエロチカを読みすぎた高校生の作文だ」などなど。これら男性陣からのディスがさっそく@MenCatPersonというツイッター・アカウントにまとめられ晒《さら》されたかと思うと、今度は「キャット・パーソン（ロバートの目線から）」という二次創作がネットに出まわるなど、短篇のバズはさながら炎上の様相を呈していた。

一方、同作を「デジタル・ネイティヴ世代の声」として紹介する記事もあった。たしかに、マーゴとロバートがスマホのメッセージを通しておたがいの人柄や気持ちを探りあうようすには、オンライン時代の〝あるある〟が満載だ。レスがくるまでの時間で相手との心の距離を測る。絵文字の組み合わせに解釈をめぐらせる。タイプミスにさえ意味がある（無関心？　焦り？）。何通ものメッセージの向こうに相手のイメージがふくらんでくるけれど、たいていの場合、それは現実とはかけはなれている。作品と同時にニューヨーカー誌に掲載されたインタヴューで、作者は語っている。「とくに恋愛の初期の段階では、人はどんなささいなやりとりにも解釈や推理をめぐらせ、ロールシャッハテストのように反応しがちです。犬より猫が好きだとか、洒落たタトゥーを入れているとか、メッセージでおもしろいジョークを返せるとか、そういったことに何かしらの意味を見出そうとします。でもそれは自己欺瞞なんです。他人の第一印象というのは、そうした推測が創り出す幻影にすぎません。この作品を書きはじめたとき、そういうよくある〝ヒント〟をすべて備えているけれど、実際にはまったく違った性質をもっている（あるいは何ももっていない）人物を書いてみようと思ったんです」

ロバートは猫を飼っていると言っていたけれど、マーゴは彼の家で猫を見かけなかった。猫は作者のいう自己欺瞞と幻影のメタファーであり、その虚実は最後まではっきりとはわからない。

ニューヨーカー誌によれば、「キャット・パーソン」は十二月掲載にして、二〇一七年でもっとも読まれた記事の二位につけた（ちなみに、一位は気鋭のジャーナリスト、ローナン・ファローがハリウッドの大物プロデューサー、ハーヴェイ・ワインスタインのセクハラ疑惑を追ったルポルタージュ）。「キャット・パーソン」はもはや文化的現象といっても過言ではないほどのセンセーションをまきおこし、文芸誌はもちろん、主要紙、カルチャー誌、それにファッション誌までもがこぞってこのバズのニュースを取り上げた。その時点で作者のクリステン・ルーペニアンについてわかっていたことは、彼女が三十六歳の女性で、ミシガン大学のＭＦＡ（芸術修士課程）創作科を修了したばかりの新人作家だということくらい。ところが作品掲載から一週間もしないうちに、驚くようなニュースが飛び込んできた。大手出版社サイモン＆シュスターのインプリント（出版ブランド）であるスカウト・プレスが、オークションのすえ、ルーペニアンのデビュー短篇集と執筆予定の長篇の出版権を、あわせて百万ドル超（約一億円）の前払金で取得したというのだ。無名に等しい新人作家にしては、史上稀《まれ》にみる超大型契約だ。さらに、数々のヒット・ドラマを手がけてきたケーブルテレビ局ＨＢＯが短篇集のシリーズ・ドラマ化を決定し、《レディ・バード》や《ムーンライト》といったエッジの効いた作品づくりに定評のある映像プロダクションＡ24がルーペニアンにホラー映画の脚本執筆のオファーを出した。

「キャット・パーソン」のバズは、またたくまにルーペニアンをもっとも旬な書き手の地位に押し上げた。何よりそれは、出版界における一大事件だった。格式高い名門誌の短篇小説が、文学という枠組も伝統も超え、これだけ多くの人々の心を揺さぶり、何かを言いたいという気持ちにさせた――衰退すらささやかれる小説の力を、まざまざと見せつけたのだから。

こうして約一年後の二〇一九年一月に刊行されたデビュー短篇集が、本書『キャット・パーソン』（*You Know You Want This: "Cat Person" and Other Stories*）である。前代未聞のビッグ・デビューとあって、当然ながら刊行前から大きな注目が集まった。はたして、クリステン・ルーペニアンは「キャット・パーソン」がもたらした期待に応えられているのか――

誤解をおそれずに結論をいうと、ルーペニアンは期待を裏切った。少なくとも、フェミニズムのバイブルや、ほろにがくもおかしい〝あるある〟たっぷりのリアリズム作品集を想像していた読者の期待は。もちろん、#ＭｅＴｏｏの味つけがしてあるファニーな作品も、「キャット・パーソン」のＢ面ともいうべき作品も収められている。だがむしろルーペニアンの筆に力がこもるのは、サディズム、堕落、復讐、嫉妬といった、人間のダークな側面をえぐりだす瞬間だ。物語はときにホラー、スーパーナチュラル、マジックリアリズムの手法や、おとぎばなしの体裁を用いて描かれ、読み手の感覚を現実を超えた世界へといざなっていく。

評価は分かれた。カーカス・レヴュー誌は「独特のヴォイスで読者の心を騒がす、印象的でとても楽しい作品集」と評し、「キャット・パーソン」は〝まぐれ当たり〟ではなかったと作者の才能に太鼓判を捺《お》した。一方でニューヨークタイムズ紙は、「キャット・パーソン」以外の作品は「文章にも注意が行き届いておらず、ショックを狙っているだけ」と厳しい評価を下した。だがはたしてこの「裏切り」は、ルーペニアンの評価を下げるものなのだろうか。わたしたちの「期待」が、幻想にすぎなかっただけなのではないだろうか――マーゴがロバートに抱いたような幻想に。

「わたしが書きたいのは、最後に気持ちがざわつくような感覚が残る、そんな物語です」と、ルーペニアンはさまざまなインタヴューで語っている。「鏡を見て、『うそでしょ、これがわたし？　いったいなんでこんなことになっちゃったの？』という感覚。読者としてもそういう物語を読むのが大好きなんです」

全十二篇を読んでみると、その意図がよくわかる。アフリカの子供たちを救いたいという理想を胸にケニアに赴いたアメリカ人青年は、自分の理解を超えたものに怯える愚かな「白人の救世主」となる。夫に裏切られたシングルマザーが胸の内に飼いならす復讐心は、憎き人々を焼きつくしてモンスターを生み出す。魔術の書を手にした女はつぎつぎと願いを叶えていくが、欲望は肥大し、肝心の夢を破壊してしまう。ルーペニアンの描く主人公はみな、何かを求め、妄想をふくらませる。

だがいざそれが叶ったとき、自分の欲望が生みだしたものに驚かされる。なかにはそんな予想外の結末を嬉々として受け入れる主人公もいるのがおもしろいのだが、読者は多くの場合、まさかこんなところにつれてこられるとは……と、まるで奇妙な悪夢の入り口に立たされたような気分になる。そう考えると、「キャット・パーソン」にもまた新たな側面が見えてくる。マーゴはロバートへの期待をふくらませ、思いを募らせるが、現実に彼と接すると、こんなものが欲しかったんじゃない、と幻滅する。主導権を握っているのは若く魅力的な自分のほうだと思い込んで駒を進めるが、いざとなるとまったく無力だということを思い知る。まさに、「いったいなんでこんなことになっちゃったの？」という物語なのだ。

先に言ったルーペニアンの「裏切り」は、いい意味での裏切りである。期待や願望はときに幻想という羽を生やして飛翔する。着地してはじめて、思いがけないところへたどりついてしまったことに気づく。その意味で、原題の*You Know You Want This*はアンチテーゼとも読める。わたしたちは、ほんとうは自分の欲しいものを知らないのかもしれない。

ルーペニアンはそうした幻滅の物語を、さまざまな角度から描き出す。恐怖を誘うもの、笑いを誘うもの、なかにはかなり衝撃的なものもある。だが、結末にいたるまでの人物の心の動きを追う視線はどこまでも正直で鋭い。シンプルな二、三言で、ぎょっとするほど身につまされるような感情をとらえてみせる。そのいきおいに筆が綻《ほころ》びそうになることもあるが、たとえるなら「キャット・パーソン」というたった一枚の傑作で見初められ、スケッチブックをまるごと一冊買い取られたようなものなのだ。しかしどの作品にも、わたしには書きたいものがあるという熱がほとばしっている。その作風からシャーリイ・ジャクスンやアンジェラ・カーターの系譜に位置づける評もあり、作者本人も彼女らの作品を愛読書に挙げているが、そうした流れをくむだけにはとどまらない自由さと斬新さがある。ページをめくるごとにあふれてくる独創性、今日的な切り口と感性に、この作家はきっと遅かれ早かれ人々の心をざわつかせる新しいものを生み出しただろうという確信は深まるばかりだった。クリステン・ルーペニアンという才能の輝きと原石がつまった本書を、みなさまにもぜひお楽しみいただければと思う。

では、あらためて作者の紹介をしよう。クリステン・ルーペニアンはボストン近郊で生まれ、バーナード・カレッジを卒業後、ハーヴァード大学で英文学の博士号を取得。その後さまざまな職業を経験したのち、ミシガン大学のMFA創作科に入学。本書の収録作の大半は在学中に執筆された。また、SF／ファンタシイ系の作家志望者のためのクラリオン・ワークショップに参加した経験もある。バイセクシャルであることをオープンにしており、現在はミシガン州アナーバーにガールフレンドと、アンガスという名前の猫とともに暮らしている。こちらの猫は、彼女のインスタグラムにも登場しているので間違いなく存在するようだ。

短篇「キャット・パーソン」のバズは世界じゅうに知れわたり、*You Know You Want This* の契約が成立すると、たちまち二十カ国で翻訳権が売れた。著者エージェント主導で〈チーム・ルーペニアン〉が組まれ、各国の関係者が参加した。メーリングリストで編集の進捗の報告を受けたり、それぞれの表紙案をシェアしたり、まるで世界の仲間と一緒に本作りをしているような、新鮮で楽しい体験だった。

そしてこの日本語版については、集英社クリエイティブの村岡郁子さんがすばらしい舵取りをしてくださった。いまおもしろい小説がバズってるんですよとお知らせしたところ、「ほんとにおもしろかった！」とすぐに感想を送ってくれ、短篇集の契約成立のニュースが入るやいなや企画に着手してくれた。翻訳とは作品の紹介だけでなく、いま世界でどんなものが生まれ、どのように受けとめられているか、時代と文化のシーンを伝える仕事なのだという姿勢と気概には、訳者としておおいに励まされた。この場を借りて、心よりお礼申し上げます。

二〇一九年四月

鈴木潤

クリスティン・ルーペニアン
Kristen Roupenian

バーナード・カレッジを卒業後、ハーヴァード大学で英文学の博士号を取得。その後さまざまな職業を経験したのち、ミシガン大学MFA（芸術修士課程）創作科に入学。2017年12月、ニューヨーカー誌に掲載された「キャット・パーソン」がネットでバズり、社会現象に。すぐに数社が本書の出版権獲得に名乗りを上げ、最大手サイモン&シュスターが異例の高額前払金で本書と執筆予定の長篇の権利を獲得。さらにケーブルテレビ局HBOが本書のシリーズ・ドラマ化を決定、ホラー映画の脚本執筆が決まるなど、たちまち注目の大型新人となる。現在、ミシガン州でガールフレンドと猫とともに暮らしている。
ツイッター:@KRoupenian

鈴木 潤（すずき じゅん）

翻訳家。フリーランスで翻訳書の企画編集に携わる。訳書にショーン・ステュアート『モッキンバードの娘たち』（東京創元社）。神戸市外国語大学英米学科卒。

装画　四宮 愛
装丁　坂川栄治+鳴田小夜子（坂川事務所）